NÃO CHEGUE TÃO PERTO

Luana Lewis

NÃO CHEGUE TÃO PERTO

Tradução
Maira Parula

FÁBRICA231

Título original
DON'T STAND SO CLOSE

Primeira publicação na Grã-Bretanha em 2014 pela
Bantam Press, um selo da Transworld Publishers

Esta é uma obra de ficção; exceto em caso de fato histórico,
qualquer semelhança com pessoas reais, vivas ou não, é mera coincidência.

FÁBRICA231
O selo de entretenimento da Editora Rocco Ltda.

Direitos desta edição reservados à
EDITORA ROCCO LTDA.
Av. Presidente Wilson, 231 — 8º andar
20030-021 — Rio de Janeiro, RJ
Tel.: (21) 3525-2000 — Fax: (21) 3525-2001
rocco@rocco.com.br/ www.rocco.com.br

Printed in Brazil/Impresso no Brasil

CIP-Brasil. Catalogação na fonte.
Sindicato Nacional dos Editores de Livros, RJ.

L652n Lewis, Luana
Não chegue tão perto/ Luana Lewis; tradução de Maira Parula. – 1ª ed.
- Rio de Janeiro: Fábrica231, 2015.

Tradução de: Don't stand so close
ISBN 978-85-68432-09-9

1. Ficção inglesa. I. Parula, Maira. II. Título

14-18265 CDD – 823
CDU – 821.111-3

Para Genna Leigh

Hilltop, sexta-feira, 7 de janeiro de 2011, 15h

No início, ela ignorou a campainha.

Tocava, ecoando pelo hall de entrada, explodindo na sala de estar e ressoando e quicando dentro de seu crânio.

Ela estava à janela olhando para o jardim, para um mundo resplandecente de branco. Uma camada de neve cobria o chão, os braços entrelaçados das árvores e as colinas de Chiltern mais ao longe. Parecia Nárnia, pensou ela; como se Aslan pudesse sair da floresta a qualquer momento.

O silêncio era anormal. Assombroso.

A neve começara a cair às nove da manhã. Os jornais traziam alertas: *Uma muralha de neve.* Aeroportos cancelaram voos. O marido tinha ido trabalhar, como sempre.

A campainha tocou novamente. Mais longa, mais alta e mais insistente.

Ela se sentia exposta diante das janelas que se estendiam por toda a casa. Sua casa era uma construção de concreto branco, um triunfo modernista de ângulos agudos e janelas altas. Ninguém devia poder passar da entrada de carros sem que o alarme de invasão soasse um aviso ensurdecedor. E mesmo assim, alguém passou. O problema era a neve: deve ter se acumulado tanto que cobriu o olho infravermelho do sensor.

Ela puxou a gola do blusão. Estava tão apertada que seu pescoço coçava. Sua boca estava seca; as palmas das mãos, úmidas de suor. Eram três horas e a escuridão logo viria.

O marido não voltaria para casa. Metros de neve haviam virado gelo e faziam com que fosse impossível se aproximar da casa.

Ela conferiu as trancas das portas do pátio.

Uma corrente de ar assoviou pelas beiras do batente de aço preto, como se o frio tentasse forçar sua entrada. A casa era classificada de Grau II, nada poderia ser feito, portas e janelas não podiam ser trocadas. Ela conferiu as trancas outra vez e fechou as pesadas cortinas.

A campainha tocou novamente. E mais uma vez.

Ela andou pela sala de estar. Uma garrafa de vinho pela metade estava aberta na mesa de centro. Ela respirou. Para dentro até três, para fora até três. Cobriu as orelhas com as mãos.

Uma pessoa normal iria até a porta da frente para ver quem estava ali.

Stella caminhou até o grande hall de entrada quadrado. Um lustre com uma miríade de discos redondos de vidro pendia em espiral acima da escadaria. Ela acendeu um interruptor e a luz bateu nas paredes cinza-claro, cintilando forte demais por toda parte. Ela ficou desorientada, como se tivesse entrado numa sala de espelhos e não conseguisse achar uma referência. Não entraria em pânico. Ninguém jamais tentou prejudicá-la em Hilltop. As pessoas que pretendiam fazer o mal não se anunciavam, nem esperavam ser convidadas a entrar. Mas ela não conseguia pensar num motivo para que alguém tocasse sua campainha no meio de uma nevasca.

Ela olhou o monitor instalado na parede ao lado da porta da frente. Uma jovem estava lá fora. Parada na soleira, os braços em volta do peito, mudando o peso do corpo de um pé para outro. Um gorro puxado bem baixo sobre o cabelo claro e comprido. Uma jaqueta de couro curta, coberta de tachas e fechos, mal cobria sua cintura.

Stella pegou o interfone.

— Sim?

— Estou congelando. Posso entrar? — Flocos de neve dançavam em volta da garota enquanto ela gritava no interfone. Ela estremecia de frio e não parecia muito uma ameaça. — Posso usar seu telefone?

Ela olhou a câmera no alto. Seu rosto era bonito na tela, com olhos de gato e maçãs do rosto pronunciadas.

— Desculpe — disse Stella. — Não. Tente um dos vizinhos. — E recolocou o fone no gancho.

Esperou até que a tela escurecesse e a pessoa do lado de fora desaparecesse, depois voltou para a sala, para assumir seu lugar na janela. Mas estava inquieta e o encanto fora rompido. A neve que cobria tudo — o gramado, as árvores e as colinas além — não mais parecia mágica. Ela detestava ficar sozinha. As horas do dia eram complicadas, as noites, quase impossíveis.

O ar se espatifou quando a campainha tocou novamente.

A polícia não ficaria nada impressionada se ela telefonasse para reclamar que uma jovem tocava sua campainha. E ela não queria incomodar o marido. Mas queria muito ligar para ele e perguntar o que fazer. Seu BlackBerry estava bem ao lado. Ela o pegou. Passou os dedos pelo teclado. Baixou-o de novo. Não ligaria para ele, cuidaria disso sozinha. Estava melhorando. É claro que não estava. Ela estava sozinha, indefesa e era inútil. Queria Max. Se dependesse dela, teria Max em casa o dia todo.

Max merecia uma esposa melhor. Ele a resgatara e depois, como era de se esperar, tudo virou um inferno.

Ela voltou à porta da frente, com uma raiva crescente competindo com seu nervosismo. A tela do interfone mostrava a mesma jovem, com seu gorro quase cobrindo as sobrancelhas e o casaco de couro absurdamente curto que não proporcionava calor algum.

— *O que foi?* — disse Stella.

Ela balbuciou ao olhar para a câmera:

— Eu já morei aqui. Vim de Londres para ver minha antiga casa. Não sabia que estava nevando tanto. Está tudo congelado e a colina é muito íngreme para descer assim. *Por favor*, eu posso entrar?

Stella percebeu que a menina do lado de fora era muito nova. Não podia ter mais de 15 anos. Talvez 14. Uma criança.

— Vou chamar um táxi para levá-la à estação — disse Stella.

— Não pode. Está fechada, por causa da neve. *Por favor.* O metrô também não está funcionando, estou presa aqui. Não posso voltar para a estrada ou vou quebrar meu pescoço. — Sua voz se elevava de revolta e aflição. — Posso pelo menos entrar?

A menina tremia de frio. Os lábios eram um talho roxo, assustadores e escuros naquela pele clara do seu rosto. Ela parecia prestes a chorar. Stella sentiu pena dela. Porém, não o suficiente para arriscar abrir a porta.

— Não — Stella respondeu. — Vá tentar outras casas. Tem uma rua inteira para escolher.

— Por favor — disse a garota —, estou com muito frio. Por que não pode me deixar entrar? — Ela fez beicinho para a câmera e bateu os pés com os tênis brancos no piso de mármore preto.

Stella bateu de novo o fone no gancho de plástico. Observou a menina tentar em vão se manter aquecida. Andava de um lado a outro, deixando um desenho aleatório na neve em volta da porta. Envolveu-se com os braços e pulou, repetidas vezes. A certa altura, parou de lutar. Arriou no chão, com a cabeça nos joelhos.

O frio deve ser insuportável, uma tortura.

Os minutos se passaram enquanto Stella estava sentada diante da lareira em seu sofá de linho cinza. Ela pressionou o pé descalço no tapete chinês macio. Levantou-se. Andou pela borda azul-marinho, colocando um pé diante do outro como se estivesse na corda bamba. Parou no papagaio amarelo e laranja bordado no canto superior direito. Não entendia por que a menina insistia em esperar na sua porta.

Seus pensamentos eram rápidos e fragmentados. Um dia seria diferente. Ela estaria livre das correntes. Mas estava perdendo tempo. Era cada vez mais difícil lembrar-se de como era antes.

A casa estava em silêncio.

Quase quarenta minutos se passaram desde que a campainha tocou pela primeira vez. A menina deve ter decidido enfrentar a íngreme colina que era a avenida Victoria. Tinha razão: se tentasse descer, ela poderia escorregar e cair. Mas afinal — e aqui Stella tentou se sentir menos culpada — qual era a pior coisa que poderia lhe acontecer? Podia terminar com o traseiro molhado. E depois que conseguisse descer — com traseiro molhado e tudo —, ela podia andar pela High Street e estaria dentro do aconchegante hotel em minutos.

The Royal Oak: bom vinho, uma lareira ampla e vigas aparentes. A base do televisor acima da lareira derretera um pouco, mas ninguém parecia perceber que havia um risco de incêndio. Stella podia sentir a pele de ovelha macia jogada sobre sua pele. Sentia o gosto do Bloody Mary — servido de um jarro de vidro no balcão, com fatias de limão arrumadas ao lado na tábua de madeira. Max descrevera tudo. Ele costumava ir lá sozinho nas noites de domingo. Stella nunca foi com ele, mas talvez devesse ir, pela primeira vez, quando ele chegasse em casa no dia seguinte. Ele devia estar desesperado para que ela saísse, embora disfarçasse bem.

O silêncio tornou-se uma pressão, empurrando seus tímpanos, e a escuridão ficou mais próxima.

Max não a obrigaria a voltar a um mundo que a apavorava. Mas ela já se escondia havia muito tempo. Com uma frequência cada vez maior, ela temia que fosse tarde demais. Sob qualquer perspectiva, era uma reclusa.

Com alguma sorte, a garota pode ter ido incomodar os vizinhos: famílias com crianças de variadas idades que Stella nunca conheceu.

Ou podia estar ainda lá fora, esperando.

O silêncio e a espera eram intoleráveis.

Hilltop era seu lar, estava segura ali dentro. Se descesse a ladeira da paranoia e autopiedade, sabia aonde isso a levaria — a uma cela acolchoada, muito provavelmente. Ela *estava* em segurança. Nada mudou, ninguém podia entrar. Era só uma menina.

Hilltop era seu retiro particular, seu palácio e sua prisão.

Stella voltou ao hall de entrada. Virou as cortinas e espiou a paisagem cinza prateada. Grossos flocos de neve giravam por todo lado, como se um milhão de travesseiros de pena de ganso tivessem sido cortados no céu. A cada segundo que passava, a luz ficava mais fraca. A menina estava sentada de costas para a porta de aço polido, com os joelhos puxados ao peito e a cabeça baixa. Era uma criança: indefesa e com frio.

Uma parte de Stella ficou animada, a parte que ela em geral mantinha bem trancada. Um pouco de seu antigo ser se agitava no peito. Ela precisava se arriscar, abalar a vida de inválida que criara para si mesma antes que fosse verdadeiramente tarde demais. Precisava saber que ainda podia ser útil a alguém. Estava cansada de ficar ali dentro, imobilizada, esperando que algo acontecesse, cansada de esperar melhorar, enquanto os outros seguiam em frente e o marido ficava afastado. Ela digitou o código, desligando os sensores de movimento. Pôs a mão esquerda na maçaneta. Havia um ser humano lá fora, sozinho, sofrendo. A mão direita foi ao ferrolho. Abriu a porta.

O céu escuro estava raiado de violeta. O ar gelado entrou furioso e pesados flocos de neve sopraram pela porta aberta, derretendo depois ao cair no piso aquecido.

A menina estava coberta de branco. Cristais de gelo tinham se alojado em toda parte, no cabelo e nos ombros, e grudavam-se em sua calça e nos sapatos.

Ela piscou para Stella.

— Está congelando aqui fora, merda — disse ela.

Seus olhos azuis eram desafiadores e cheios de desconfiança. Ela ficou onde estava, sem saber se tinha permissão de entrar. Não fez movimentos súbitos e não tentou forçar a entrada. Esperou ser convidada.

Stella deu um passo para trás e assentiu. Com dedos duros e congelados, a menina pegou sua mochila e ficou de pé. Passou da soleira. Stella fechou a porta depois de ela entrar, trancou-a e depois se virou para ter uma visão melhor da visitante indesejada. A menina parecia uma corça apavorada. Fios de cabelo molhado grudavam-se em seu rosto. A jaqueta pendia aberta, revelando uma camiseta cortada clara e uma sugestão de carne branca e arrepiada. Joelhos ossudos se projetavam pela calça preta e apertada. Ela se agarrava à alça da mochila e se balançava nos tênis brancos e sujos. A menina tirou o gorro, os dedos ainda inflamados e vermelhos. Ela sacudiu o cabelo comprido e molhado e, ao fazer isso, viu o lustre colossal. Olhou fixamente por um momento, de olhos arregalados.

Com um metro e sessenta e cinco, Stella não era particularmente alta, e a menina era uma cabeça mais baixa do que ela. E isso com os centímetros a mais que ganhava com os tênis. Stella se sentiu uma idiota por ter medo.

— Meus pés estão queimando — disse a menina. — Não sinto mais meus dedos. — Olhou feio para Stella, como se ela fosse responsável por sua dor. Enroscou os dedos num punho, depois os soltou; ficou olhando suas mãos como se pertencessem a outra pessoa. Seus olhos cintilavam e Stella pensou que ela estava prestes a chorar.

— Por que não tira os tênis? — Stella pensava em ulcerações pelo frio.

A menina se abaixou e tentou desamarrar os cadarços, mas seus dedos estavam rígidos e ela levou séculos para conseguir afrouxar os nós duplos. Enquanto Stella esperava e olhava, a menina tirou os tênis e os colocou lado a lado no capacho da porta. Não usava meias e as unhas eram pintadas de preto.

— Precisa tirar isso também — Stella apontou para a jaqueta. De perto, viu que não passava de um plástico fino.

A menina meneou a cabeça; não.

— Entre, a lareira está acesa... É mais quente — disse Stella.

Ela se dirigiu para a sala de estar, apontando para a porta, como se estimulasse um animal tímido a segui-la. Sentia-se energizada, ou talvez ansiosa, difícil saber a diferença. A menina a seguiu, descalça e ainda agarrada à alça da mochila. Não parecia se sentir à vontade em sua antiga casa. Ficou parada ao lado do sofá, com o cabelo e as roupas molhados.

Stella se sentiu mal por deixá-la do lado de fora por tanto tempo. Pegou uma manta de xadrez no encosto do sofá e a sacudiu. Arriscou-se a se aproximar um passo, segurando a manta à frente. Como a menina não recuou, Stella colocou a manta em seus ombros e puxou bem. Os dedos rígidos da menina a seguraram. Stella viu de novo a suspeita nos olhos dela e recuou.

— Sente-se de frente para a lareira — disse ela.

A menina se sentou, empoleirada na beira do sofá, de costas para Stella, olhando as chamas pequenas. Os tremores iam e vinham. Stella adejava atrás dela, sem saber o que fazer.

— Eu devia telefonar para seus pais e contar que você está aqui — disse ela.

— Meus dedos dos pés estão doendo *de verdade*.

Stella se perguntou se acabaria tendo de achar um médico para essa menina desconhecida e descuidada que andava por aí seminua nessas condições árticas. Deu a volta e se sentou na outra ponta do sofá. Percebeu como a menina era bonita. Excepcionalmente bonita. Seus olhos fundos eram da cor do céu num dia claro e ensolarado. O cabelo começara a secar, formando ondas suaves e douradas que acariciavam as bochechas. A pele era macia como veludo. O lábio superior era fino demais, mas o inferior era mais grosso, num beicinho. Ela era muito nova.

— Por que está me olhando? — perguntou a menina.

— Meu nome é Stella. Qual é o seu?

— Blue.

Blue, como a cor de seus olhos. Blue não parecia um nome verdadeiro.

— Blue é seu apelido?

— Não, é meu nome verdadeiro.

— E qual é o seu sobrenome?

Ela esfregou os lábios secos, azuis do frio, e hesitou; seus olhos percorriam toda a sala.

— Cunningham — respondeu.

Stella não tinha como saber se ela estava mentindo.

— Precisamos que você volte para casa — disse Stella. — Precisamos avisar a alguém que você está aqui.

— Não vou para casa — a garota falava com uma determinação que preocupou Stella.

— E por que não?

— Briguei com a minha mãe. Ela não vai me deixar voltar.

— Blue, mesmo que você tenha discutido com sua mãe, ela ainda estará preocupada com você.

Nenhuma resposta.

— Bom... Eu ainda preciso ligar para alguém para dizer que você está em segurança. Tem mais alguém a quem eu possa telefonar, além de sua mãe?

Blue meneou a cabeça negativamente, sem olhar para Stella, fixando os olhos no fogo. Os tremores diminuíam, mas de vez em quando um leve estremecimento passava por seus ombros.

— Precisamos mesmo achar um jeito de levar você para casa — disse Stella. Suas palavras pareciam ocas, repetitivas, canhestras.

— Eu não morei aqui — disse a menina. — Inventei isso. — Ela se virou para Stella. A cor de seus olhos pareceu mudar, o azul ficara mais escuro e mais intenso, como a cor da pedra tanzanita, dura e fria.

Stella tombou a cabeça de um lado a outro, tentando aliviar os músculos que tinham travado no pescoço e nos ombros.

— Então, por que veio aqui? — perguntou ela.

Se entrasse em pânico, se respirasse acelerado demais, se permitisse que seu coração martelasse descontrolado, ela estava perdida. Devia ter subido quando ouviu a campainha, trancado a porta do quarto, engolido um comprimido para dormir, ignorado o maldito barulho. Havia um aperto no peito e era impossível conseguir ar suficiente.

— Eu vim porque preciso ver o dr. Fisher — disse a menina.

— Meu marido?

— Sim. — A boca de Blue se fixou numa linha obstinada e ela começou a coçar a pele dos braços.

Sessão Quatro

No início da sessão, ele ficava sentado em silêncio e sério, enquanto esperava que ela dissesse alguma coisa primeiro. Seus olhos, ocultos atrás da armação preta dos óculos de leitura, não revelavam a ela o que sentia. Sempre usava terno e gravata. Pelo que ela sabia, ele tinha dois: um marinho e outro caramelo. Os sapatos eram pretos, brilhantes, e pareciam caros, com bicos quadrados. Por baixo da camisa, uma ligeira curva de barriga. Ela não se importava nem um pouco. Também gostava que ele não fosse alto demais e que usasse barba. Ela não sabia por quê, mas isso a agradava.

Ele ainda a olhava.

— Detesto essas poltronas — disse ela.

Ele continuou calado.

— Por que você coloca a poltrona tão longe de mim? — A voz dela era meio queixosa. — Tudo bem, não detesto de verdade as poltronas. Eu posso me enroscar aqui, passar o dia todo assim e não voltar. Ficar só aqui com você.

Ela se curvou para frente, tirando um fio de cabelo da boca. Os homens sempre a olhavam. Ele também, do mesmo jeito, ela estava certa disso, só que ele fingia não olhar. Ele se remexeu na cadeira, mudando a perna cruzada para outro lado. Recostou-se e pousou o queixo na mão. Ela olhou o relógio. Passaram-se cinco minutos. Isto queria dizer que faltavam quarenta e cinco. Ela apertou o lábio inferior com os dedos da mão direita. Ele ainda olhava. Ela se perguntou se ele olhava todas as pacientes com a mesma intensidade. Gostava dos lábios dele — eram meio finos, mas de um jeito sexy. Ela fazia algum tipo de terapia desde que se entendia por gente. Até agora, ele era seu favorito.

Ela vestia uma blusa de colégio e os dois botões de cima estavam abertos. Ela brincava com o terceiro, abrindo-o devagar. Curvou-se um pouco para a frente, observando a reação dele. Ele deu um pigarro.

— Eu penso muito em você — disse ela.

— Sou seu médico — disse ele. — Nossa relação tem limites que são muito importantes. Entende o que quero dizer?

— Eu penso em você me beijando. Penso muito nisso. Não sei por quê, é só nisso que eu penso.

As mãos dele estavam firmemente entrelaçadas no colo, como se tivesse medo do que aconteceria se as soltasse.

— Isto não é uma sedução — disse ele. — É uma sessão de terapia. Não deve fazer uma ideia errada.

Mas ela já possuía muitas ideias próprias.

— Pode ser uma sedução — disse ela.

— Existem outros tipos de relacionamento que você pode ter. Quer dizer, além de sexual.

Ela passou a mão por dentro da blusa e afagou a pele aveludada entre os seios. Deslizou um dedo sob o bojo do sutiã para encontrar o mamilo.

— Você precisa parar de atuar, ou terei de encerrar a sessão — disse ele.

Ela retirou os dedos de dentro da blusa. Sentou-se sobre as mãos.

— Tudo bem. Do que quer que eu fale?

— Só você pode saber.

— Dá um tempo.

— Agora está com raiva? Vamos falar sobre isso?

Ela balançou a cabeça em negativa.

— Não estou com raiva de você.

Ela pegou um fio solto no braço da poltrona. Gostava de ter toda a atenção dele, mas cinquenta minutos era um tempo curto demais. Ela suspirou. Ele massageou a testa com a mão esquerda. Ele era destro ou canhoto? Ela olhou a mão dele, ainda esfregando a testa e imaginou seus dedos afagando-a. Remexeu-se, descruzou as pernas e apertou com força a base da poltrona. Queria que ele se apaixonasse por ela, que a levasse para a casa dele, cuidasse dela, sempre. Ela era bonita. Muito mais bonita do que a maioria das mulheres. Por que ele não a queria? Muitos homens da idade dele queriam ficar com ela desse jeito, ela podia provar. E agora ela o queria. Ela deslizou da poltrona para o chão, abrindo a ele um leve sorriso ao se mexer. Sentou-se no chão ao pé da poltrona, puxando os joelhos para o peito. Não disse nada.

— Não posso ler sua mente — disse ele. — Precisa me dizer no que quer que eu a ajude.

Ela ergueu os braços no alto da cabeça e se espreguiçou.

— Como está se sentindo agora? — perguntou ele.

— Molhada. Como você está se sentindo?

— Terei de encerrar a sessão por hoje, se isto continuar.

Ele estava nervoso. Ela via em seus olhos e ouvia em sua voz, toda tensa e contida. Ela abraçou os joelhos e se balançou, olhando-o de baixo. Os botões da camisa dele estavam fechados até o pescoço. Ele usava uma gravata rosa. Também tinha aliança de casado. Ela imaginou como seria, quando eles transavam. Odiava a mulher dele. Não era justo, ela talvez fosse uma mulher que sempre teve tudo: pais que se amavam, uma linda casa onde crescer com gatos e os malditos cachorros. Uma casa bem grande e limpa, sem gritaria nem berros, e definitivamente sem bebedeiras. Com um quarto que os pais decoraram para ela com coisas cor-de-rosa de menina, uma cama com edredom rosa e capa de travesseiro na mesma cor, uma saia pregueada na cama, um papel de parede listrado de rosa com fadas. Ela podia ver tudo isso. Bonecas e bichos de pelúcia. E a futura esposa dele cresceria segura e gostando de si mesma, iria para a universidade e conheceria um homem como ele.

Não era justo.

Mas ela era bonita e era jovem. E alguns homens gostavam de meninas novas. Ser bonita ajudava muito. Ela o queria. E não por cinquenta minutos por semana.

— Você me perguntou como eu me sentia — disse ela. — E agora quer me castigar porque eu disse a verdade. — Ela *estava mesmo* irritada.

Ele se abrandou, ela podia ver.

— Acha que o sexo vai ajudá-la? A ter os relacionamentos que quer?

— Talvez, não sei.

— Quem lhe ensinou que a única coisa importante em você, a única coisa de valor, é sua sexualidade?

— Ninguém me ensinou nada.

— E você sente alguma coisa com relação a isso?

— Não quero falar dos meus sentimentos.

— Então você coloca um muro entre nós. Um muro de sexualidade. E nunca vamos conhecer quem você verdadeiramente é por baixo dessa barreira.

— Não é um muro. Quero ficar perto de você. Não quero muro nenhum.

Ela engatinhou para ele de quatro, até ficar aos pés dele. Ele não se mexeu, as pernas cruzadas e as mãos entrelaçadas no colo.

— Sabe qual é nosso acordo — disse ele. — Nada de atuação. Nem contato físico.

— Por favor — disse ela. — Eu só quero encostar a cabeça no seu joelho. Ninguém nunca tocou em mim, nem me abraçou, nunca. — Ok, era tudo mentira.

Ela se curvou para a frente, tocando a testa na perna dele. O linho de suas calças era meio áspero na pele. Ela sentia a ponta dura de seu joelho enquanto se apertava nele. Fechou os olhos.

Clínica Grove Road, abril de 2009

Stella pegou a pasta com a etiqueta *Simpson* e folheou mais uma vez as anotações. Primeiro, a família chamou a atenção do serviço social, e depois da justiça, há mais de uma década; agora, o caso que entregaram a ela era um imbróglio de acusações e contra-acusações entre dois pais em guerra. Já havia vários profissionais envolvidos e prevalecia um clima geral de pessimismo sobre fazer progressos num caso em que o ódio entre os pais encobria cada fato e onde o filho ainda era um peão entre duas facções em batalha. Os procedimentos legais já eram longos e amargos, e o Estado pagava um preço alto por essa disputa doméstica.

Ninguém sabia a verdade. Nem o Serviço Social, nem os advogados, nem o tutor da criança, muito menos o juiz — por isso ele pediu uma avaliação psicológica e psiquiátrica dos pais.

Stella resumiu dois fichários de documentos com informações ao se preparar para sua primeira hora marcada com Lawrence Simpson. Sua filha fora levada a um lar adotivo três meses antes, depois de ele ter ligado para a emergência para contar que achou a mãe inconsciente no banheiro depois de uma noite de bebedeira.

De acordo com a mais recente declaração que ele havia dado, Simpson alegava que a ex-mulher era uma mãe inadequada e ele solicitava custódia total. A mãe tinha um histórico de problemas com álcool e admitiu uma recaída, mas estava disposta a buscar tratamento.

Esse recente incidente não foi o primeiro a levar a criança para um lar adotivo: houve outros três incidentes anteriores, quando ela tinha entre seis meses e três anos de idade. Todos os casos estavam relacionados ao uso abusivo de álcool de que a mãe fazia. Simpson já havia requerido a custódia anteriormente, quando a filha ainda era um bebê, mas, apesar das dificuldades da mãe, seu relacionamento com a filha era descrito como amável e afetuoso, e Simpson não obteve sucesso. As coisas pareciam ter acalmado nos últimos anos e o caso foi encerrado no serviço social, até a última recaída da mãe colocar o processo em discussão outra vez.

Simpson disse que sua ex-esposa tinha problemas com álcool muito antes de conhecê-lo. Porém, segundo a ex-mulher, ela só começara a beber quando enfrentou os constantes maus-tratos físicos e emocionais do marido. A credibilidade da ex-mulher não era particularmente boa. Ficou desempregada por vários anos depois de ser demitida por roubar analgésicos de codeína da farmácia onde trabalhou por muito pouco tempo. Teve várias passagens pela reabilitação do Serviço Nacional de Saúde.

Os detalhes sobre o relacionamento entre Simpson e a ex-mulher ao longo dos anos eram incertos. Aparentemente eles se separaram e voltaram inúmeras vezes, mas pelo menos nos últimos seis anos viveram separados. Mãe e filha viveram da previdência social em um imóvel do governo numa área arriscada, onde as escolas eram pobres. Por outro lado, Simpson se fortaleceu cada vez mais depois do fim do casamento. Era clínico geral com um consultório próspero em uma área abastada, tinha uma nova namorada, fixa, e uma casa geminada de três quartos.

O chefe de Stella, Max Fisher, veria a mãe e daria um parecer, se ela sofria de algum transtorno psiquiátrico, bem como um diagnóstico de sua dependência química. Ele pedira a Stella para formular um perfil da personalidade do pai, uma solicitação que agradou a ela, pois Stella considerou que isso refletia certo nível de confiança em sua capacidade. Max já atendia havia mais de dez anos, enquanto Stella só se formara havia pouco mais de dois; era ao mesmo tempo uma curva de aprendizado e uma emoção trabalhar com ele num caso tão complexo.

Max acreditava que, trabalhando em equipe, eles podiam ser os primeiros a ter sucesso.

Stella baixou três questionários em branco na mesa e colocou um lápis e uma borracha ao lado dos formulários. Respirou lentamente. Sempre ficava nervosa e ao mesmo tempo contente ao conhecer um novo cliente. Seu trabalho envolvia analisar se as pessoas tinham ou não condições de cuidar dos filhos, e sempre, por alguns instantes, ela se sentia uma fraude: jovem e inepta, escondendo-se por trás de seu título e das salas elegantes do consultório.

A Clínica Grove Road era composta de três grandiosos prédios eduardianos de tijolos vermelhos. Anne, a administradora da clínica, criara um conjunto elegante e profissional de salas, todas equipadas com mesas antigas e laptops reluzentes. As paredes creme exibiam uma variedade de telas a óleo, principalmente com motivos de flores e barcos. Persianas e vidraças duplas por todo o prédio criavam uma atmosfera tranquila, isolada da rua movimentada. Era um ótimo lugar para se trabalhar.

Uma escada acarpetada e sinuosa levou Stella de sua sala no primeiro andar ao térreo, a área de espera, onde a recepção tinha um leve cheiro de jasmim.

— Seu próximo cliente está esperando — disse Anne. Ela costumava adejar pela mesa de recepção, de olho nas entradas e saídas de pacientes e funcionários. Era um estudo da perfeição controlada, com o cabelo perpetuamente arrumado e as unhas brilhantes. A blusa de Anne era, como sempre, de decote baixo e convidava a atenção a seus seios que, na opinião de Stella, eram suspeitosamente firmes e empinados. Anne arrumava as canetas, o telefone, o iPad em filas precisas demais e deixava Stella apreensiva sem nenhum bom motivo.

Ela apontou para a sala de espera com o controle remoto do ar-condicionado.

— O dr. Simpson está aqui há vinte minutos — disse ela.

Anne quis insinuar que Stella estava atrasada para a consulta, quando, na realidade, o cliente que havia chegado cedo e Stella estava precisamente na hora.

Ele estava esperando por ela sentado na Chesterfield de couro vermelho, com os braços e pernas firmemente cruzados e o corpo magro tenso da cabeça aos pés. Ao lado dele havia uma pilha de revistas inócuas: as mais recentes edições da *Hello*, *Vogue* e *Men's Health*, habilidosamente arrumadas em espiral por Anne. O material estava intocado.

— Dr. Simpson? — perguntou Stella.

Ele assentiu, sem sorrir e pouco à vontade. A maioria dos clientes médico-jurídicos reagia assim ao conhecê-la, e ela não levava isso para o lado pessoal. Era solicitado que fossem vê-la. Na verdade, eram forçados pelos juízes da Vara de Família. Havia uma pressão tremenda sobre esses pais para se apresentarem sob a melhor luz possível, e por isso eles a temiam.

A cara angulosa de Simpson estava bem barbeada. O cabelo claro era bem curto e penteado de lado. Vestia um terno azul-marinho com uma camisa branca imaculada e uma gravata amarela. Os sapatos pretos brilhavam. Ela anotaria isso em seu relatório; ele tinha "boa aparência", para dizer o mínimo.

— Sou a dra. Davies. — Ao mencionar o título, ela pensou ter visto o homem se retrair.

Ele se levantou e estendeu a mão lentamente. Seus olhos subiam e desciam por seu terninho preto, a saia e os saltos altos. O aperto de mão era firme e quente. Stella sorriu.

— Vamos subir — disse ela.

Enquanto ele a seguia escada acima, ela não pôde deixar de se perguntar onde estariam os olhos dele. Ela abriu a porta de sua sala e ele não teve pressa de passar da soleira.

Ela arrumara duas cadeiras perpendicularmente, junto dos dois lados da mesa.

— Sente-se — disse ela.

No momento em que ele se sentou, voltou à posição da sala de espera, com os braços e pernas firmemente cruzados.

— Antes de começarmos, preciso que assine o formulário de consentimento — disse Stella. — Por favor, leia com atenção. Ele me dá permissão para liberar o conteúdo de meu relatório ao tribunal.

Ela lhe entregou o formulário padrão numa prancheta. Ele franziu o cenho para a folha e assinou. Sua expressão era de desgosto quando a devolveu a ela.

— Tudo bem se eu gravar nossa entrevista usando meu ditafone? Assim não precisarei tomar notas. — Ela sorriu mais uma vez, fingindo não notar o desprazer dele.

— Não, não está tudo bem — disse ele.

Stella nunca recebera uma recusa de um cliente a esta solicitação. Seus clientes ouviam dos advogados que tudo que era discutido na entrevista seria colocado em relatório, então não parecia haver motivos para recusar, além do desejo de dificultar as coisas para ela.

— Isso me pouparia o tempo de tomar notas enquanto falo com o senhor — disse ela, esperançosa.

— Sem gravações — disse ele. Ele olhou a sala, como se procurasse algum equipamento de vigilância. Parecia inquieto, apreensivo. Era visível que ele tinha dificuldade por não estar no comando. Costumava ser a pessoa atrás da mesa grande. Stella entendeu: também gostava de estar no controle.

— Não tem problema. Vou digitar enquanto conversamos. Digito muito mais rápido do que escrevo. — Ela manteve o tom leve, mas não houve qualquer lampejo de sorriso em resposta à provocação dele.

Ela precisava conquistá-lo de alguma maneira, achar um jeito de envolvê-lo. A forma de sua personalidade — ou da personalidade de qualquer cliente dela — não podia ser verdadeiramente compreendida ou conhecida sem algum nível de cooperação. Simpson, se quisesse, podia não dizer nada e não revelar nada. E então Stella teria de basear sua opinião em um espaço negativo, no desejo dele de continuar desconhecido. Isto não seria muito útil nem para o juiz nem para a criança. Seu maior desafio era encontrar um jeito de entrar, um jeito de ganhar sua confiança e convencê-lo de que falar com ela o beneficiaria. Teria de convencê-lo de que esta era a oportunidade de contar o lado dele da história.

Ela decidiu que começaria a avaliação com os questionários com caneta e lápis. Assim ele não teria de responder a suas perguntas diretamente.

Ela empurrou uma folha de papel para o lado dele na mesa.

— Muito bem — disse ela. — Vamos começar por este... as instruções estão no alto. — Ela apontou. — É simples e direto, apenas responda verdadeiro ou falso. Mas requer algum tempo para ser concluído, cerca de uma hora. São pouco mais de quinhentas perguntas.

Ela não pôde deixar de sentir uma centelha de satisfação íntima ao ver o desânimo no rosto dele. Era a vez dela de marcar pontos na sutil batalha de vontades dos dois. Simpson cooperaria, completaria o questionário — tinha de fazê-lo, se quisesse ter uma chance de conseguir a custódia da filha, e os dois sabiam disso. Ele levantou o lápis, embora de má vontade.

Ele levou muito tempo em cada pergunta.

— Não posso dizer falso ou verdadeiro a esta afirmação. Não se aplica a mim — disse ele.

— Escolha apenas aquela que esteja mais próxima da verdade para o senhor — disse Stella.

Ele se demorou, frustrado por ter de escolher entre duas opções que não refletiam precisamente seu estado de espírito. Mas, depois de dez minutos, pareceu marcar as respostas mais prontamente e Stella via que progredia com mais rapidez pela interminável sequência de perguntas.

A certa altura, ele riu, um tanto amargo.

— Isso é ridículo — disse ele. Entretanto, fez sua opção, marcando um círculo escuro e pequeno com a ponta do lápis.

— Quer uma xícara de chá ou um café? — perguntou ela.

Não lhe faltava empatia. Sabia o quanto o processo podia parecer uma violação, em particular se ele tivesse sido equivocadamente acusado de maus-tratos. E, além disso, ela mesma precisava de um café.

— Eu gostaria, sim — disse ele.

Ele parecia grato por seu pequeno ato de gentileza e Stella sentiu um derretimento mínimo no gelo. Ele gostava do café puro, com um cubo de açúcar, disse.

Stella não achava que ele era do tipo que roubaria sua bolsa enquanto ela estivesse fora da sala. Mas, ainda assim, fechou o laptop e levou a pasta com suas anotações.

Hilltop, 16h

— Por que você quer ver o meu marido? — perguntou Stella. Todo o seu corpo formigava de expectativa.

— Porque preciso. — Blue se aconchegou sob a manta, metendo-se mais fundo no sofá, como se tentasse criar raízes.

— Como conhece meu marido?

— Não posso te falar.

— Pode me falar, sim. Só não quer.

Stella sentou-se no sofá, irritada e também impotente diante da obstinação da menina. Não podia obrigá-la a dizer a verdade. Considerou o que fazer. Podia ligar para Max e perguntar se ele a conhecia. Mas, por algum motivo, decidiu esperar antes de envolvê-lo. Ficou sentada imóvel e não fez nada por algum tempo, ciente da tensão que corria de seu pescoço e descia por toda a espinha. Pressionou os pés com mais força no tapete chinês. Não tirava os olhos da menina, porque não confiava nela.

Agora que deixara a menina entrar, podia não ser tão fácil se livrar dela.

— Meu marido não está em casa. — Não ia dizer à garota que ele passaria a noite fora. Perguntou-se se Blue viera sozinha ou se tinha trazido alguém, alguém que esperava lá fora. Foi um erro abrir a porta. Teve sorte de ninguém avançar sobre ela nos poucos segundos em que a porta ficou aberta.

Ela especulava, imaginava, criava catástrofes. Os motivos da menina talvez não fossem sinistros. Ela precisava se controlar.

— Onde ele está? — perguntou Blue. — O dr. Fisher?

Stella não respondeu. Também podia reter informações.

— Quando ele vai voltar?

— Mais tarde — disse Stella.

Blue suspirou e pareceu irritada. Stella teve a sensação de que ela não lidava bem com um atraso na recompensa.

— Posso ficar aqui com você? — perguntou Blue. — Até ele voltar?

Fisicamente, ela parecia uma jovem adulta, mas era infantil em sua audácia e sua impaciência.

— Não, se não me contar a verdade e me disser por que veio aqui e como o conhece.

— Mas está escuro lá fora. E eu não tenho dinheiro para voltar para casa. — Blue meteu as pernas por baixo do corpo e puxou mais a manta nos ombros.

— Posso muito bem lhe dar o dinheiro para o transporte — disse Stella.

— Eu não vou. Vou ficar sentada lá fora na porta e morrer congelada. — Ela fez beicinho.

— Como quiser — disse Stella. — Ou talvez possa mudar de ideia e telefonar para sua mãe.

Elas ficaram sentadas em silêncio nas duas extremidades do sofá, ambas se recusando a ceder. Stella se perguntou se teria de ficar sentada ali a noite toda, vigiando Blue, até que Max chegasse na manhã seguinte.

Depois de um tempo, pensou que talvez a gentileza funcionasse melhor do que o tratamento de silêncio.

— Ainda está com frio? — perguntou. — Posso preparar uma bebida quente para você.

Blue assentiu.

— Você tem chocolate quente?

— Não. Chá?

— Está bem.

Stella se levantou, aliviada por impor alguma distância entre elas ao refazer o familiar caminho até a cozinha. A arquitetura aberta lhe permitia vigiar a menina enquanto pegava duas canecas nas prateleiras. Blue se retorcia pelo sofá; observava Stella com a mesma intensidade com que era observada por ela.

Stella pegou a chaleira e a encheu de água. Abriu os armários lustrosos em busca de colheres, açúcar, leite. Seus pensamentos fluíam e se dispersavam. As canecas brancas foram a primeira coisa que ela comprou quando eles se mudaram para Hilltop. Max queria manter o apartamento dele em Hampstead totalmente mobiliado, então tiveram de começar do zero, sem nada. Ela podia sentir o coração batendo, a adrenalina subindo pelo seu corpo. Mantinha uma caixa de comprimidos ao lado dos saquinhos de chá, só por precaução. A luz laranja apagou, a chaleira está fervendo. E mesmo enquanto ainda sentia o gosto amargo do comprimido na língua, seus músculos tensos relaxavam e o corpo reagia à promessa da calma que logo viria.

Stella voltou à sala de estar levando uma bandeja. Já se sentia mais leve, uma sensação de fluxo e flutuação suave. Suas mãos estavam bem firmes. Ela colocou cada caneca num descanso na mesa de centro de vidro e cromo. Blue jogou de lado a manta, curvou-se e colocou duas colheradas de açúcar em sua bebida. Stella não usava açúcar, mas, por impulso, acrescentou uma colherada rasa ao chá e mexeu. Gotas de chá escaldante espirraram na mesa. Ela segurou a caneca com as duas mãos, sentiu as palmas começarem a arder. As mãos de Blue tremiam enquanto ela erguia a caneca.

— E então? — disse Stella. Ela tentou parecer gentil, mas com autoridade. — Por que veio aqui num frio de congelar para ver meu marido?

Blue tomou um gole do chá, olhando para Stella pela beira da caneca. Sem pressa, baixou a bebida lentamente até o descanso.

— Acho que ele é meu pai — disse ela.

— O quê? — Stella ficou confusa.

Os olhos azuis estavam atentos. A menina tomou outro gole cauteloso da bebida quente.

Stella se recompôs.

— O que a faz pensar que ele é seu pai? — perguntou calmamente.

Blue se demorou, pensando na resposta. Nesse meio tempo, Stella já decidira que não acreditava nela.

Enfim, Blue falou:

— Descobri uma coisa que prova isso.

— Descobriu o quê, exatamente?

— Minha certidão de nascimento.

— Onde?

— No quarto da minha mãe. Estava escondida. No fundo de uma gaveta.

— E você a trouxe? — perguntou Stella.

— Não.

— Ora, que surpresa.

— Não acredita em mim? — perguntou Blue.

Stella não respondeu e não olhou para ela. Encarava a lareira crepitante à frente. Seu chá tinha esfriado e ela o bebeu todo, embora estivesse doce demais e com leite demais, não como preferia. Seu corpo estava agradavelmente leve, como se ela flutuasse na crista de uma onda suave.

— Não sou uma mentirosa — disse Blue. Ela se curvou para a frente e pôs a mão no braço de Stella. Stella não sabia se seu toque era um pedido ou uma ameaça. Como Stella não reagiu, Blue apertou mais. Stella sentiu gotas de suor se formando na linha dos cabelos e pelo lábio superior. Ela afastou a mão da menina.

— Já conheceu meu marido?

— Não.

— Então, além de aparentemente ver o nome dele em sua certidão de nascimento, o que mais sabe sobre ele?

— Minha mãe disse que ele é médico.

— Sua mãe também deu a você o endereço da casa dele?

Blue assentiu, rápido demais, e Stella se arrependeu da pergunta direcionada.

— Achei que você não me deixaria entrar se eu dissesse a verdade — disse Blue. — Por isso eu disse que tinha morado aqui. Não sou uma mentirosa.

Max também tinha olhos azuis — mas os dele eram de um tom mais opaco, mais cinza do que os de Blue. E o cabelo de Blue era tão liso, a pele tão clara. Tão diferentes dos de Max. Stella tentou se lembrar se o marido alguma vez falara de uma namorada nórdica. Ela não conseguia se lembrar. Mas a Max não faltava nem charme, nem relacionamentos anteriores. Ela se perguntou como ele reagiria e se ia gostar de ter uma filha. Eles nunca discutiram a questão de ter filhos. Os dois sabiam que Stella não estava em condição de ser mãe.

Stella tentou manter-se racional. A menina era uma adolescente — qualquer ligação que a tivesse gerado teria ocorrido muito antes até de Stella e Max se conhecerem. Mas ela não se sentia racional, e sim ciumenta. E ressentida e confusa por Max ter escondido isso dela. E por outra mulher ter uma filha dele.

Blue começou a roer a unha do polegar, os dentinhos brancos lascando o esmalte vermelho.

— Não roa as unhas — disse Stella. Parecia que Blue podia tirar sangue, pelo modo como atacava a própria pele.

Blue parou.

— Estou com fome — disse ela. — Tem alguma coisa para comer?

Stella quase sorriu, do absurdo de tudo aquilo.

— Na verdade, não. Não tem muita coisa nesta casa.

— Podemos pedir por telefone ou algo assim?

— Neste clima? Não. Ninguém conseguiria subir a colina, a maioria dos lugares está fechada. — Depois se arrependeu do que disse; tinha apenas enfatizado sua vulnerabilidade e seu isolamento. Elas estavam presas. Juntas.

— Você deve ter *alguma coisa* para comer — disse Blue.

— Posso preparar um sanduíche — disse Stella. — Acho que tem algum presunto, ou atum.

— Sou vegetariana — disse Blue.

— Sei.

— Não gosto de pensar em matar animais — disse Blue.

— Muito bem.

— E pasta de amendoim? — perguntou Blue.

Stella não tinha pasta de amendoim. Ela se levantou, mais uma vez sentindo um alívio da tensão que se formava ao se sentar ao lado da garota no sofá.

Blue se retorceu embaixo da manta xadrez rosa e verde e a puxou para o rosto. Espreguiçou-se, pousando a cabeça numa almofada de seda amarela. O cabelo louro e comprido flutuou no braço do sofá.

Talvez a menina tivesse aparecido para roubar. Stella pensou em tudo o que devia estar trancado: pequenos enfeites de jade que pertenceram à mãe de Max, porta-retratos de prata e, mais importante, seus brincos de diamante, presente de formatura. Então concluiu que não devia se incomodar. Tudo podia ser reposto, nada disso era importante.

Por hábito, Stella procurou o som da chave de Max girando na fechadura; o som que indicava o fim de um dia de solidão. A caminho de casa, ele pararia em uma Tesco na frente da estação para pegar os produtos que ela lhe pedira: leite, pão, água Perrier, papel-toalha — as banalidades de que precisava. Ela não cozinhava mais para ele. Ele levaria mais alguns minutos para seguir de carro pela Station Road e subir a colina para Hilltop. Alguns dias por mês, ele terminava tarde demais para voltar a Buckingamshire e ficava em Londres, no apartamento de Hampstead. Nessas noites, Stella tomava um comprimido a mais para dormir.

Os olhos de Blue estavam fechados.

Stella baixou a faca que segurava. Aproximou-se do sofá lentamente. A respiração de Blue era regular e ela parecia estar adormecida. Stella torceu para que a sonolência não resultasse de hipotermia. Mais uma vez, sentiu-se culpada por deixar a menina do lado de fora no frio por tanto tempo. Não podia ter certeza se Blue pretendia lhe fazer mal. Talvez estivesse com problemas, precisasse de ajuda. Stella pegou a mochila de Blue onde ela a largara, ao lado do sofá. Não era pesada e não havia muita coisa ali dentro: uma carteira fina de couro, pequena e quadrada, com uma nota de cinco libras e algumas moedas. Só. Nada que pudesse identificá-la e nenhum celular. Lá se foi a história de telefonar para uma empresa de táxi. E quanto a sua alegação de ser filha de Max — Stella não sabia o que fazer com isso. Basicamente, a única coisa que de fato sabia da garota era que era vegetariana.

Blue estava deitada, imóvel e pálida no sofá. Seus lábios não eram mais de um roxo severo, mas desbotaram para um rosa suave. Stella estendeu a mão e tocou a testa da menina com a ponta dos dedos. Sua temperatura parecia normal, embora meio baixa. Ela puxou mais a manta pelo corpo pequeno da menina. Ainda assim, ela não se mexeu. Uma mecha do cabelo macio e dourado tinha caído do seu rosto e Stella a afastou.

Stella saiu da sala e atravessou o corredor até seu estúdio. Não conseguia ver nada pela janela, o jardim estava na mais completa escuridão. Ligou um interruptor e o chão coberto de neve foi banhado por uma luz amarela. Não havia ninguém lá fora. Ninguém que ela pudesse ver. Fechou as cortinas.

Deixou a porta entreaberta, para ver se a Bela Adormecida se mexia.

Tentou falar com o marido, mas o celular caía na caixa postal. Deixou um recado, pedindo despreocupadamente que ele telefonasse.

Ela precisava falar com alguém. Agora. Mas não tinha muitas opções. Ela hesitou e discou. O número ainda estava gravado no telefone.

Ele atendeu depois de três toques.

— Harris. — Stella tossiu.

— Alô? — Ele parecia apressado e impaciente. Sua voz era mais ríspida do que ela se lembrava.

— Peter, sou eu. — Ela deu um pigarro. — Stella.

— Stella? — Ele devia ter apagado o número dela. Compreensivelmente, ficou surpreso em ouvir sua voz.

— Desculpe por incomodá-lo — disse ela. — Preciso de um conselho. Um conselho profissional.

— O que houve? — O tom da sua voz era descontraído e calmo. Ela se sentiu falando com um estranho. Ao menos, se ele achou irracional ela precisar de conselhos dele depois de todo esse tempo, não demonstrou.

— Tem uma menina na minha casa. Uma estranha. Ela apareceu na minha porta mais cedo e eu a deixei entrar. Ficou tocando a campainha sem parar. Lá fora estava congelando. Ela é muito nova. Tive medo de que ficasse com hipotermia ou coisa assim. Mas agora ela está aqui dentro, dormiu no sofá e não sei o que fazer. Estou sozinha em casa com ela.

Ele devia achar que ela era louca. Devia achar que procurava se afligir.

— Mas onde você está? — perguntou ele.

— Moramos fora de Londres. Max e eu. Nós nos casamos.

— Meus parabéns — disse ele.

Ela não podia ver seu rosto, não sabia o que ele pretendia dizer com aquilo. — É lindo por aqui — ela disse. — E fica a menos de uma hora do centro de Londres. — Suas palavras pareciam absurdas. Ela cravou as unhas na palma da mão e olhou a aliança.

— Eu nunca voltei ao trabalho — ela disse.

Passou os dedos pelo tampo de couro da mesa, uma pequena beleza dos anos 1950 da Bélgica, com as pernas de aço polido. Comprara anos antes em seu antiquário preferido em Camden Town. A voz de Peter a fazia se sentir triste, por sua antiga vida.

— E você? — ela perguntou. Imaginou-o do jeito como o tinha visto da última vez, os cabelos curtos e grisalhos, estatura robusta em seus jeans e sua jaqueta preta, parado do lado de fora na porta do apartamento de Hampstead.

— Não me casei. Ainda moro em Londres. Ainda sou inspetor de Polícia. E então... tem algum problema com essa menina?

— Acho que ela tem 14 ou 15 anos — disse Stella. — Tocou a campainha algumas horas atrás dizendo que queria entrar. No início, disse que havia morado aqui. Agora admitiu que era mentira. E também não estou convencida de que tenha me dado o nome verdadeiro. Não sei o que fazer.

— Falou com Max?

— Ele está fora — disse ela. — A noite toda. Não consigo falar com ele. — Ela começou a divagar. — Estamos debaixo de neve. Tem pelo menos meio metro de neve acumulado na entrada de carros. Foi assim que ela passou pelo sensor.

Stella passou o celular para a outra orelha. Seu rosto estava quente e o aparelho, suado.

— Há quanto tempo ela está na sua casa?

— Há umas duas horas. Mas eu a deixei esperando lá fora por quase uma hora antes de abrir a porta. Tive de deixá-la entrar. Tive medo de que morresse de frio.

— Ela disse de onde era?

— Londres. E… outra coisa — Stella disse. — Ela sabe o nome do Max. E afirma que Max é seu pai. Seu pai desaparecido. Ela diz que acabou de descobrir.

— Entendo. — A distância voltou entre eles. — Foi por isso que você me ligou? Por que está nervosa com Max?

— Não. Eu te liguei porque Max não atende o telefone e minha intuição diz que há algo de errado. — Embora sua intuição não fosse muito confiável, sempre lhe dizendo que algo estava errado. — Tem alguma coisa nela… eu não confio nela.

Ela esperou. Mas ele não se ofereceu para correr lá e ajudá-la. E ela não podia culpá-lo.

— Ainda está aí? — ela perguntou.

— Estou. Você acha que a mãe dela sabe onde ela está?

— Eu não sei. Ela falou alguma coisa sobre uma briga.

— Que tipo de conselho você quer?

— O que você acha que devo fazer?

O silêncio foi profundo. Quando ele falou, suas palavras foram secas e frias.

— Meu conselho seria você ligar para a delegacia mais próxima. Falar o nome dela e suas características físicas e ver se alguém registrou seu desaparecimento. Ou então, você pode esperar seu marido responder às suas chamadas e perguntar a ele o que ele acha que você deve fazer.

— Certo — ela disse.

— Ou… você pode decidir isso sozinha.

— Está bem — ela disse. — Está tudo bem. Obrigada. — A voz dela estava fraca e impotente. Ela não desligou.

— Você está com medo? — perguntou ele. A súbita gentileza em sua voz magoava.

— Eu me sinto ridícula — disse ela.

Devia ser evidente para ele agora: sua impotência. Ele saberia que ela não mudara nada. Ele não se lembraria de como ela era diferente.

— Você não é ridícula — ele disse. — Você falou sobre sensores, então tem segurança na casa?

— Tem o sistema de alarme com sensores em todas as janelas e portas.

— E... — ele fez uma pausa — você acha que ela está sozinha?

Ela engoliu seco, sentindo as entranhas se revirarem.

— Eu não tenho ideia. Imagino que, se ela estivesse com alguém, eles teriam forçado a entrada quando eu abri a porta.

Então ele cedeu um pouco.

— Se você me der alguns detalhes, eu posso checar se houve alguma reclamação de meninas desaparecidas de Londres com a idade dela. Mas é só isso.

— Muito obrigada. Ela disse que seu nome é Blue Cunningham.

— Blue?

— Parece que sim. E não é apelido.

— Como ela é?

— Branca. Olhos azuis. Cabelo louro e comprido... até o meio das costas. Ela é mignon, deve ter um e sessenta, e magra. Está usando calça preta e uma jaqueta preta imitando couro. Camiseta branca e gorro. Tênis Nike branco, sem meias. Eu arriscaria dizer que é adolescente, mas poderia passar por mais velha.

— Alguma característica que a diferencie?

— Creio que não. Nada que tenha me chamado a atenção. Ela é bonita.

— Se eu achar alguma coisa que ajude, ligo de volta. — Ele parecia distraído. Como se preferisse que ela não tivesse ligado, não o tivesse envolvido em mais um de seus dramas.

Abruptamente, ela apertou o botão vermelho e encerrou a ligação. Não queria se preocupar com o que ele pensava dela agora.

Stella estava presa em casa com uma estranha. A noite toda. Não achava que conseguiria suportar tanto tempo. Sua ansiedade já ameaçava triunfar sobre as drogas. Não era seguro tomar mais comprimidos. Ela precisava ficar alerta.

Sessão Cinco

Ela disse:

— Tive um sonho com você na noite passada.

A expressão dele não se alterou e ele não disse nada.

— Pensei que os terapeutas *devessem* se interessar pelos sonhos — disse ela.

Ela olhou a própria mão subindo e descendo lentamente pelo braço da poltrona. Esfregou as flores carmim que se ergueram até desaparecer sob a ponta dos dedos. Sentiu-se distante, afastada do próprio corpo, como se olhasse a mão de outra pessoa se mexendo de um lado a outro. Tinha se acostumado a esta sensação de estranhamento, de dissociação.

Ela estava sentada numa grande poltrona de encosto alto. As cortinas estavam fechadas e a suave luz na sala vinha de uma luminária no canto. Aqueles cinquenta minutos no consultório dele eram sua parte preferida do dia.

Ele estava de frente para ela e sua poltrona era idêntica, com as mesmas flores carmim num fundo bege. Um par igual. Ela sentia calor e inquietude. Ele estava longe demais. Mesmo que esticasse as pernas, não conseguiria tocá-lo. Ela se perguntou se ele a achava bonita. Não se importava com garotos de sua idade, só queria ele.

— E então, quer que eu te conte meu sonho? — perguntou ela.

— Se quiser — disse ele.

— Eu queria que meu sonho fosse real.

— Há uma grande diferença entre sonho e realidade. Você sabe disso.

O ar entre eles crepitava de expectativa, tensão e de uma esperança incomum. A pele dela formigava e se arrepiava; ele a deixava nervosa e excitada ao mesmo tempo. O céu nublara e a sala escureceu.

— Sonhei que você tocava em mim — disse ela. Estava metade constrangida, metade excitada.

Ele se remexeu na poltrona e cruzou as pernas, bem apertadas. Ela reprimiu um riso. Ele não disse mais nada. Não era de falar muito. Ela morria de vontade de saber o que ele pensava quando a olhava. Ele era muito mais velho, mas ela não se importava. Talvez isso a deixasse estranha, interessar-se por alguém tão velho. Ela não ligava.

Ela se deixou deslizar para baixo, avançando de lado, se aproximando até ficar sentada no chão ao pé da poltrona, olhando-o. Meteu o polegar entre os dentes e mordeu suavemente.

Ela estendeu a mão, encontrou os dedos dele e entrelaçou-se neles, até os dois ficarem de mãos dadas. Baixou os olhos para os desenhos espiralados do tapete, cheia de desejo.

Clínica Grove Road, abril de 2009

Stella ficou aliviada por se afastar do cliente relutante por alguns minutos. Procurou o abrigo da compacta e bem equipada copa no corredor. O espaço pequeno, com no máximo dois metros de comprimento e ainda mais estreito do que isso, era outro dos muitos triunfos de Anne. A copa incluía todo o básico: chapa, geladeira e cafeteira; sempre estava arrumada, limpa e bem abastecida de lanches para a equipe, coisas saudáveis, nozes e frutas secas, bem como uma seleção de biscoitos. Stella precisava de uma combinação forte de açúcar e cafeína para passar pelas duas horas seguintes, então abriu a lata e encontrou um biscoito com uma espessa cobertura de chocolate. Serviu o café numa elegante caneca branca. Tomou um gole. Anne sempre colocava muito pouco café no filtro e ela mal sentia o gosto; teria de fazer outro.

— Uma pergunta, Stella. — Max estava na soleira parecendo se divertir enquanto ela despejava o pote todo de pó de café na cafeteira. — Fui indicado para um caso em que tentam confirmar um diagnóstico de Asperger numa paciente de 14 anos. O que acha de pegar este?

Max Fisher, psiquiatra e agora chefe de Stella, era o dono da clínica. Ele conseguira financiamento para o prédio quatro anos atrás, pouco antes da recessão, e trabalhou muito para convencer especialistas da Harley Street a saírem do centro da cidade e trabalharem nestas instalações mais modernas. A princípio, seu plano era atrair os moradores dos bairros vizinhos, estendendo-se de St. John's Wood a Hampstead, onde não havia escassez de renda e os planos de saúde eram bons. A clínica oferecia equipamento diagnóstico de última geração e um leque de especialidades: ultrassonografia, fisioterapia, psicoterapia, ginecologia, até fonoaudiologia. Mas o fechamento crescente de empresas, a perda de empregos e as demissões mudaram a paisagem de seu trabalho e havia menos pacientes do que Max esperava. Quatro anos depois, a clínica não estava se pagando e Max dedicava toda sua energia a manter o lugar funcionando. Os contratos para trabalhos médico-jurídicos, financiados por órgãos do governo, tornaram-se mais importantes do que ele teria imaginado. Foi quando Stella ganhou relevância.

Ela colocou o pote de café vazio na bancada e tirou o cabelo do rosto.

— Claro. Já trabalhei na clínica de necessidades complexas em Camden. Tenho experiência em avaliação de distúrbios sociais e de comunicação. — Suas palavras soavam forçadas e constrangidas, ele tinha esse efeito nela.

— Quando poderá dar a consulta? — perguntou ele.

— Vou precisar das próximas duas semanas para preparar o relatório de Simpson. A qualquer hora depois disso.

— Ótimo. — Ele sempre dava a impressão de estar genuinamente grato por ela concordar em fazer o trabalho dela. — Vou dizer a Anne para preparar as cartas, basta você informar a ela seus horários livres.

Ela assentiu:

— Claro.

Vincos apareciam nos olhos dele quando ele sorria para ela.

Stella não via como problema os sentimentos que tinha pelo chefe. Era simplesmente outro motivo para ela sempre ficar feliz em ir trabalhar, um consolo para todas as suas horas extras. Ela queria impressioná-lo.

Lawrence Simpson estava onde ela o havia deixado: preenchendo diligentemente o questionário, de cabeça baixa. Não olhou quando ela entrou.

— Obrigado — disse ele, pegando o café com a expressão franca enquanto a franja caía na testa.

Enquanto ela esteve fora da sala, ele colocou óculos de leitura e, com eles, de repente, parecia muito mais vulnerável. De sua cadeira ela olhou o questionário. Ele estava na metade da folha de respostas. Deve ter trabalhado mais rapidamente quando ela se ausentou da sala. Talvez não gostasse de ser examinado. Ou enxergasse melhor de óculos.

Ele levantou a cabeça e viu que ela olhava. Ela sorriu, torcendo para que o clima daquela reunião começasse a se livrar da tensão e do antagonismo iniciais. Ela abriu o laptop para começar a formatação do relatório. Simpson fez ponta no lápis e continuou no questionário sem se queixar. Levou setenta minutos para terminar o teste de personalidade. Stella o deixou de lado, para fazer a pontuação mais tarde.

Ele dispensou um intervalo, então eles foram diretamente à entrevista clínica. Stella decidiu mudar a forma como eles estavam sentados. Ela saiu de trás da imponente mesa e convidou Simpson para sentar-se ao lado dela, em uma das confortáveis cadeiras que havia no meio da sala.

— Qual é sua compreensão do motivo pelo qual o juiz solicitou uma avaliação psicológica?

— Minha ex-mulher já provou inúmeras vezes que não é uma mãe competente. Estou supondo que você conhece o histórico, que ela sempre teve problemas, desde o começo, para cuidar de nossa filha. Ela é alcoólatra. Ela sempre sofreu de transtorno de personalidade. Eu quero uma chance de assumir a guarda, de fazer tudo direito, de dar um lar estável a minha filha.

— Mas, na sua opinião, quais são os problemas que vocês tiveram na criação dela?

— Acho que eu sabia que a relação não ia bem desde o início, mas não queria admitir, especialmente quando ela engravidou. Não foi planejado, e sei que isso é uma idiotice, em vista de minha profissão, mas fiquei animado por ser pai e amei a criança desde o primeiro instante. Eu praticamente dei à luz. Minha ex-mulher não podia cuidar de um filho. Ela mesma é muito frágil emocionalmente, muito carente. Queria toda a minha atenção. Eu estava dando duro no trabalho e tentando pagar a hipoteca. Estava exausto e irritadiço, admito inteiramente. Mas, quando chegava em casa, queria me concentrar na menina, porque ficava preocupado com o que ela recebia, ou não, da mãe. Suponho que você tenha lido todos os documentos. Começou nos primeiros dias, o bebê passava fome e ela era inteiramente irracional, recusando-se a suplementar com a mamadeira. O assistente de saúde teve de intervir, senão só Deus sabe o que teria acontecido. São tantos outros exemplos que posso lhe dar...

Ele suspirou.

A ex-mulher tinha uma versão inteiramente diferente dos fatos. Segundo a mulher, Simpson tinha ciúmes quando ela concentrava sua atenção no bebê. Ele tinha raiva do tempo que ela levava para amamentar a recém-nascida com cólica, arrebanhava a criança dela e insistia em dar a mamadeira. Não permitia que a filha dormisse no quarto dos dois porque odiava que a ex-mulher quisesse a menina perto dela o tempo todo. E ele não permitia que ela fosse até o bebê quando este chorava durante a noite. Insistia em treinamento do sono, deixando que a filha chorasse por uma hora ou mais até dormir, desde que tinha três semanas de idade.

— Dr. Simpson, até agora o senhor falou dos problemas de sua ex-mulher. Mas, na realidade, estamos aqui para nos concentrar no senhor — disse Stella.

Houve um leve endurecimento dos lábios dele, um puxão para baixo.

— Sua ex-mulher fez várias alegações graves e é este o motivo de o juiz ter pedido esta avaliação. Tem algum discernimento das dificuldades que *o senhor* teve, que possam ter contribuído para os problemas em seu casamento ou os problemas na criação de sua filha?

Em resposta a esta pergunta, Simpson continuou seu monólogo.

— Ela não suportava minha dedicação a minha filha. E então me castigava, primeiro bebendo e depois tentando tirar minha filha de mim. Ela sabe muito bem que não poderá ser mãe em tempo integral. Posso dar uma boa vida a minha filha. Uma casa que é nossa, um jardim, escolas particulares. Minha ex-mulher foi despejada de imóveis duas vezes nos últimos dois anos por não pagar o aluguel, pelo amor de Deus.

Stella o interrompeu.

— Acredita que sua ex-mulher começou a beber para puni-lo? — A visão de mundo dele parecia muito egocêntrica.

— O pai dela também era alcoólatra. Tenho certeza de que existe algum componente genético.

— Entendo — disse Stella.

Simpson estava em sua zona de conforto ao falar dos problemas da ex-mulher e executava uma bem-arquitetada destruição do caráter dela. Infelizmente para Stella, o único propósito dele era maldizer a ex-mulher, e não revelar alguma coisa de interesse sobre si mesmo.

— Minha ex-mulher era muito bonita quando jovem — disse ele. — Você não acreditaria se a visse agora. Ela se acabou completamente.

Ele nunca se referia à ex-mulher pelo nome. Stella via como seria agora: inchada e derrotada. Stella teve de se perguntar se isto podia ter algo a ver com a vida que ela teve com Simpson.

Stella decidiu mudar de tática. Perguntou a Simpson sobre sua história pessoal, sua infância e seus estudos. Mas este diálogo mostrou-se insípido e muito tedioso — tanto para a médica quanto para o paciente. Simpson se recusou a falar sobre qualquer coisa importante ou que lhe fosse cara. Sua infância aparentemente foi "boa" e "completamente normal". Ele tinha um "ótimo" relacionamento com os pais. A escola foi "ótima", ele gostou. Etc. Não entregou nada, nenhum acesso a sua vida íntima.

Stella notou que respirava fundo antes de fazer cada pergunta. Cada inquirição, qualquer tentativa de conhecê-lo, parecia ser percebida como uma espécie de ataque. Ele ficava intensa e incrivelmente em guarda. Ela se sentiu esgotada. Estar com alguém que odiava cada minuto de sua interação e que resistia de todo jeito era estressante para ela também. Lembrou a si mesma que a entrevista, apesar de frustrante, resultava em boas informações — de um tipo ou outro.

Ela cobriu os olhos com as mãos, fechando-os por um breve momento. Nesta hora, um som terrível e penetrante rompeu a atmosfera tranquila da clínica. Um som tão alto que doía.

Stella ficou desorientada. Levou alguns segundos para perceber que os detectores de fumaça tinham disparado.

— Precisamos ir para a saída de incêndio mais próxima — disse ela.

Ela sabia que não devia fazer isso, mas não resistiu ao impulso de guardar suas coisas e colocou o laptop na bolsa. A ideia de perder todo seu trabalho era insuportável.

Simpson a seguiu para fora da sala, mas no alto da escada ele parou. Em vez de segui-la até o final do corredor, ele pegou a escada. Stella continuou em direção à saída de incêndio. Quando abriu a porta e olhou para trás, Simpson tinha desaparecido.

Ela desceu a escada de metal pela lateral do prédio. Sentia frio, tinha deixado o casaco no consultório. Anne já estava no ponto de encontro ao pé da escada. Dava a impressão de estar com mais frio do que Stella, com a blusa decotada. Parecia falar ao telefone com o corpo de bombeiros. Paul, o psicoterapeuta, também estava lá fora, com as meias brancas e as sandálias confortáveis.

— Onde está Max? — perguntou Stella.

Paul meneou a cabeça.

— Não sei.

— Ele saiu para uma reunião — disse Anne, cobrindo o bocal do telefone.

Os três esperaram impacientes nos fundos do prédio. Stella nunca ouviu a sirene disparar antes e temia que fosse realmente um incêndio. Max ficaria arrasado. E ela se perguntou o que o cliente estaria aprontando, mais inquieta com seu arquivo do que com a segurança dele. Ela devia tê-lo trazido quando saiu da sala. Ele podia estar lendo suas anotações enquanto a equipe esperava, impotente, do lado de fora do prédio.

O alarme parou. Minutos depois, Simpson apareceu na porta da frente da clínica.

— Não tem fogo — disse ele. — Mas havia dois bastões de incenso queimando em uma das salas do térreo e a fumaça disparou o alarme.

Ele ergueu os dois incensos criminosos como prova. Anne olhou acusativamente para Paul.

— Eu nunca tive problema com incensos — disse Paul.

— Está seguro — disse Lawrence Simpson. — Eu verifiquei todos os consultórios. Podem entrar em perfeita segurança.

Quando Stella e seu cliente voltaram a suas posições na sala do primeiro andar, sua postura era mais receptiva, os braços relaxados e colocados despreocupadamente na poltrona e os pés solidamente no chão.

— Você está bem? — perguntou ele a Stella. Ele a encarou, olhando bem no fundo dos seus olhos. Inteligência e curiosidade cintilaram em seu olhar.

— Estou bem — disse ela. Era uma sensação estranha, um tanto constrangedora, ter ficado vulnerável na frente de seu cliente, ele vê-la confusa e correndo para a saída de incêndio. Mas, pelo visto, graças a isso ele tinha deixado de lado sua atitude distante e irritadiça e ela podia ter um vislumbre de um lado mais gentil. Ele parecia mais feliz, agora que tinha realizado um ato de heroísmo. Ou talvez, se ela tivesse uma visão mais clínica, ele se via como o protetor dela, então ela devia ser a fêmea indefesa e isso o fazia feliz. Apesar de tudo, a necessidade de ser o bom moço era muito mais encantadora do que a atitude cautelosa que tinha apresentado até esse ponto.

Assim que Stella pegou o programa da entrevista, houve uma leve batida na porta e Anne entrou, sem esperar por convite.

— Só queria agradecer, dr. Simpson — disse ela.

— Foi um prazer ajudar.

— Já avisamos Paul sobre esses incensos — disse Anne.

Stella ficou irritada por ter uma invasora em sua sessão de avaliação. A equipe de apoio da clínica sabia muito bem que não devia perturbar nenhum dos profissionais quando eles estavam com clientes, mas Anne tendia a agir com impunidade. Stella se perguntava, às vezes, sobre a natureza da relação de Anne com Max Fisher. As unhas bem pintadas de Anne brincaram com a abelha de diamantes pendurada na corrente de ouro fina em seu pescoço, pouco acima do "V" de sua blusa.

— Obrigada, Anne — disse Stella num tom que indicava que ela devia sair da sala o mais rápido possível.

Anne olhou bem para o cliente.

— Quer um chá ou um café? — Ao falar, ela passou os dedos pelo cabelo, o penteado bem cortado que caía pouco acima dos ombros. Stella procurou a fivela de plástico volumosa da Boots que tinha usado para prender o cabelo esta manhã. Não conseguia se lembrar da última vez em que chegou perto de um cabeleireiro. Seu terninho também podia fazer um passeio na lavanderia. Entre o pagamento do crédito educativo, o aluguel e as despesas, a conta quase não fechava.

Stella percebeu que Anne não havia se preocupado em lhe oferecer uma xícara de nada.

Ela também admirou o autocontrole de Simpson ao manter os olhos fixos na cara de Anne.

— A dra. Davies já me fez a gentileza de trazer um — disse ele.

Stella imaginou que Anne devia estar decepcionada, enquanto saía graciosamente e deixava seu perfume almiscarado pelo caminho.

— Espero que não se importe — disse Simpson — por eu ter dado uma olhada pelo prédio. É que sei como são essas coisas. Podíamos ficar uma hora esperando lá fora até que os bombeiros aparecessem e dessem uma busca. Todos teríamos perdido uma tarde de trabalho e não posso mais perder tanto tempo. Não sabe a quantas consultas tive de ir durante esse processo.

Stella assentiu.

— Está tudo bem. Agradecemos por sua ajuda.

— Tem certeza?

— Claro. Obrigada. — Ela concluiu que era a hora certa, com a ansiedade dele para impressioná-la e de guarda baixa, para passar à parte mais desafiadora da entrevista.

— Dr. Simpson — ela disse —, preciso lhe perguntar sobre um assunto mais complicado registrado nos documentos oficiais que recebi. Algumas acusações de sua ex-mulher feitas contra o senhor.

Ele assentiu. Não saiu de sua postura receptiva, mas os dedos se estreitaram no braço da cadeira.

— Desde que realmente ouça minhas respostas — disse ele.

A tensão estava de volta.

— É claro. — Ela folheou uma pasta até uma página que tinha marcado com um post-it.

— Sua ex-mulher alega ter sofrido maus-tratos físicos de sua parte por vários anos, desde que engravidou. Diz que o senhor batia no tronco e nos braços dela, para que os hematomas ficassem escondidos pelas roupas.

Simpson soltou um riso amargo.

— Inacreditável — disse ele.

— A alegação dela é verdadeira?

Ele balançou a cabeça negativamente.

— Quer dizer mais alguma coisa a respeito disso? — perguntou ela.

— Por que deveria? É um monte de mentiras.

Stella passou para outra página que tinha marcado.

— Em 2003, sua ex-mulher deu entrada no pronto-socorro com o nariz quebrado. Disse à enfermagem que o senhor bateu nela. Depois que recebeu alta, ela mudou de ideia. Disse que tinha caído no banheiro depois de beber muito uma noite. Em 24 horas ela retirou a queixa e, pelo que sei, vocês tinham voltado.

— Exatamente — disse ele. — Foi exatamente o que ela fez. Prova meu argumento. Ela finge, para me punir, depois, quando fica sóbria, me implora para voltar. Já viveu com um alcoólatra? Nem faz ideia. É um inferno em vida.

— Há algumas suspeitas de que houve pressão sobre sua ex-mulher, de sua parte, para retirar a queixa.

— Olha aqui — ele se curvou, com a cara torcida, furioso. — Eu não tenho de ficar sentado aqui ouvindo essa porcaria. Já fui bastante atormentado por essas falsas alegações.

— Não estou fazendo isso para atormentá-lo — disse Stella. — Estou levantando este assunto para que tenha uma chance de responder, dar sua versão do que aconteceu.

Tudo que disser será documentado em meu relatório, então tem a chance de ter sua versão registrada. Assim, há algum comentário que gostaria de fazer?

Simpson se recostou e desviou os olhos dela, para a mesa de exames encostada na parede. Ela via a dureza de seu queixo quando ele cerrou os dentes.

— Não adianta nada — disse ele. — Não tem sentido. Vem sendo assim há anos. Não importa o que eu diga. — Ele estava mais suave, uma tristeza crescia dentro dele.

— Acho que importa — disse Stella. — Mas não posso obrigá-lo a se abrir.

Ele a olhou, sustentou o olhar dela por alguns momentos.

— Imagine como era — disse ele —, imagine como você se sentiria se alguém inventasse as coisas mais cruéis e mais revoltantes possíveis e dissesse que foi você que fez.

Stella assentiu. Houve alguns segundos de calmo silêncio entre os dois.

— Há mais algumas coisas que eu queria lhe perguntar — disse Stella. Ela manteve os olhos em suas anotações. — Segundo sua ex-mulher, depois de lhe pedir para sair de casa, ela chegou à residência e encontrou as janelas quebradas e outros prejuízos: o computador estragado pela água, os pneus do carro furados. Ela o culpa por estes incidentes, pensa que queria amedrontá-la, intimidá-la, para deixar que o senhor voltasse para casa. Quer falar sobre isso?

Ele falou com lentidão deliberada.

— Essas acusações me retratam como um monstro — disse ele. — E não há nada que eu possa fazer a respeito.

— Então nega tudo?

— Só o que tenho a dizer é o seguinte. — Ele a fitava nos olhos de novo e sua voz se elevou, enquanto ele a mantinha firme, tentando, sem sucesso, controlar a raiva. — Você precisa entender que a bebida a deixava cada vez menos capaz de cuidar de uma criança, até de atender a suas necessidades mais prosaicas. Espero que tenha lido o relatório da assistência social, porque está tudo ali. Quando ela era um bebê, a única maneira de evitar que ela fosse enviada para um orfanato era eu ficar em casa e desistir de minha formação em medicina. Talvez eu devesse ter feito isso. Mas tive medo de perder minha carreira e perder nossa casa, se não pudesse pagar a hipoteca. Eu estava sempre fora, ralando para dar um teto para a minha família. Eu fazia o possível. Assim que que tive condições, eu pedi a custódia. Despejava as garrafas de bebida pela pia quando as encontrava. Controlava o dinheiro que dava a ela, para não gastar com bebida. É claro que não deu certo. A necessidade dela de álcool era sua única prioridade. Não eu, nem nossa filha.

Ele enxugou os olhos com as costas da mão. Stella pensou em lhe oferecer a caixa de lenços de papel, mas hesitou — ele se ofendia com muita facilidade. Ela baixou os olhos para suas anotações e foi à terceira seção dos documentos que marcara para perguntar a ele. A ex-mulher alegou que ele não dava dinheiro suficiente para comprar comida ou roupa para a filha deles e não deixava que ela tivesse acesso à conta conjunta no banco. Ela precisava pedir ajuda financeira aos pais. Alegava que uma vez teve de implorar a ele o dinheiro para comprar absorventes higiênicos.

Stella sabia que não podia correr o risco de se deixar influenciar fortemente pelas alegações da ex-mulher. O problema era que, depois que a alegação era feita, era repetida centenas de vezes na montanha de documentos: no relatório do assistente social, no relatório do tutor, no resumo do caso — até que se tornava uma verdade em si. Ela se sentiu sendo sugada para o mesmo redemoinho de contradições que todos os demais profissionais encontraram quando trabalharam no caso.

Simpson se recompusera. Os olhos estavam secos de novo e ele começou a falar.

— Eu me culpo pelo fato de minha filha ter ido mais de uma vez para o orfanato. Devia saber que isso ia acontecer. Eu devia ter lutado mais. É claro que a mãe dela nunca vai mudar. É claro que não. Quantas vezes minha filha perdeu sua casa, ou foi colocada aos cuidados de estranhos?

Ele se curvou para a frente, com os cotovelos na mesa, respirando fundo para se acalmar.

— Perdi aquela casa porque cada centavo que eu tinha foi para a briga pela custódia. Mas consegui tudo de volta. Tenho meu próprio consultório, uma casa nova, uma relação estável. Gemma e eu estamos juntos há um ano e nunca tivemos problema nenhum. O que mais eu tenho de fazer para convencer vocês?

Stella se impacientava com a tendência dele de responder a cada pergunta atirando-se a uma lista de queixas contra a ex-mulher.

— Bem — disse ela —, se a situação é tão clara, por que acha que o juiz pediu uma avaliação de personalidade? Há dúvidas sobre sua habilidade para ser pai. Há dúvidas sobre fatores de risco.

— Se você decidir acreditar em tudo o que a lunática da minha ex-mulher disse, eu não tenho esperanças, tenho? — Ele se levantou.

Ele certamente não gostava de ser contestado. Ela estava decepcionada. Ele se retraía novamente com igual rapidez e irritação, o semblante fechado estava de volta. Inteiramente.

Ela ficou ali olhando para ele, incapaz de obter sua cooperação e sentindo-se um tanto tola. Ele era alto, com cerca de um metro e oitenta, e embora não fosse parrudo — estava mais para um magro musculoso —, ela se sentia pequena olhando para ele. Tinha consciência da diferença não só de tamanho, mas de idade. Ele devia ter 15 anos a mais do que ela. Stella se sentia jovem, uma impostora. Era a *doutora Davies* há apenas dois anos e às vezes o título lhe parecia uma fraude.

— Tentei explicar — disse ela. — Esta entrevista é sua chance de falar de si mesmo, não só de dar sua opinião sobre outras pessoas. Gostaria que me permitisse discernir sua personalidade. Mas o senhor não está fazendo isso.

Ela olhou o relógio. A sessão de duas horas tinha chegado ao fim.

Simpson percebeu que ela verificava a hora.

— Sei onde fica a saída — disse ele.

Ela se levantou, endireitando a saia.

Stella estava ansiosa para conferir o teste de personalidade, porque pensava que era a melhor oportunidade que tinha de salvar algumas informações úteis de sua agitada primeira consulta. Desconfiava de que Simpson recairia no perfil conhecido como "falsamente bom", no sentido de que não admitia nenhum problema psicológico, mesmo aqueles mais brandos que são vividos normalmente por todo mundo de tempos em tempos. Mas ela estava curiosa — podia haver ali algo que lhe desse alguma pista do perfil de personalidade dele. Algo que ele não queria revelar. Ela digitou as respostas — mais de quinhentas — no programa de computador e esperou enquanto o relatório era gerado.

Ficou decepcionada. Simpson conseguiu ficar fora de vista, de tal modo que a escala indicava que o perfil era inválido. Não podia ser interpretado. Stella podia comentar, é claro, sobre a reticência e a cautela dele na entrevista clínica. Todos os dados até agora apontavam para alguém que não queria ser conhecido e que se recusava a dar qualquer informação de sua vida íntima. Alguém que podia ter algo a esconder. Ele teve sucesso, até certo ponto, mas, na realidade, não fazia nenhum favor a si mesmo. Se estava decidido a tanto, ele podia esconder suas dificuldades emocionais, mas também privava-se da oportunidade de mostrar seus pontos fortes. E o comportamento dele com ela não caía bem para sua futura cooperação com profissionais envolvidos no bem-estar de sua filha.

Stella se levantou e se espreguiçou. Abriu as persianas e olhou pela janela as quatro faixas de trânsito. Era hora do rush e os carros estavam empacados, um para-choque colado ao outro. Ela estava frustrada. Esta teria sido uma oportunidade de mostrar suas habilidades e lançar alguma luz num caso que outros acharam impenetrável. Ela falaria com Max, veria se ele tinha alguma sugestão de abordagem para a segunda entrevista. No fundo ela sabia que a força de seu relatório dependia de ser capaz de envolver Lawrence Simpson, de conquistar sua confiança. Se ele relaxasse um pouco, se passasse a conhecê-la — se entendesse que ela era justa —, talvez ela tivesse uma chance. Ela se perguntou se o comportamento reservado e cauteloso dele seria motivado por algum transtorno de ansiedade não diagnosticado; uma depressão irritável, talvez. Porque havia momentos em que ele parecia... decente. Ele pareceu tão satisfeito em ter resgatado a clínica dos bastões de incenso de Paul.

Stella repassou mentalmente as informações registradas nos documentos. Algumas alegações da ex-mulher eram apavorantes. Uma imagem em particular sempre voltava à sua mente. Sua ex-mulher descreveu como Simpson havia socado sua barriga quando ela estava com sete meses de gravidez. Mas, novamente, eram alegações de uma dependente química pouco confiável que lutava com unhas e dentes para ter a custódia da única filha.

Stella tinha de convencer Simpson de que era do interesse dele deixar que ela entrasse. Ela acreditou nele quando disse que amava a filha e queria o melhor para ela. Mas só o amor dele não significava que fosse capaz de lhe dar um lar onde ela ficasse física e emocionalmente segura.

Stella guardou o material do teste e arrumou a mesa. Fechou as persianas. Escreveria o que descobrira até o momento durante o fim de semana, como preparação para a sessão de supervisão com Max na segunda-feira. E teria de ter uma ideia criativa para sua abordagem no próximo encontro com Lawrence Simpson.

Hilltop, 17:30

Stella havia posto pratos, copos e guardanapos, mas decidiu não colocar talheres, por precaução. Blue escolheu a cadeira à cabeceira da grande mesa da cozinha e começou a beliscar sem entusiasmo o sanduíche que Stella lhe preparara.

Stella se sentou ao lado dela.

— Que tal um "obrigada"?

— Obrigada — disse Blue, mecanicamente.

— Você não parece estar com fome — disse Stella.

— Não pode me obrigar a comer.

— Não me interessa obrigar você a fazer nada.

Blue ficou de olhos baixos enquanto empurrava o sanduíche de um lado a outro do prato. Não comera mais que um bocado. Stella supôs que o pedido de comida fosse uma armação, para que ela tivesse permissão de ficar na casa por mais tempo.

Blue bocejou.

— Ainda estou cansada — disse ela. — Por que você me acordou? — Ela olhou sua anfitriã com ressentimento.

— Está ficando tarde. Preciso telefonar para alguém e contar que você está bem — disse Stella.

— Eu já falei... não tem ninguém. — Blue arrastou o sanduíche para o outro lado do prato.

— Deve haver alguém.

Blue negou.

— Bom, vamos precisar achar um jeito de levar você para casa — disse Stella, embora, na verdade, esmorecesse qualquer esperança que ela pudesse ter de uma partida rápida. Estava cada vez menos otimista de que a garota fosse embora espontaneamente.

— Já te falei, não vou para casa. — Blue tirou as cascas do pão e as descartou. — Tem Coca?

— Não. — Stella serviu para cada uma delas um copo de água de um jarro na mesa. — Quantos anos você tem? — perguntou ela.

— Dezoito — disse Blue.

— Acho que não.

— Dezesseis.

— Seria muito mais fácil se você me dissesse a verdade.

A cena na cozinha começava a soar como um interrogatório, mas, de algum modo, Stella tinha ficado no lugar errado. Estava sentada bem abaixo da luminária industrial esmaltada e brilhante que ficava pendurada sobre a longa mesa branca da cozinha, lançando uma luz severa que doía em seus olhos.

— Não sou mentirosa — disse Blue. Ela cravava as unhas no braço e encarava o chão.

— Cuidado, ou vai se machucar. — Stella apontou para as unhas curtas e irregulares de Blue com o esmalte vermelho lascado. Blue parou e puxou as mangas da blusa até cobrir as mãos.

— Sua mãe sabe que você veio ver meu marido? — pergunto Stella.

— Não.

— Ela deve estar achando que aconteceu alguma coisa com você. Temos de entrar em contato com ela.

Blue espiou Stella por baixo da franja grossa. Stella imaginou um brilho de culpa em sua expressão.

— Você nem conhece a minha mãe — disse Blue. — Por que se importa com isso?

— Meu marido só vai chegar em casa muito tarde. Não podemos deixar sua mãe esperando tanto tempo. Me dê o telefone de sua casa.

— Eu não tenho que te falar nada.

Stella, cansada de ver Blue desmembrar o sanduíche, foi pegar a garrafa pela metade de Chardonnay na mesa de centro da sala. Serviu-se de uma taça. Não era uma boa ideia beber depois de tomar comprimidos, mas ela não estava nem aí.

Blue olhou para Stella e a taça de vinho.

— Não tem Coca nenhuma, mas tem vinho — disse ela. Parecia fazer uma espécie de acusação.

Stella tomou outro gole.

— Não são nem seis horas — disse Blue.

— Em geral não bebo a essa hora — disse Stella. — Estou em choque. Você aparecendo na minha porta, dizendo que meu marido é o seu pai. Conhece alguém que beba tanto?

A garota assentiu.

— É a sua mãe? — perguntou Stella.

— Vodca — disse Blue. — Ela acha que não deixa cheiro, mas eu sinto.

— Tem mais alguém que cuide de você? Avós?

— Só eu e minha mãe — disse Blue. Ela esticou os braços no alto e sua camiseta subiu ainda mais, expondo mais da barriga achatada e os ossos pontudos das costelas. Ela estendeu a mão pela mesa para pegar a taça de Stella.

— Ele gosta desse vinho? — perguntou ela.

Stella imaginou se Blue teria herdado aquela beleza da mãe. Mais uma vez, a onda irracional de ciúme. Perguntou-se se Max ficaria feliz por ter uma filha, se Blue podia ter mais direito ao coração dele do que ela. Torcia para que a menina não fosse dele.

— Quantos quartos tem nessa casa? — perguntou Blue.

— Poucos.

— É tão silencioso — disse Blue. — Não gosto deste lugar, me dá arrepios.

— Que pena — disse Stella.

— Há quanto tempo vocês são casados? — Blue se balançava na cadeira, equilibrando-a nos dois pés traseiros. Era extremamente irritante olhá-la.

— Um pouco mais de um ano.

— Você é mais nova do que ele. — Blue olhou pensativamente para Stella, examinando seu rosto. — O cabelo dele é meio grisalho — disse ela.

— Pensei que você tinha dito que não o conhecia.

— Eu vi a foto dele. Na internet.

Blue tomou um gole da taça de Stella.

— Hum — disse ela. Pegou a garrafa pela metade e encheu a taça até a boca.

— Acho que não deve beber isso — disse Stella.

Blue tomou um grande gole. Stella se perguntou se ela era responsável pela menina simplesmente porque tinha mentido para entrar em sua casa. Devia ser, especialmente se fosse mesmo filha de Max. Max podia cuidar da garota.

Podia esperar que Stella a mantivesse segura. O plástico redondo e escorregadio da cadeira era duro e desagradável em suas costas. Stella tinha certeza de que Max não abandonaria uma filha, se soubesse que existia.

— Chega de vinho — disse Stella, agora com mais vigor. Fazia muito tempo que ela não assumia a responsabilidade por alguma coisa ou alguém.

Blue parou por tempo suficiente para olhar em desafio para Stella, antes de tomar outro gole. Continuou bebendo até quase esvaziar a taça, depois pegou a garrafa de vinho como quem fosse se servir de mais. Stella estendeu a mão pela mesa, segurou a taça pela haste e a puxou. O vinho espirrou nos lábios de Blue e caiu em sua preciosa jaqueta.

— Eu disse que chega. — Stella bateu a taça na mesa.

— Sua puta — sibilou Blue. Ela limpou a boca com a mão. Mas não tentou pegar a garrafa. Empurrou a cadeira para trás com força e as pernas de metal arranharam com estridência o piso de ardósia. Levantou e foi para trás de Stella, inclinando-se sobre ela. O batimento cardíaco de Stella se acelerou, deu saltos. Ela se segurou na beira da mesa. Não se mexeu nem demonstrou medo.

Blue se curvou para perto, com o bafo azedo de vinho.

— Vocês dois se amam? — perguntou ela.

— Já basta — disse Stella. Agora foi a vez dela de empurrar a cadeira para trás. Ficou de pé. Gostou do fato de ser mais alta do que Blue. — Eu liguei para uma pessoa. Da polícia. Falei que você fugiu. Ele está procurando nas delegacias para ver se alguma garota desaparecida combina com a sua descrição. Você não me deu alternativa.

Blue empurrou a cadeira de Stella com tanta força que ela caiu para trás. Stella a deixou onde estava.

— Blue, o que...

Ela correu até o sofá e se abaixou para pegar a mochila, depois a pendurou no ombro ao caminhar para a porta. Atrapalhou-se ao se abaixar para amarrar os tênis ainda molhados.

Stella ficou a alguns passos dela, a uma distância segura.

Seria melhor se a garota a deixasse sozinha. Em paz. Ela podia nem falar sobre essa visita com Max; seria como se nunca tivesse acontecido. As alegações de Blue eram muito improváveis.

Blue não olhou para Stella, mas se demorou para ir embora. Mexeu nos cadarços, depois no zíper do casaco. Stella não queria que a menina fizesse nenhuma besteira. E se ela fosse mesmo filha de Max? Se se machucasse, ou morresse congelada? Não demoraria muito para desmaiar se andasse na neve.

— Pelo menos me deixe te dar um casaco decente — disse Stella.

Não havia nada que ela realmente pudesse fazer para impedir Blue de sair de Hilltop. Ela não podia mantê-la na casa contra a vontade da menina. Mas, se a garota saísse e não conseguissem encontrá-la, Max talvez não a perdoasse. Stella não podia correr esse risco.

— Talvez você não deva ir... ainda — disse ela.

Blue hesitou, com a mão na maçaneta.

— E por que não?

— Não é seguro lá fora. Você sabe que não é. Por favor. Me dê o nome e o telefone de sua mãe. Vou pensar num jeito de você chegar em casa inteira.

— A polícia está vindo?

— Não sei. Se conseguirmos falar com sua mãe, posso telefonar para eles e dizer que não precisam aparecer...

Os dedos de Blue escorregaram da maçaneta. Ela meteu as duas mãos bem fundo nos bolsos. Stella via os punhos cerrados através do tecido fino. Enquanto Stella olhava, a cor da menina pareceu mudar. Ficou cada vez mais pálida e sua pele adquiria um estranho tom esverdeado.

— Não estou me sentindo bem — disse Blue.

— Não admira — disse Stella. — Depois de todo aquele vinho.

— Preciso ir ao banheiro — disse Blue. Mas não chegou lá. Curvou-se ali mesmo onde estava, na frente da porta, vomitando e ofegante. Quando os espasmos pararam, ela estava de quatro, o cabelo comprido lhe cobrindo o rosto.

Stella hesitou, depois se aproximou dela. Ajoelhou-se e tirou o cabelo de Blue de seu rosto, colocando-o atrás das orelhas. Afagou as costas da menina, sentindo sua coluna ossuda. Depois, colocando as mãos nos ombros da garota, Stella puxou Blue para si. Blue relaxou. Deixou que a cabeça caísse no corpo de Stella. Sua respiração desacelerou e voltou ao normal. Stella acariciou seu cabelo e sentiu a menina se acalmar. A sensação do corpo de Blue no dela era quente, não era desagradável. Ser mãe deve ser assim, pensou Stella.

Sessão Seis

Ela estava deitada no chão, olhando o teto. Havia um monte de rachaduras em toda parte. O tapete creme no chão era gostoso e alto, parecia persa. Muito macio. Imaginou se alguém um dia teria se deitado naquele tapete, em vez de ficar na poltrona como uma boa menina.

Apoiou-se nos cotovelos e ficou de pé, levando algum tempo para se equilibrar. Andou lentamente até a poltrona dele. Ele permaneceu sentado, imóvel, com as mãos nos joelhos. Ela se ajoelhou na frente dele e baixou a cabeça. Ele manteve a mão quente sob seu rosto e ela ficou feliz.

Depois de um tempo, ele ergueu a outra mão e a colocou gentilmente em sua cabeça. Ela não se mexeu. Tinha lavado o cabelo de manhã, colocou muito condicionador para que ficasse macio como seda. Ele o afagou, do alto da cabeça à base da nuca, depois desceu até as pontas. A mão dele parou na base de suas costas.

Ela precisava respirar, precisava de uma golfada de ar. Esperou para ver o que ia acontecer. Ele não a afastou. Mais uma vez afagou seu cabelo do alto da cabeça à base da nuca, descendo ao ponto entre suas escápulas. Ela sentiu seus dedos explorando a coluna, descendo e subindo, fazendo cócegas no pescoço, empurrando o cabelo para cima; puxando ligeiramente.

— Você precisa de alguém que a ame — disse ele. — Quer ficar perto de mim, mas a única maneira que conhece é esta. Não está certo. No fim, você vai se magoar.

— Não ligo. Eu quero.

— Você é nova demais.

— Sei que você quer tocar em mim. Sei que você quer. Não é minha primeira vez.

— Não fale assim.

Mas a mão dele puxava seu cabelo com mais força.

Ela gostou de ficar ajoelhada no chão com a cabeça em seu joelho. Não tentou outra coisa, sabia que era melhor não arriscar a sorte. Ele deixou que ela ficasse ali por um bom tempo. Ela ficou tentada a subir a mão pela parte interna da coxa dele, passar os dedos por ali — para ver o que aconteceria. Mas não o fez. Esperou. Ele podia mudar de ideia, podia obrigá-la a sair. Sabia que ele podia se meter em problemas e não queria isso. Ele era o melhor médico que ela já teve. Ela nunca diria. Mas queria que ele a quisesse tanto que arriscaria tudo para tocá-la. E ela podia esperar mais um tempinho.

Sentiu as pontas dos dedos dele em sua testa, um toque lento e suave. Ele passou o polegar por seu rosto, descendo aos lábios. Ela queria abrir a boca e lambê-lo, sentir o gosto dele, mordê-lo. Mas esperou, paciente. Todo seu corpo formigava. Tinha de ser muito rigorosa consigo mesma, obrigou-se a ficar imóvel, não o afugentaria. Queria abrir os botões da camisa dele e o zíper de suas calças. Ficou satisfeita com seu autocontrole. Podia ser muito mais jovem, mas ela é que mandava ali. Os dedos dele afastaram-se de seu rosto por um momento e ela ficou frustrada. Mas então ele a tocou novamente. As mãos dele voltavam a seu cabelo, os dedos pressionavam o couro cabeludo. Ele os empurrou por toda a extensão, torcendo os dedos em seu cabelo até chegar a sua nuca. Parou e a segurou ali.

Ela tremeu.

Queria tanto pegá-lo, saber se ele estava duro. Mas não o fez.

— Acabou por hoje — disse ele. — Verei você no mesmo horário semana que vem.

Ela se levantou devagar. Na porta, virou-se.

— Obrigada, doutor — disse ela, sorrindo.

Bayswater, abril de 2009

Stella estava deitada na cama, semidesperta, quando a correspondência bateu no capacho de fibra de coco na porta da frente. Sua visão ainda estava turva quando ela olhou o pequeno relógio ao lado da cama: eram dez horas. Ela se lembrava de ter um fim de semana de relatório por escrever à frente. O relatório Smith deveria estar pronto na terça: três filhos, todos com menos de cinco anos, todos em lares adotivos, mãe viciada em cocaína, grávida do quarto. O governo pagava um adicional para ter o relatório terminado em metade do tempo, e é claro que ela concordou quando Max lhe pediu para assumir o caso, embora já estivesse sobrecarregada. Ela sabia que ele gostava de ter honorários em dobro. E Stella gostava de agradá-lo. Sempre dizia sim quando ele pedia.

Stella se aconchegou sob o edredom e o puxou mais para o rosto. Seu pijama de algodão era fresco em sua pele. Um homem seria bom, pensou ela. Qualquer homem. Se não pudesse ter Max, não importava. Sua cama, como tudo no apartamento, era horrível. Afundava no meio, onde duas ripas estavam soltas. Tudo que é barato sempre parece bom demais nos catálogos. Os aquecedores, mornos, não pareciam surtir nenhum efeito, embora ela os deixasse ligados dia e noite. Além disso, o apartamento tinha um forte cheiro de umidade. Ela devia pendurar alguns quadros, pensou nisso pela milionésima vez. Era a mesma ideia que tinha todo dia desde que se mudou, dois anos antes.

Seu desejo de ver a correspondência finalmente dominou a relutância de sair da cama. Tinha esperanças de que o contracheque da clínica estivesse ali. Sempre era paga no último dia do mês; Anne era encarregada da folha de pagamento e, naturalmente, era muito eficiente.

Ela não teve de andar muito da cama à porta da frente, apenas uns seis passos. Como sempre, quase bateu com a cabeça na luminária de papel que pendia baixa e torta. Pegou a correspondência no capacho velho e folheou os envelopes — a maioria lixo, a costumeira miscelânea de catálogos endereçados ao inquilino anterior. Ela jogou todos no cesto para reciclagem e folheou o resto. As contas de gás e luz tinham chegado. E, felizmente, um envelope creme e grosso do tipo usado pela Clínica Grove Road. Mais alguns anos e ela teria poupado o suficiente para dar entrada na compra de um apartamento pequeno. Max faria dela sócia plena, se ela se tornasse indispensável.

Mais animada com a ideia da grana disponível, Stella calçou um par de meias antes de se arriscar no piso do banheiro para jogar alguma água quente e sabonete no rosto. Não olhou para o teto, onde glóbulos amarelos vicejavam, devido à completa falta de ventilação. Infelizmente, ela não pôde evitar a visão do mofo crescendo em manchas pretas em volta do peitoril da janela. Havia tanta flora germinando no banheiro que começava a parecer uma floresta tropical.

Passou uma escova no cabelo e um halo de fios cheios de estática surgiu em sua cabeça. Tentou mais algumas escovadas, mas só serviu para piorar o problema. Não se incomodou com a maquiagem, ficava mais ou menos apresentável sem ela. Não ia fazer mal um pouco de sombra e um batom, e ela podia fazer um esforço para vestir algo além de jeans e uma blusa branca — mas não era provável que visse alguém digno de uma produção neste fim de semana.

Ela iria até o Café Nero e pediria um café forte do barista italiano bonito e de olhos calorosos. A caminhada colocaria seu cérebro para funcionar. Stella pegou a bolsa e conferiu se estavam lá o telefone, a carteira e o Kindle. Bateu a porta do apartamento e andou pelo carpete marrom de estampa intrincada até o elevador antiquado. Teve de esperar um século para que a cabine mínima e antiga chegasse a seu andar. Grossos cabos pretos balançavam-se dos dois lados enquanto o elevador subia lentamente. Quando chegou, ela abriu as portas de ferro.

Fora do prédio, o dia em Londres estava lindo. Embora ainda houvesse uma pontada de frio no ar e a primavera não tivesse chegado, o sol em sua pele era bem-vindo.

Stella olhava mais gente passando a sua frente, os pensamentos vagando enquanto ela ficava sentada na cafeteria escura, o movimento e a forte luz do lado de fora. Depois ela endireitou as costas, semicerrando os olhos para enxergar melhor. Lawrence Simpson vinha pela calçada. Aproximava-se cada vez mais da janela onde ela se sentava. Ele parou e olhou bem para dentro, diretamente para ela. Stella não sabia se ele enxergava através do vidro escurecido, ou se estaria encarando o próprio reflexo. Vestia um terno formal preto e, embora a camisa estivesse aberta no colarinho, ele parecia estranhamente arrumado demais para uma caminhada de sábado. Ele empurrou sua franja afetada num gesto que ela recordava de seu consultório.

Ele seguiu em frente, com a expressão impassível, sem nenhum sinal de reconhecimento.

Stella viu as costas retas do homem se afastando, sua mão esquerda no bolso da calça. Não sabia mais o que via. O interior da cafeteria era escuro e a rua estava tão iluminada, que era provável que nem fosse ele, só alguém parecido: alto, magro e de cabelo liso e fino.

Por que ela pensava em Lawrence Simpson, aliás? Sentiu-se irracionalmente culpada por deixar que ele invadisse seus pensamentos e seu fim de semana, como se ela tivesse feito alguma coisa errada. Sentia-se atraída por ele? Sinceramente não pensava que fosse o caso. Talvez fosse por ele ser médico, alguém cuja órbita viajava tão próxima do mundo da clínica, e eles tivessem mais em comum do que costumava acontecer com os clientes médico-jurídicos. Stella tinha de admitir que estava mais interessada do que deveria em saber o que motivava Simpson. Pensava nele mesmo fora do trabalho. Talvez até se sentisse mais intimidada por ele do que deveria.

Ela esperou dez minutos, para ter certeza de que o homem, fosse quem fosse, tivesse ido embora.

A sala de estar de Stella tinha o mesmo tamanho de seu quarto. Ela espremera ali um sofá pequeno, um televisor num rack e uma mesa mínima para dois. Abriu o laptop, colocando as anotações na cadeira ao lado. Começou a escrever a última parte do relatório Smith: *Parecer*.

O dia estava lindo. Pensou no que os amigos estariam fazendo. Izzy e Mark estariam entocados, cuidando do quarto do bebê. Hannah e os outros solteiros estariam reunidos no Regent's Park para curtir o sol inesperado. Stella queria muito largar o relatório e se juntar a eles, mas não o faria, porque não ia decepcionar Max.

Não escrevera nada além do título. *Parecer.*

O trabalho forense era intelectualmente um desafio, mas não desprovido de tensão emocional. Ela acreditava que podia ajudar, acreditava que podia fazer uma diferença fundamental na vida de uma criança. Este era o seu trabalho, como ela o via: agir no interesse da criança. Mas, em geral, isso significava escrever coisas nos relatórios que causavam uma dor imensa nos pais. E embora pudesse ser verdade que a maioria das pessoas que acabavam em seu consultório tivesse feito alguma coisa grave, ninguém nascia ruim. Todos os clientes tinham suas próprias histórias traumáticas.

Às vezes os clientes ficavam agradecidos — mesmo quando as notícias eram ruins. Às vezes, no fundo, eles sabiam que não podiam cuidar de um filho. Às vezes ficavam furiosos — mas não com a frequência que ela esperava quando começou. Ela preferia pensar que, em última análise, muitos clientes relutantes apreciavam a eficácia e a precisão de seus relatórios. Dedicava a eles mais tempo do que deveria. Certificava-se de garantir aos pais uma chance de dar a conhecer seu lado da história. Stella tinha orgulho disso, orgulho de sempre se esforçar mais do que o necessário.

Hilltop, 18:15

Blue estava de costas para Stella e ainda se recostava em seu peito.

O cheiro da garota era azedo.

— Acho que você precisa de um banho quente — disse Stella. Gentilmente, ela afastou a menina e se levantou. Estendeu a mão e Blue a pegou, colocando-se de pé; a garota era bastante leve. Blue parecia meio desequilibrada ao subir a escada curva e assim Stella ficou bem atrás dela.

A única banheira em Hilltop era a do banheiro da suíte principal no alto da escada. Enquanto levava Blue pela porta do quarto, Stella tentou não dar muita importância à sensação de ter uma estranha invadindo seu santuário. A banheira francesa antiga de ferro fundido era espetacularmente funda, tão boa quanto os remédios na hora de ajudar Stella a relaxar, e ela esperava que provocasse o mesmo efeito calmante em Blue. Stella se equilibrou na lateral da banheira e abriu ao máximo as torneiras enquanto a menina descansava na poltrona.

Stella uma vez se imaginou sentada na mesma cadeira, com uma taça de vinho na mão, falando com Max enquanto ele entrava na banheira.

Blue parecia exausta. Sua cara agora era tão pálida que parecia um fantasma, e tinha olheiras escuras como hematomas. Mas seus olhos estavam arregalados de novo e fixos em Stella, num estado de vigilância permanente.

A banheira se encheu rapidamente enquanto a água jorrava. A pressão da água na casa era espetacular. Stella acrescentou sais de banho à água e uma quantidade generosa de óleo de lavanda.

— Está pronto — disse Stella.

Pela primeira vez desde que entrou na casa, Blue tirou a jaqueta. Fez isso com certa relutância, levando séculos para dobrá-la e colocá-la com cuidado no encosto da poltrona. Depois, de frente para Stella e sem o mesmo constrangimento, tirou a camiseta curta. Ficou de sutiã, uma renda branca delicada. Stella ficou petrificada, ao lado da banheira, escondendo o embaraço. Não podia deixar de olhar o corpo de Blue: seu corpo branco como leite, seus mamilos rosados aparecendo pela renda fina, a curva dos seus quadris. Blue tirou a calça, jogando-a no chão. Entre cautelosa e desafiadora, a menina estendeu a mão às costas para abrir o sutiã. Tirou a calcinha, jogando tudo no chão.

Nua, ela entrou cautelosamente na água funda. Afundou nas bolhas e ficou deitada, olhando os cristais de arco-íris do lustre.

Stella se sentiu como que hipnotizada. Obrigou-se a virar a cara, achar o que fazer. Pegou as roupas de Blue no chão e as largou numa pilha na cadeira. Olhou o armário embaixo da pia e encontrou duas toalhas limpas. Colocou-as no aquecedor de toalhas. Limpou o espelho embaçado. No reflexo estava uma pessoa maçante e temerosa que não reconheceu; tinha 32 anos, mas aquela que a olhava do espelho era muito mais velha.

Baixou os olhos e lavou as mãos, massageando-as com loção de camomila. Teve o cuidado de evitar a aliança: um diamante de dois quilates e lapidação redonda engastado em um anel de platina. Prova do compromisso do marido com ela, de sua fidelidade. A aliança pertencera à mãe de Max; era linda, mas não era de seu gosto.

Ela se virou para Blue.

— Vou pegar um copo d'água para você — disse ela. — Fique o tempo que quiser.

— Não me deixe sozinha — disse Blue, virando a cabeça.

— Ainda está enjoada?

— Não. Mas não quero que você vá.

Stella se ajoelhou perto da banheira.

— Precisa lavar o cabelo — disse ela.

— Estou cansada demais.

— Eu faço isso pra você.

Stella jogou água quente no cabelo liso de Blue com as mãos em concha. Passou xampu de lavanda no couro cabeludo da menina, massageando até fazer espuma, mantendo uma pressão firme na cabeça da menina. Stella se acalmava.

— A polícia virá aqui? — perguntou Blue.

— Você está com algum problema? — perguntou Stella.

Blue colocou os braços nas laterais da banheira de borda arredondada e Stella viu suas cicatrizes, trechos de linhas brancas e grossas pelos braços.

— Você pareceu assustada, quando falei na polícia. Aconteceu alguma coisa? Se me disser, talvez eu possa ajudar.

— Não gosto da polícia. Não confio neles. Não fiz nada de ruim.

— Queria que você confiasse em mim — disse Stella.

— E por que eu confiaria? — Blue submergiu a cabeça, de olhos fechados. Uma torrente de pequenas bolhas passou por seus lábios, subindo à superfície enquanto o cabelo se abria em leque em volta do rosto pequeno. Stella esperou, prendendo a respiração, até que Blue subiu, ofegando.

— Banheira legal — disse Blue. Parecia estar se animando um pouco. Stella estava ficando impaciente, cansada da conversa de gato e rato. O ar no banheiro era úmido e difícil de respirar, como se ela inalasse água em vez de ar. Ela precisava sair. Ela se levantou, seus joelhos rígidos e doloridos por ficarem apoiados no chão duro.

— Estarei lá fora — disse ela. — Não vou fechar a porta. Não há por que ter medo. Não tem mais ninguém na casa.

Blue assentiu. Ela se recostou, relaxada, e fechou os olhos de novo.

Stella se sentou rija na beirada da cama. Desenvolvera a capacidade de ficar parada, reduzir seus pensamentos e se perder nos pequenos detalhes à volta, concentrar-se em qualquer coisa, menos em sua vida íntima. O quarto era amplo. O fogo na lareira não era aceso havia meses e algumas achas tortas e escuras ficaram ali. A estante dos dois lados da lareira *art déco* era cheia de romances. Os cadernos de textos ficavam no estúdio no térreo e ela não abrira nenhum deles por todo o tempo em que morava em Hilltop. As janelas eram emolduradas por pesadas cortinas de seda amarela. À luz do dia, Stella via o topo dos pinheiros altos e, depois deles, as colinas ondulantes.

Na primeira noite que passou com Max nesta casa, tinha coberto as paredes e o teto de seu quarto com estrelas fluorescentes. Com as cortinas fechadas, as estrelas brilhavam para todo lado em volta deles. Stella se curvou ao redor dele, traçando sua vértebra com os dedos. Ela queria que tudo entre eles fosse do jeito que ela sempre esperou. Ainda acreditava que as coisas podiam mudar.

De onde ela estava sentada, podia ver a cabeça de Blue apoiada na cabeceira da banheira.

Sessão Sete

Ela escolhera a roupa de baixo cuidadosamente: sutiã e calcinha cor-de-rosa. Ao andar para sua hora marcada, ela sentiu o atrito da renda entre as pernas e sorriu, ao pensar nas mãos dele, em seus braços envolvendo-a. Abriu os dois primeiros botões da blusa da escola. Colocara perfume — sentia-se mais velha, mais sensual.

Ele olhou enquanto ela abria os botões, deixando a blusa aberta. O bojo empurrava seus seios para cima e ela sabia que os mamilos apareciam pela renda. Ela baixou os olhos para as calças dele. Via que tinha vencido. Ela abriu um leve sorriso, apontando o queixo para frente enquanto abria o zíper da saia e deixava que caísse no chão. Virou-se, para que ele admirasse o pleno efeito de sua calcinha. Rapidamente, abriu o sutiã, puxando-o dos ombros e deixando-o cair. Virou-se para ele, aproximou-se e se sentou em seu colo. Colocou os lábios nos dele e o beijou suavemente. Sua barba fazia cócegas. Ele cheirava bem. Exatamente como tinha imaginado. Ela tirou o cabelo dele da cara, olhando em seus olhos tristes.

— Isto não pode acontecer — disse ele.

Ela sussurrou:

— Me diz o que você quer que eu faça.

Com uma das mãos ele abriu o zíper e com a outra meteu os dedos dentro dela.

Da próxima vez, pensou ela, ela o faria levá-la a um hotel elegante com uma cama bem grande. Ou talvez à casa dele, ela gostaria de ver a cama. Ela sorriu ao pensar na recepcionista do lado de fora.

— Quero fazer você feliz — disse ela.

Clínica Grove Road, abril de 2009

Stella bateu na porta de Max. Esperou. Nenhuma resposta. Bateu novamente, ao mesmo tempo irritada e decepcionada, porque tinha total confiança de que a sala estava vazia. Ele ia se atrasar para a sessão de supervisão dela. De novo.

Ela desceu para procurar Anne.

— Eu tinha supervisão com Max — disse ela. — Mas ele não está na sala dele. Tem alguma ideia de onde pode estar?

— Ele vai se atrasar hoje — disse Anne, como quem revela um segredo. Ela começou a brincar com a corrente de ouro no pescoço e abriu um leve sorriso presunçoso a Stella.

— Vai se atrasar quanto? — Stella a olhou de cara feia, como se o atraso de Max, de algum modo, fosse culpa de Anne.

— Vou ligar para ele — disse Anne. — Pode esperar na sala dele. — Como sempre, ela conseguia dar a impressão de que era dona do lugar.

Stella parou na copa. Jogou fora o resto de café e preparou outro, muito mais forte. Mordiscou um biscoito de chocolate branco. Max costumava relaxar com as sessões de supervisão: cancelava de última hora, começava atrasado ou terminava mais cedo. Ela suportava a abordagem despreocupada dele sem reclamar, e na maioria das vezes valia a pena. Ele era um médico brilhante, com muitos anos de experiência a mais do que ela. Consultou o relógio. Quinze minutos de sua hora com ele já haviam sido perdidos.

A sala de Max era a maior do prédio. As janelas da frente davam para a Grove Road. Persianas creme mascaravam a vista do trânsito pesado e a vidraça dupla garantia que a sala ficasse envolta em silêncio. Uma segunda janela, no fundo da sala, dava para o pequeno jardim, cuja maior parte tinha sido engolida por um anexo da clínica. Stella via a claraboia no telhado da sala de Paul, e, para além disso, o pátio, com uma fonte no meio. Anne se encarregara de projetar o jardim.

Havia uma maca coberta por um lençol de papel novo sob a janela e uma tela com tecido floral dobrada ao lado. Quando Stella usava a sala dele, certificava-se de desdobrar a tela, para que a mesa ficasse escondida. Não gostava que a sala parecesse fria e clínica demais.

Ela se imaginou na maca, com Max por cima dela.

— Stella. — O som da voz dele provocou arrepios por seus braços. Ela sentiu-se corar. — Desculpe-me pelo atraso — disse ele. Não parecia ter remorsos genuínos.

— Tudo bem. — Como sempre, deixou que ele se safasse. Estava a um só tempo grata por qualquer atenção que ele lhe dava e ressentida por não receber mais.

Ele colocou a pasta de aparência gasta ao lado de sua mesa; era a mesma que usava desde que Stella o conheceu. Como Max parecia ficar mais atraente com a idade. Max afrouxou a gravata e se sentou na poltrona de frente para ela. Sem uma beleza clássica, ele era um pouco mais baixo e mais magro do que a média e o que restava do cabelo era bem curto. Mas os olhos azuis eram calorosos e cheios de vida, e quando ele olhava Stella, ela sentia ser a pessoa mais inteligente do planeta. Este era o efeito que ele tinha sobre todos, inclusive os pacientes. E ele tinha plena consciência de seu charme, daí a capacidade de chegar atrasado e se safar, ser descuidado às vezes e, ainda assim, despertar uma enorme simpatia.

Ele se curvou para a frente.

— E então, que caso queria discutir?

Ele devia saber a resposta a esta pergunta. Claramente não estava preparado para a reunião. Stella preferia acreditar que o motivo para ele não ter dado muita atenção a sua supervisão era a confiança que tinha em sua capacidade de avaliação clínica e o conhecimento de que ela podia trabalhar nos casos com independência. Ela sabia que devia ser mais exigente. Sabia que era grande parte responsabilidade dela garantir que tivesse a supervisão de que precisava. Mas, na verdade, gostava de trabalhar com autonomia e também gostava de seu status de pupila distinta. A relação dos dois funcionava bem desta forma.

— Lawrence Simpson, processo relativo à guarda — disse ela.

— Sim, diga. — Ele sempre esfregava a têmpora quando estava se concentrando. Stella falou da difícil entrevista com Simpson e de sua recusa a revelar qualquer informação importante sobre sua infância e seus relacionamentos.

— Isto tudo é informação valiosa — disse Max, como Stella sabia que faria. — A defensiva, a má vontade em revelar qualquer coisa sobre si mesmo.

— Eu sei, mas não me dá nada de novo para acrescentar ao que eles já sabem do caso. É frustrante. Quero saber quem ele realmente é. Devo à criança descobrir mais. Quero fazer com que ele se abra para mim! — Ela riu, soando infantil.

Max não fazia pouco caso do seu zelo. Ele pensava, esfregando mais a têmpora. Quando ele tirou os óculos e os pousou no joelho, Stella teve uma sensação familiar de ansiedade e prazer.

— Pode experimentar uma abordagem diferente — disse ele. — Um teste que não seja objetivo, e assim não dependerá de ele estar disposto a revelar alguma coisa de sua personalidade de forma imediata, por perguntas diretas. Acho que devia tentar o Rorschach. Se você aplicá-lo, podemos avaliar o protocolo juntos depois.

— Ótimo — disse ela.

Ele pôs os óculos de volta.

— Há algum outro aspecto do caso que queira repassar?

Ela sentiu que ele queria que ela dissesse não. O ressentimento dela ardeu novamente.

— O que acha de alguma informação colateral? Pedir entrevista com algum familiar, ou uma reunião com ele e a filha juntos, para observar o contato?

— É uma boa ideia e já estabelecemos isso com a mãe. Mas duvido de que ele vá concordar. Quando marcamos o programa de entrevistas, pedimos uma observação de contato e ele recusou, com base em que nunca houve nenhuma preocupação com os cuidados que dispensava à filha. O contato entre os dois não tem supervisão, então o juiz evidentemente concorda com ele. Se pedir isso agora, estará se arriscando a antagonizá-lo novamente e ele se fechará ainda mais. No seu lugar, eu veria como corre a segunda entrevista antes de o pressionarmos a nos deixar observá-lo com a filha. Mas não fique muito pessimista, ele pode amolecer depois de passar mais tempo com você. Você pode lidar com ele.

Ele sorriu para ela.

— Eu sei. Mas acho que ele sabe que quanto menos disser, mais fracas serão as conclusões de meu relatório. Não quero que todo o meu parecer seja baseado em conjecturas. E não quero que seja curto a ponto de ser inútil.

— Seus relatórios são excelentes. De minha parte há muito pouco a interrogar ou alterar. E você é talentosa e já vem fazendo este trabalho há dois anos, então acho que ganhou o direito de ser um pouco mais confiante do que é. Eu posso relaxar um pouco. Procure desfrutar um pouco mais da entrevista seguinte. Seu cliente pode estar captando sua ansiedade e você precisa entrar na mente dele. Se você... afrouxar um pouco, talvez ele relaxe.

Stella assentiu, perguntando-se se estava levando uma bronca por ser tensa.

— Há mais uma coisa que quero discutir — disse ele. — Está com pressa?

— Não. — Na verdade, ainda restavam vinte minutos de sua sessão de supervisão.

— Soube de alguma evolução com as entidades de financiamento legal? — perguntou ele.

— Um pouquinho.

— Acabo de vir de uma reunião com o conselho de testemunhas especialistas. Está claro que será muito mais complicado garantir o financiamento desses casos. Em um ano, é provável que haja uma redução na taxa horária que cobramos; na verdade, o plano é reduzir à metade o que cobramos agora. E se não concordarmos em trabalhar pela taxa mais baixa, não conseguiremos o trabalho. E não é só isso. Eles querem reduzir as horas também.

Estou recebendo umas requisições ridículas, pedindo que completemos a avaliação psicológica de uma família inteira em 16 horas.

— Por que alguém concordaria em entregar um relatório complexo em menos da metade do tempo necessário?

Ele lhe abriu um sorriso cansado.

— Porque, no momento, este é o sustentáculo de nosso trabalho.

— Claro.

Max dedicava imensa energia à criação de vínculos com advogados de famílias na região central de Londres. O financiamento da maior parte destes casos era garantido pelo Estado e os contratos eram lucrativos.

— Isso afeta meu trabalho? — perguntou Stella.

O trabalho dela era inteiramente concentrado no braço médico-legal da prática. Até essa altura, ela acreditava ser indispensável.

— Precisamos encontrar uma solução criativa para diversificar nossas atividades — disse ele.

— Como assim?

— Você e eu provavelmente teremos de considerar pegar casos de danos pessoais, assim teremos uma garantia se o corte nas taxas para casos de família se tornarem insustentáveis. Se conseguirmos casos assim, com financiamento privado, podemos cobrar o dobro do que cobramos agora dos casos de família. Mas precisamos nos vender mais agressivamente e fazer mais contatos. Já pedi a Anne para preparar um material de divulgação e gostaria que você trabalhasse nas apresentações comigo. Precisamos chamar mais atenção e expandir o que fazemos. Também precisamos que clínicos gerais, assim como psiquiatras e os planos de saúde, nos vejam como um centro de excelência.

— Tudo bem. Parece bom. — Stella se viu de língua travada e desarticulada, como acontecia muitas vezes quando estava perto dele. Ela só conseguiria pensar com mais clareza e entender as implicações do que ele disse depois que saísse de sua sala.

Max sempre fazia questão de ter uma perspectiva positiva; ela sabia que ele queria elevar o moral de seus funcionários. Ele conseguia emanar uma energia robusta, uma combinação de otimismo e ambição. Mas, embora seus planos parecessem animadores e cheios de potencial, Stella sentia que, por trás de tudo aquilo, ele estava com medo. Ela via sinais de tensão em seu rosto e certa atitude evasiva, uma apreensão nos olhos quando sorria.

Hilltop, 19:30

O rosto de Blue estava corado de rosa depois do banho quente. Tinha uma toalha grande enrolada no peito e o cabelo molhado estava solto. Depois do strip-tease no banheiro, Stella se perguntou se a menina teria outras surpresas reservadas para ela. Mas, no momento, Blue segurava firmemente a toalha. As duas continuaram imóveis. Blue à porta do banheiro, Stella na cama.

Stella não sabia o que fazer com a garota.

Blue se mexeu primeiro. Aproximou-se e se sentou na cama ao lado de Stella, inesperadamente perto, e assim Stella podia sentir a coxa da garota contra a dela e o cheiro de lavanda que ainda se demorava no cabelo.

Stella estava consciente de cada parte de seu corpo, onde as coxas tocavam o colchão, onde as mãos dela apertavam, onde os pés tocavam o piso. Stella permaneceu rígida, uma tensão se formando no pescoço e nos ombros.

Ela sentiu Blue relaxar e se encostar a seu lado. A menina parecia não ter noção de onde terminava seu corpo e começava o de Stella.

Stella se remexeu, afastando-se.

Blue olhava as mãos de Stella, sua aliança de casada.

Stella queria que Blue saísse de seu quarto. Queria que ela saísse imediatamente. Mas precisava ser paciente. Não queria assustar a menina, ou pior, deixá-la com raiva.

Não sabia quem Blue realmente era. Stella lembrou a si mesma de como Blue deve ter sofrido, trancada do lado de fora.

— Como estão os dedos das mãos e dos pés? Ainda estão queimando? — perguntou ela.

Blue balançou a cabeça.

— Não. — Blue baixou os olhos para os pés, onde os dez dedos pareciam ter um rosa saudável. Estendeu as mãos para Stella examinar.

— Estão bem — disse Stella. Mas as unhas de Blue eram horrivelmente curtas, com bordas irregulares e ensanguentadas. Ela as roera até o sabugo.

— Você tem muitas coisas legais — disse Blue. Ela olhou o quarto: a lareira e os livros, a penteadeira de Stella com seu perfume, a escova de cabelo e a caixa de joias de couro.

— Obrigada — disse Stella.

Os olhos de Blue se demoraram na foto de casamento de Stella no consolo da lareira.

— Em que tipo de casa você mora? — perguntou Stella.

Blue não respondeu. Em vez disso, virou-se para olhar a cama.

— De que lado Max dorme? — perguntou ela.

— Isso não é da sua conta.

— Por quê? Ele tem de dormir em algum lugar. Só estou perguntando.

Stella não quis responder.

Blue sacudiu o cabelo molhado. Pingou pelas costas, deixando marcas na colcha verde-clara de Stella.

— Devia se vestir — disse Stella.

— Preciso pentear o cabelo primeiro ou vai ficar cheio de nós — disse Blue.

— Tudo bem. — Stella se levantou e pegou um pente.

A penteadeira *art déco* tinha gavetas redondas com grandes puxadores de bronze e um espelho redondo que se assentava num tampo de vidro preto. Blue a olhava pelo espelho, vigilante, guardando quaisquer planos ou segredos que pudesse ter. Stella escolheu um pente de dentes largos que não puxaria demais o cabelo louro e fino de Blue e o estendeu a ela.

— Pode fazer isso? — Blue falou com a voz cantarolada e suplicante de uma criancinha.

— Então venha se sentar aqui.

Blue se sentou na cadeira baixa diante da penteadeira. Virou-se de costas para Stella e de frente para o espelho, olhando-se. Parecia satisfeita com seu reflexo. Stella também ficou hipnotizada com os ângulos de seu rosto e as cavidades sob as maçãs, com os lábios pronunciados em sua boca delicada e a pele cremosa dos ombros. Gentilmente, Stella pegou punhados de cachos molhados. Tentou passar o pente delicadamente, com golpes curtos, para não causar dor nenhuma, mas de vez em quando tinha de dar uma leve puxada. Blue não reclamou.

— Não vi coisas de criança na casa — disse Blue.

— Não.

— Tem algum filho?

— Não.

— Vai ter?

— Não sei. — Ela entendia o que Blue queria saber, se ela realmente acreditava que Max era seu pai.

— Max quer ter filhos? — perguntou Blue.

— Não sei.

O que Stella sabia era que não era apta a ser mãe. No fundo, não achava que fosse acontecer com ela. Depois de querer uma carreira em vez de filhos, agora parecia que terminaria sem nenhum dos dois.

— Estranho — disse Blue.

— O que é estranho?

— Que você não saiba o que seu marido quer. — Blue tirou a franja de seu rosto pequeno e cinzelado e olhou para Stella com os olhos violeta e brilhantes. O nome não podia ser coincidência.

Stella passou ao secador de cabelo. O barulho, alto e desagradável, impossibilitava a conversa. O cabelo de Blue chegava à metade das costas, e depois de limpo e seco a cor era extraordinária: tons de louro indo do quase branco à cor da areia da praia.

Stella baixou o secador com cuidado no tampo de vidro.

— Todo seco — disse ela.

Blue pegou a escova de Stella e começou a escovar o cabelo, olhando-se com apreciação. A menina era uma criatura tão estranha, uma combinação tão inquietante de adolescente rabugenta com sedução. Tinha alguma coisa atraente nela; algo de fascinante.

Blue colocou a escova ao lado do secador de cabelo. Passou os dedos pelo cabelo, alisando-o, e observando seu perfil. Vários fios de cabelo de Blue ficaram na escova. Stella guardou-a com cuidado na gaveta, deixando os fios ali. Podia recolher depois, para testes de DNA, se a menina insistisse em suas alegações a respeito de Max. Max podia usar seus contatos nos laboratórios.

Blue não dava sinais de sair da penteadeira, que dirá de Hilltop. Não parecia se incomodar por estar vestindo apenas uma toalha. Stella sentiu seu olhar de novo, com aquela fixação intensa e enervante.

— A que horas ele vai voltar? — perguntou Blue.

— Já disse… mais tarde.

— Mais tarde quando?

— Não sei.

Blue suspirou.

Ela se levantou e se espreguiçou, erguendo as mãos acima da cabeça, arqueando as costas, mas a toalha ficou no lugar. Voltou ao banheiro e deixou a porta escancarada. Fez questão de mostrar seu bumbum enquanto se abaixava para pegar as roupas. Para grande alívio de Stella, ela estava totalmente vestida quando ressurgiu, com jaqueta e tudo.

Por um breve segundo, Stella teve esperanças de que Blue ficara cansada de esperar e decidira ir embora. Ela ficaria feliz em lhe dar o dinheiro do táxi até Londres; telefonaria para cada empresa de táxi na área e pagaria o dobro se concordassem em levar a menina para casa.

Mas Blue aproximou-se da lareira e ficou de costas para Stella, de frente para a foto de casamento. Pegou o porta-retratos de prata e analisou a foto.

— Onde estão as coisas dele? — perguntou ela. — Não tem nada dele no banheiro… creme de barbear, nem loção pós-barba. Não tem nada dele aqui também. Só as suas coisas.

— Não é da sua conta onde as coisas dele estão — disse Stella. Ela pegou o porta-retratos. Colocou-o seguramente em seu lugar. Não ia tolerar a menina e seus joguinhos e mentiras por mais tempo.

— Não sei nada de você — disse Stella. — Nem acredito que me disse seu nome verdadeiro.

— *Por que você não diz quando ele vai chegar?* — A voz de Blue agora se elevava, era uma criança petulante e queixosa. — Ele mora mesmo aqui?

— É claro que mora aqui, ele é meu marido.

Stella cometeu um erro ao abrir a porta de casa. Culpava os benzodiazepínicos; as drogas estavam em seu organismo havia tanto tempo que saturavam sua corrente sanguínea, amortecendo seu funcionamento, fazendo-a baixar a guarda. Stella se postou bem de frente para Blue, entre a garota e a foto de casamento.

— Olhe para mim — disse ela.

Blue olhou por baixo da franja, de mau humor.

— Você não acredita realmente que meu marido seja seu pai, não é?

Blue colocou a ponta do polegar na boca e roeu. Parecia regredir a cada segundo.

— Talvez, não sei — disse ela.

Stella a segurou pelo pulso, puxando o polegar da boca.

— É melhor me responder. Quem é você? Qual é seu nome verdadeiro?

— Eu já disse... meu nome é Blue. — A menina estava assustada agora e Stella ficou feliz. Apertou ainda mais o pulso pequeno.

— E seu sobrenome?

— Cunningham. Blue Cunningham. Eu juro.

Ela tentou se afastar, soltar o pulso, mas Stella a segurava, empurrando os dedos na carne macia do braço da menina. Sabia que a estava machucando.

— Você mentiu para mim, sobre tudo.

Stella puxou seu queixo, forçando Blue a olhar em seus olhos. Esta garota é um problema terrível, pensou Stella. E quer me arrastar com ela.

— Você está me assustando — disse Blue.

— Ótimo. Quem trouxe você aqui? Seu namorado está esperando lá fora? Ele está esperando para você colocá-lo para dentro? Vocês vão me roubar?

— Eu não tenho namorado. — As lágrimas vazaram de seus olhos e desceram pelo rosto. Stella sentiu muito pouca compaixão.

— Por que você está aqui? — Stella estava rosnando com ela. A menina a manipulara, mentira, aproveitara-se dela. Ela se sentia uma idiota.

— Vou ligar para a polícia agora mesmo — disse Stella. Ela não sabia mais o que fazer, ou como a ameaçaria mais. Não tinha como saber de nada.

— Não, por favor — disse Blue.

— Por que tem tanto medo da polícia, Blue?

— Não tenho.

— Fez alguma coisa errada?

— Não, não é nada disso. Eu juro. — Ela enxugou o rosto molhado com as costas da mão, fungando.

Ela era pequena e delicada. Fraca. Stella ficou feliz. Pela primeira vez sentia-se forte. Sentia que podia machucá-la. Se tivesse de fazer isso, daria o primeiro golpe, antes que a menina causasse algum mal.

— POR QUE VOCÊ ESTÁ AQUI? RESPONDA! — Stella gritava. Isso foi bom, gritar; assustar a garota.

Mas o que essa menina queria dela? Stella estava tonta, o piso sob seus pés ameaçava ceder, ela quase perdeu o equilíbrio.

O brilho dos olhos de Blue contrastava com sua pele clara. As lágrimas continuaram rolando e molhando o rosto, e o nariz também escorria.

Stella tentou se controlar e a soltou. Tinha deixado uma marca vermelha com o formato de seus dedos no pulso frágil da menina. Blue fez uma cena ao esfregar o braço, se fazendo de coitada.

Quando olhou o rosto pequeno e adorável de Blue, não acreditou que ela estivesse ali para lhe fazer qualquer mal. Blue tinha medo.

E então foi embora o momento do pensamento racional e da empatia e Stella queria sacudir a menina diante dela. Com força.

Blue chorava tanto que não conseguia falar. Não conseguiu responder. Cobriu a cara com as mãos.

— É melhor você se sentar — Stella disse e conduziu Blue em direção à cama.

Blue se sentou. Recostou-se nos travesseiros, com as pernas enroscadas sob o corpo. E por mais desagradável que fosse para Stella vê-la ali, pelo menos havia se acalmado. E parecia inofensiva, mais do que nunca uma criancinha.

— Nossa casa é pequena — disse Blue. — Não é nada parecida com a sua. É tão feia, os tapetes são marrons, as paredes… a tinta tem umas marcas nojentas por todo lado. Nem mesmo é nossa, é uma habitação social. Quer dizer… na verdade não é assim tão terrível… quando está limpa. E às vezes preciso cuidar da minha mãe. Ela bebe. É capaz de secar uma garrafa inteira de vodca numa noite só.

"Ela sofre de enxaqueca. Tem dias que nem consegue sair da cama. Mas ela é bem bonita. Quando está se sentindo melhor, ela se veste e eu a ajudo, seco o cabelo dela, ajudo-a a tingi-lo. Às vezes a gente empresta roupas uma para a outra."

Blue começou a roer as unhas, deixando flocos de esmalte vermelho caírem na colcha.

— Existe esse cara. Não entendo por que minha mãe gosta dele. Ele diz coisas a ela... coisas horríveis. Diz a ela que ela é gorda e velha. Eu ouço esse homem dizer que não a comeria nem que ela implorasse.

As palavras ficavam mais monstruosas saindo da linda boca de Blue.

— Mas acaba comendo — disse Blue. — E eu ouço. Ele a machuca. Às vezes ele é mau e temos de ir ao pronto-socorro. Na maior parte das vezes são só hematomas.

Stella se aproximou, olhou para seus cabelos dourados, sua cabeça pequena.

— Blue... esse homem já machucou você?

Blue balançou a cabeça.

— Posso ver TV? — ela perguntou.

Stella sorriu. Ela se sentia compadecida pela garota. Até mesmo protetora. Blue. Encolhida na sua cama.

Sessão Oito

Ela chegou à sessão seguinte na hora certa, como se nada de extraordinário tivesse acontecido entre eles.

A secretária abriu o mesmo sorriso falso de sempre e a olhou como quem diz: *você é biruta e todo mundo sabe disso, coitadinha.* Podia-se dizer que ela era o tipo de pessoa que odiava todo mundo que aparecia na sua mesa e odiava atender a telefonemas. Mas, quando *ele* saía, seu sorriso mudava. Para ele, o sorriso era verdadeiro. Ha-ha. Ela não sabia de nada.

— Pode entrar agora — disse a secretária, ainda com o sorriso falso. Ela apontou a sala dele como se ela fosse burra ou coisa assim, como se depois de todas as consultas ela nem mesmo se lembrasse por onde entrar.

Ela bateu na porta e esperou.

Teve a fantasia de como seria agora que eram amantes. Assim que a porta se fechasse, ele estenderia a mão para ela, a colocaria no colo, a beijaria, afagaria seu cabelo.

Ele abriu a porta com a cara séria e inexpressiva de sempre. Apontou a poltrona de sempre. Ela passou por ele e esperou, enquanto ele dava as costas e fechava a porta. O tempo desacelerou. Ele se sentou como sempre fazia, cruzando as pernas, com o bloco no colo. Não estendeu a mão para ela. Era como se não tivesse acontecido nada, como se a vez anterior — entre eles — tivesse sido apagada.

A cara dela ficou vermelha, ardia.

Ele ficou em silêncio, esperando que ela começasse. Ela arranhou as flores nos braços da poltrona com as unhas. Cruzou as pernas, a direita balançando para frente e para trás.

— Como passou esta semana? — perguntou ele.

Ele agia como se não tivesse acontecido nada. Ela não entendia.

— Não me arrependo do que fizemos — disse ela.

— O que quer dizer?

— Queria dizer isso. Não me arrependo. Fiquei feliz essa semana. Mais feliz do que nunca. Comi direito, eu me cuidei.

— Que bom que está se sentindo melhor.

— Para com isso. — Ela balançava a perna para frente e para trás, a frustração crescia em seu íntimo.

Silêncio. Depois ele falou:

— Não sou telepata. Me diga o que se passa dentro de você.

Ela tossiu e deu um pigarro.

— Quero que você toque em mim de novo, como da última vez. Na finja. Eu sei que você quer.

Ela o viu respirar fundo.

— Você precisa tentar traçar uma linha entre a fantasia e a realidade — disse ele. — Entre o que realmente aconteceu e o que você queria que acontecesse.

— Eu sei que aconteceu. — Ela teve vontade de gritar, mas não queria que ele visse. Ele a deixava com tanta raiva. — Posso descrever em detalhes se quiser.

— Isto não seria necessário — disse ele.

— Porque você lembra bem. — Ela se curvou para a frente, para ele ter uma boa visão da sua blusa. Passou as duas mãos pelo cabelo, o tirou da cara, depois o jogou todo sobre o ombro direito. Torceu as pontas nos dedos.

Não suportava, não podia ficar parada, separada dele e ao mesmo tempo tão perto. Ela deu um salto, correu até ele e colocou a cabeça em seu colo. Abraçou-o com força, os braços envolvendo sua cintura.

Não foi assim que ela imaginou que seria, quando conseguisse o que queria. Ficar com ele. Ela olhou para cima: a cabeça dele estava para trás, de olhos fechados, a mão empurrando sua cabeça. Tinha o cheiro de sempre. Ele estava distante dela. Quando ele terminou, ela teve vontade de vomitar. Colocou a mão na boca.

Ela deixou a cabeça no colo dele e torceu para ele dizer alguma coisa. Algo gentil, algo carinhoso. Ele pôs as mãos em seus ombros, empurrando-a. Ela se sentou de pernas cruzadas no chão e fechou a blusa. A calcinha a irritava, ela se levantou e puxou.

— Esta é a última vez — disse ele.

Ela se curvou, passou os lábios no alto da cabeça dele. Queria que ele a beijasse também, na boca, queria sentir a barba dele em seu rosto. Ele a afastou.

— Não — disse ele.

Ela olhou o relógio.

— Ainda tem dez minutos até o final da sessão — disse ela.

Ela voltou para sua poltrona e se sentou, ainda com muita raiva. Queria fazê-lo feliz, mas ele parecia infeliz. Ela não ia sair até que seu tempo acabasse.

Ele fechou o zíper.

Não era isso que ela queria. Tinha medo de que ele não gostasse nada dela. Ele queria fingir que não havia nada entre eles.

— Você me ama? — ela perguntou. — Responda. Precisa me dar uma resposta.

— É claro que eu me preocupo com você — disse ele.

— Quero ficar com você — disse ela. — Eu te amo. Você e a única pessoa que pode me ajudar. A única.

Ela não deixaria que ele fizesse isso com ela de novo. Ele não seria capaz de fingir que não tinha tocado nela, que não ficou excitado com ela, que não a amava.

Clínica Grove Road, maio de 2009

Stella colocou o primeiro cartão na mesa; uma mancha de tinta preta e branca.

— Já fez um teste desses? — perguntou ela.

Simpson negou e olhou rabugento para o cartão na sua frente.

— Este teste é meio diferente — disse ela. — Pode me dizer… o que isto parece?

Ela pegou o cartão e o estendeu a ele. Deu-lhe um leve sorriso de estímulo, mas ele não viu, porque se recusava a olhar para ela.

— Claro que não — disse ele.

— Posso saber qual é o problema? — disse Stella.

— Não vou me meter nesse absurdo — disse ele.

— Não posso obrigá-lo a fazer o teste, se não quiser — disse ela. — Mas é um teste de personalidade padrão. Usamos aqui o tempo todo.

Com o aumento palpável e precipitado de sua ansiedade, seu lado antagônico tomou a dianteira. Ele se afastou o máximo que pôde dela, o corpo espremido no encosto rígido da cadeira, as pernas cruzadas com força.

— Não vou fazer um teste ridículo que parece brincadeira de criança.

Stella percebeu que o Rorschach trazia à tona o lado mais defensivo e mais desconfiado de seu paciente. Ele não tinha como saber o que suas respostas revelariam sobre si mesmo, e ela imaginava que esta falta de controle o apavorava. Talvez o teste afinal não tenha sido uma boa decisão. *Tudo é trigo para o moinho.*

Cada resposta, cada comportamento, nos dá uma informação, ela ouviu Max dizer.

— Entendo um pouco de sua área — disse ele. — Fiz psicologia na minha formação acadêmica. Conversei com uma pessoa que me aconselhou a não aceitar esse teste.

Stella não se surpreenderia se Simpson tivesse pesquisado um pouco que testes eram administrados rotineiramente nas avaliações de custódia — ele fazia o gênero inteligente e um tanto obsessivo. E as manchas de tinta tinham muita publicidade ruim.

Ela não ia discutir com ele. Não ia entrar num debate intelectual ou num jogo de poder.

— Não estou disposto a fazer esse teste sem mais informações — disse ele.

Ela colocou a prancheta na mesa. Sabia muito bem que podia citar todo o manual do teste a ele — estatísticas, cada norma, sem contar a extensiva pesquisa que havia por trás —, mesmo assim não faria diferença alguma. Ele tentava manipulá-la. Estava desesperado para nivelar o campo de jogo, mas a realidade era que ele era o paciente, fora obrigado a ir lá, e ela era a profissional, a testemunha especialista. O poder estava com ela, quer ele gostasse ou não.

— A decisão é sua — disse ela. — Não vou discutir, nem tentarei obrigá-lo. Mas o senhor entende que o juiz me pediu para realizar uma avaliação completa. Já pensou em como vai parecer se não cooperar? O que acha que o juiz vai pensar de sua recusa em fazer o teste? Ou da recusa a completar esta avaliação?

Às vezes ajudava fazer referência ao juiz, para enfatizar aos pais a importância da cooperação no processo de avaliação. Às vezes, Stella supunha que, porque ela era nova, baixinha e mulher, os clientes subestimavam a influência do laudo psicológico. Em particular, clientes como Lawrence Simpson. Mas ela viu de cara que sua pergunta foi um erro. Os olhos de Simpson ficaram frios e os músculos de seu queixo ficaram tensos quando ele cerrou os dentes.

— Por favor, não fale comigo como se eu fosse uma criança — disse ele, fazendo uma pausa deliberada entre cada palavra. — Estou farto de sua atitude condescendente e superior. Eu já suportei muito. Não quero dizer de você, mas de todos os outros envolvidos neste caso. Como eles tiveram a AUDÁCIA de me colocar aqui com alguém com metade de minha idade, praticamente saída do secundário? Como pode imaginar que sabe mais do que eu do que é o melhor para minha filha?

Stella respirou fundo.

— Não foi minha intenção ofender — disse ela.

Ele agarrava os braços da cadeira. Os nós dos dedos ficavam brancos.

— O teste leva cerca de uma hora e meia. Pretendia usar toda esta sessão para concluí-lo. Se não se sente à vontade para fazê-lo, bom... neste caso, acho que terminamos. A não ser que haja alguma coisa que queira me perguntar.

— Não. — Ele parecia quase decepcionado que ela tivesse largado a corda, que não houvesse luta pelo poder.

Stella pegou o cartão e o recolocou na pasta, junto com os outros nove. Olhou o relógio na parede com os números grandes. Eles só cumpriram dez minutos da sessão. Ela estava intensamente decepcionada. O Rorschach era sua última tentativa. Stella, como todos os outros, não conseguira resolver o caso.

— Tem *alguma coisa* que queira me dizer, que queira incluir no relatório? — perguntou ela.

— Eu amo minha filha — disse ele. — Só o que quero é dar a ela um bom lar e uma ótima educação. Só quero que ela tenha uma chance na vida.

Enquanto a raiva dele se aguçava rapidamente, era minorada com igual rapidez.

— Muito bem. Tomarei nota disto e cuidarei para que seja incluído — disse ela.

Ela fechou o laptop. Não fazia sentido prolongar aquela agonia. Se Simpson decidira não cooperar, não havia nada que ela pudesse fazer.

— Então, terminamos? — Ele ainda estava na cadeira, hesitante.

— Terminamos. Eu o acompanharei até a porta.

Ela se levantou, endireitando a saia de lã preta até os joelhos e automaticamente fechando o botão do casaco. Tinha consciência de que ele a observava; consciência da rapidez com que ele passava da ansiedade para a raiva e a consternação.

— Eu sou um imbecil — disse ele.

Ela não podia discordar.

— Estou estragando tudo. Vou perder minha filha por isso.

— Quer tentar fazer o teste? — perguntou ela.

— Depois de você — disse ele, gesticulando para ela sair da sala primeiro.

Ao pé da escada, os saltos dela estalaram no piso de madeira enquanto ela andava rápido até a porta da frente. Manteve a porta aberta para ele, acolhendo com prazer a explosão de barulho do trânsito eterno da rua, que pontuava a atmosfera pesada dentro da clínica, liberando a tensão.

Simpson parou e estendeu a mão direita. Stella não queria tocar nele, mas se obrigou a retribuir o gesto e aceitar o cumprimento. Não desejava se arriscar a ferir seu orgulho frágil. O aperto de mão dele era firme e confiante e sua pele, quente e seca.

Hilltop, 21:15

No banheiro, vestígios de condensação perduravam em todas as superfícies, e o cheiro de lavanda pairava.

— Me diga o que aconteceu — disse Peter.

Ela não esperava que ele telefonasse, mas ficou satisfeita com isso. Falou em voz baixa.

— Nada de mais. Eu tive que deixá-la ficar.

— Estou te telefonando porque acabou de chegar um relato: tem uma menina de 15 anos que talvez esteja desaparecida. Ela vive com sua mãe em uma propriedade rural em Ladbroke Grove. Seu nome é Blue Cunningham.

Stella abriu um pouco a porta. Blue ainda estava em sua cama, o dedo na boca, os olhos fixos na tela da TV, que berrava estridente.

— O que você quer dizer com ela *talvez* esteja desaparecida?

— Nesse momento eles ainda estão verificando com amigos e olhando seu laptop. Pode ser que ela tenha ido para algum lugar sem contar a ninguém. A mãe deu uma olhada esta manhã e a viu dormindo quando saiu para trabalhar. Também falou com ela por telefone lá pelas dez da manhã, quando ela disse que não se sentia bem e que não ia à escola. Então eles acham que a essa altura ela ainda estava em casa. Mas, quando a mãe ligou para ela de novo na hora do almoço, a menina não atendeu ao telefone, nem no celular.

A mãe fez a primeira ligação para a polícia quando voltou do trabalho às oito, depois de ter ligado para alguns amigos dela e não ter conseguido localizá-la.

— E essa menina já havia fugido de casa? A mãe deu algum motivo para ela ter fugido?

— Ela nunca havia desaparecido, mas segundo a mãe tinha histórico de problemas de comportamento. Ao que parece, foi apanhada fumando maconha na escola e foi expulsa de sala algumas vezes por várias outras infrações: perturbar a classe, matar aula, esse tipo de coisa. O de sempre. E parece que ela se corta. Com lâminas.

— Acho que vi as cicatrizes.

— Ela tomava ritalina. No momento está tomando... espere. — Stella ouviu um farfalhar. — Voltei — disse ele. — Aripiprazol, Epilim e diazepam. E não está com os remédios.

— *Todos* esses?

— É. Isso indica alguns sintomas sérios, não?

— Ou isso — disse Stella —, ou um psiquiatra muito liberal com o receituário. Parece que eles acham que ela tem transtorno de humor ou psicótico. Talvez tenha um transtorno bipolar difícil de controlar, e pode ser por isso que receitem os estabilizadores de humor. E os sintomas bipolares podem parecer um transtorno psicótico nas fases em que as pessoas ficam maníacas... Assim, ela pode ter algum delírio, se desligar da realidade. Mas é meio estranho. Ela parece muito nova para um diagnóstico desses. Tem as informações do médico?

— O nome não está no relatório da polícia. Vou tentar descobrir quem é.

— Talvez ela esteja em abstinência — disse Stella. — Ela ficou enjoada e vomitou por tudo aqui.

— Tenho que falar, Stella. Se for ela, eu acho que essa menina é perigosa. Estou um pouco preocupado.

Ela conhecia Peter. Se ele disse *um pouco*, o que pretendia dizer era: *extremamente*. O tom de voz dele mudou, era mais gentil e menos formal, e isso a preocupava mais que tudo.

— Ela tem problemas de comportamento. Se ela se feriu com lâminas isso significa um potencial em ser violenta.

— Ótimo. — Stella ficou de frente para a pia dupla. Olhou sua escova de dentes, o creme dental, o perfume. O lado de Max estava vazio. O ácido ardeu em seu estômago e abriu caminho por sua garganta. Efeitos secundários do vinho e da adrenalina, supôs.

— Eu quero que você tire uma foto dela e me mande — disse Peter.

— Vou tentar. Não sei o quanto ela vai cooperar. Ela ficou em pânico quando falei na polícia. Talvez tenha cometido algum crime... Roubou uma casa no bairro e fugiu, algo assim. Quem sabe?

— Tente. Vou informar à polícia local, mas não sei quanto tempo eles levarão para agir. Uma foto ajudaria.

— Tudo bem.

— E fique de olho nela.

— Peter, onde você está?

— Stella — ele disse. — Eu não irei até aí.

— Eu não te pedi para fazer isso.

Da última vez que ele tentou ajudá-la, ela não foi muito cooperativa.

— Me mande a foto assim que conseguir. Eu verei o que posso fazer.

E ele ainda se importava, dava para ouvir na voz dele.

* * *

Ela encheu um copo d'água e abriu o armário espelhado acima da cuba. Dentro dele havia várias caixas de papelão brancas cheias de comprimidos em cartelas. Ela pegou a caixa na extremidade esquerda. Tomou seu antidepressivo, depois recolocou a caixa em seu lugar. Pegou a caixa seguinte e colocou um comprimido pequeno e amargo na língua. Depois o cuspiu. O comprimido em forma de losango caiu na pia, dissolvendo-se nas bordas em uma poça azul. Ela abriu a torneira, despejando-o pelo ralo.

Ela precisava ser capaz de pensar.

Todos os remédios que tomava eram legalizados: receitados por um psiquiatra. Ela precisava de diazepam de manhã, ou nunca sairia da cama. E precisava de outra dose à noite, ou continuaria insone, vendo sombras em volta da cama onde não havia nenhuma. O psiquiatra disse que não tinha problema continuar com esse regime de medicação por anos, não havia riscos. Max concordava com ele. É claro que Stella não acreditava numa só palavra disso. Ela tomava remédios demais e sabia disso: era física e psicologicamente dependente. Os tranquilizantes, em particular, eram um hábito difícil de romper.

Ela se odiava por ser tão fraca.

Tantos remédios. Blue podia ser um perigo para si mesma. Para qualquer um a sua volta. Stella não podia passar a noite desse jeito: sozinha com ela, insone, desconfiada. Ela não iria ficar sentada esperando Peter mudar de ideia e perdoar-lhe por tê-lo arrancado de sua vida ou que a polícia saísse da cidade rumo à congelada zona rural. Ela precisava fazer alguma coisa.

***

Stella colocou uma caneca de chá na mesa de cabeceira e sorriu para Blue. Tinha esperanças de que parecesse um sorriso tranquilizador e reconfortante.

— Beba isso — disse ela. — Vai se sentir melhor. — Stella pegou o controle remoto sobre a colcha e desligou a TV.

— Desculpe pelo que aconteceu — disse Blue. — Eu não queria te chatear.

— Eu também peço desculpas — disse Stella. — Desculpe por ter perdido a cabeça.

Ela teve o cuidado de preparar o chá na temperatura certa e acrescentar um pouco mais de leite para que não ficasse quente demais. Colocou duas colheres cheias de açúcar e mexeu bem. Experimentou e tinha certeza de que a doçura e o leite iam mascarar o gosto amargo.

Stella viu Blue erguer a caneca, levar aos lábios e tomar o primeiro gole. Felizmente ela era muito cooperativa, muito dócil.

— Está bom — disse Blue.

Stella sorriu, satisfeita.

Stella não fazia ideia de por quanto tempo Blue estava sem os remédios. Uma abstinência física podia deixá-la tensa, irritável e imprevisível. Ela podia ter uma recaída na psicose e no estado maníaco. Stella não via problema em dar a ela uma dose baixa de um ansiolítico, para garantir que ficasse calma, que a ajudasse a dormir. Que ajudasse Stella a permanecer mentalmente sã.

Stella ainda podia ver a vermelhidão no queixo de Blue e a marca de seus dedos impressa como uma pulseira no braço da menina. Sentou-se ao lado dela, na beira da cama.

— Olha, Blue — disse Stella. — Eu deixei você entrar na minha casa e fui gentil com você, não fui?

Blue assentiu.

— Então acho que mereço alguma coisa em troca. Gostaria que me respondesse algumas perguntas que podem parecer meio bobas.

— Ok. — Blue já estava rabugenta.

— Sabe que dia é hoje? — disse Stella.

— Sexta-feira. — A apreensão nos olhos de Blue diminuiu em resposta à pergunta inócua.

— E o ano?

— Dois mil e onze.

— Sabe onde estamos agora? — continuou Stella.

— Na sua casa.

— E em que país?

— Inglaterra.

— Só mais algumas — disse Stella. — Sabe o nome do primeiro-ministro?

— David Cameron.

— E lembra de meu nome?

— Stella. Stella Fisher.

Stella viu que a menina tinha orientação de tempo, lugar e pessoa. Não havia nada de patentemente psicótico nela. Não sabia exatamente quanto tempo Blue tinha ficado sem os remédios, mas não havia sinais de um pensamento gravemente perturbado. Ainda não.

— Blue, você toma algum remédio?

Blue assentiu.

— Lembra o nome dos comprimidos que toma?

— Não.

— Tente.

— São muitos. Minha mãe me dá. Eu não olho as caixas. Epi-qualquer coisa. Tipo epilepsia, mas eu não tenho epilepsia. E uns outros.

Stella sentiu um alívio. Blue parecia estar dizendo a verdade. Ela não mentiu sobre seu nome. Era muito provável que ela fosse a menina desaparecida que Peter identificou. Logo eles descobririam seu nome verdadeiro e ela poderia voltar para casa sem demora.

Mas por que um psiquiatra prescreveria tantos remédios para uma menina de 15 anos? Diazepam era muito viciante. Stella podia assegurar isto. E se Blue ficasse por muito tempo sem os antipsicóticos, podia desenvolver problemas neurológicos — esgares, projeção da língua, tiques estranhos nos braços e nas pernas. Teria dificuldade de se mexer ou andar. E os danos seriam permanentes — irreversíveis. Não parecia certo. A não ser... a não ser que Blue mostrasse um comportamento seriamente perturbado, talvez perigoso.

— Lembra há quanto tempo tomou a última dose? — perguntou Stella.

— Não.

— Sabe que pode ser perigoso parar de tomar esses comprimidos de repente?

Blue meneou a cabeça. Depois se virou para Stella e sorriu, trêmula, de olhos arregalados e apreensiva, tudo ao mesmo tempo. Stella não conseguia decifrá-la.

— É verdade que eu vim ver o dr. Fisher — disse Blue. — Mas menti quando disse que não o conhecia.

Stella se sentou mais reta e rígida na beira da cama.

Blue tomou outro gole do chá, os olhos fixos nos de Stella.

— Como o conheceu? — perguntou Stella.

— Ele é meu médico. Ou era.

— Sei. — Stella manteve o tom tranquilo. Não ia reagir com choque nem surpresa às mentiras e às inconsistentes revelações da menina. Estava aliviada por Max não ser afinal pai da garota, que Blue não tivesse um lugar permanente, um papel a desempenhar para desestabilizar a união já complicada dos dois. Fazia sentido Blue ser uma paciente. E sem dúvida uma paciente perturbada, em vista da medicação.

— O dr. Fisher está te tratando do quê? — perguntou Stella.

— Ele era médico da minha mãe. Eu também ia vê-lo, às vezes. Ele tentou nos ajudar. Eu costumava me machucar, mas não faço mais isso.

— Sei. Aconteceu alguma coisa em casa? Alguma coisa que a fizesse tomar a decisão de vir procurar Max esta noite? — perguntou ela.

Blue balançou a cabeça.

— Não — disse. Ela hesitou. — Eu só queria... pedir a ele para nos ajudar.

— Ajudar vocês como?

— Não sei bem como. — Ela baixou a caneca na mesa de cabeceira. Ainda estava pela metade. Recostou-se nos travesseiros, fechando os olhos.

Blue mudou a história tantas vezes no espaço de algumas horas que Stella perdeu o fio da meada. Quando ela olhava para Blue sentia ao mesmo tempo simpatia e medo. Mas o medo era maior. Stella pegou a caneca, estendendo-a mais uma vez a ela.

— Termine seu chá — disse ela.

Blue bebeu, obediente.

— Blue — disse Stella. — Pode descrever o consultório do dr. Fisher para mim?

— Sim.

— E então?

— Eu vou lá depois da aula. De metrô. Fica na Grove Road. Primeiro eu tenho de dizer à recepcionista que estou ali. Depois fico na sala de espera. O consultório dele fica em cima, no primeiro andar.

— Onde você se senta, quando está na sala dele?

— Ele tem uma mesa grande, mas não fica ali. A gente se senta em poltronas, são duas, iguaizinhas. Grandes. Com flores vermelhas.

Blue bocejou. Suas pálpebras caíram, pareciam pesadas, como se ela lutasse para mantê-las abertas. Ela estendeu a mão, hesitante, para pegar a mão de Stella, que não resistiu. Uma menina estranha; seu humor flutuava com rapidez, da cautela, para o antagonismo, para o afeto.

Stella se arrastou para perto dela. Elas ficaram quietas por alguns instantes, olhando para a tela sem imagens da televisão na parede. Blue se aproximou um pouco mais e se encostou no ombro de Stella. Stella estava cansada demais para resistir. Não conseguia se lembrar da última vez em que tocou em outro ser humano. Ela relaxou. Passou o braço pela menina triste e perturbada, segurando-a com força e sentindo seu cabelo macio em seu rosto, apreciando o cheiro fresco de lavanda.

O queixo de Blue afundava em seu peito de tal modo que o cabelo virou para frente, cobrindo o rosto.

Stella estava muito cansada. Queria que Max estivesse em casa, para cuidar dela. Perguntou-se o que Max pensaria de Blue, de suas oscilações de humor e seus encantos. A apreensão se debatia como um peixe, revirando-se sem parar nas entranhas de Stella ao pensar na menina e em como tinha caçado o endereço da casa de Max, com sua fantasia de que Max agiria como seu salvador.

Centro de Londres, maio de 2009

A festa acontecia embaixo, numa sala subterrânea semelhante a uma caverna. De um lado havia um bar, apinhado de gente. Ao longo do outro, uma série de bancos bem acomodados sob arcos que corriam por baixo da cidade, cada um deles com uma mesa oval, almofadas espalhadas e echarpes ondulando no alto.

Eram oito deles à mesa, Stella sentada na ponta porque foi a última a chegar. Como sempre, as linhas District e Circle do metrô estavam fechadas no fim de semana. Havia um casal na outra ponta que Stella não conhecia — amigos de Izzy e Mark das aulas de pré-natal —, mas o resto do grupo ela conhecia bem, a maioria era de seu programa de doutorado. Era o aniversário de trinta anos de Izzy, e ela estava com quarenta semanas de gravidez. Escolhera um bar e restaurante norte-africano, onde haveria dança do ventre para todos. Estava decidida a induzir o trabalho de parto.

Stella bebia uma espécie de coquetel com limão, hortelã e um monte de gelo, e algo rosado girando no fundo. Eles ergueram as taças: a Izzy, Mark e a seu filho. Aos trinta anos. A todos eles.

A música era alta, um ritmo do Oriente Médio com batidas enérgicas. A dançarina do ventre usava um bustiê elaborado, repleto de lantejoulas. Seus véus subiam quando ela rebolava e girava, fazendo ondas pela curva de seu ventre e o volume dos quadris. Izzy, apesar do tamanho da própria barriga, levantou-se para se juntar a ela. Pegou Stella pela mão e a puxou para a pista.

Stella gostava de dançar. Tirou a faixa do cabelo deixando-o solto pelas costas. Sentia-se leve e desinibida, como se estivessem de novo na universidade, estudantes apenas, sem ser responsáveis por ninguém — só se divertindo. Elas dançavam numa roda, o *oud* tocando uma música lenta, que ia ficando mais intensa; a dançarina do ventre guiava os movimentos: rebolando e rolando os quadris para a flauta, os tambores e os pandeiros, batendo palmas, sacudindo as correntes dos quadris. Cada vez mais rápido, incrivelmente rápido. Stella ria, aplaudia, girava. Todos faziam isso.

E Lawrence Simpson estava no bar, e ele a viu.

Stella virou a cara, riu de alguma coisa que Izzy disse sobre os quadris da dançarina. A música era alta, interminável, reverberava no teto baixo de tijolos. Stella voltou para a mesa. Ergueu uma garrafa de água com gás diante de si e encheu seu copo, as bolhas se precipitando para cima e pelas bordas. Notou tarde demais que a borda do copo estava marcada por um aro claro do batom rosa de outra mulher. Simpson estava a seu lado, olhando-a de cima. Ela via pelo sorriso e pela expressão dos olhos dele que estava satisfeito de vê-la em terreno neutro.

— Dra. Davies — disse ele. Lá foi a mão dele de novo, ajeitando a franja em seu tique nervoso.

— Dr. Simpson — disse ela.

— Então se lembra de mim?

— Claro que me lembro — disse ela. — O senhor passou horas em meu consultório.

— O psicoterapeuta tem tentado incendiar sua clínica ultimamente? — disse ele.

Ela soltou uma risada curta, para ser educada. Era má sorte que eles tivessem de se encontrar fora de seu consultório. Ela nunca fora a esse restaurante e Londres era tão grande — quanta coincidência. Ela se perguntou se ele a estivera observando dançar. Ela tirou o elástico de cabelo do pulso e prendeu o cabelo, o tirando da cara. Sua nuca estava molhada de suor. Tentou relaxar os ombros.

Ele gesticulou para o bar apinhado.

— Estou com um colega — disse ele. — Não se sinta ofendida por eu não apresentá-lo, dadas as circunstâncias.

A música pulsava e martelava. Ele teve de se curvar para falar com ela. Seu cheiro era bom, a loção pós-barba era fresca e sutil.

— Vim porque pensei que seria útil conversarmos novamente.

A música ficou mais lenta. Stella ouvia cada acorde distinto do instrumento de cordas; lento e em suspenso, chegando a um clímax.

— Não é boa ideia conversarmos aqui. Não devíamos fazer contato fora do consultório. — Ela precisou falar alto para ser ouvida.

Ele se aproximou mais. Seus lábios praticamente roçavam sua orelha.

— Se me der só um minuto de seu tempo, quero me desculpar.

Era a última coisa que esperava que ele dissesse. Parecia arrependido e inteiramente sincero. Talvez algo em sua atitude antagônica, sua bravata, fosse fruto do medo. Medo do processo judicial, medo de perder a filha. Talvez seu comportamento no consultório dela não fosse o reflexo mais preciso de sua personalidade no mundo.

Ela assentiu.

— Aceito suas desculpas — disse.

O garçom chegou com pratos de comida e o cheiro era maravilhoso. Stella estava faminta, mas não podia comer com Simpson curvado sobre ela. E ele não se afastava da mesa. A bebida dela, com dois canudinhos se projetando do copo alto, estava a sua frente, sedutora. O gelo começava a derreter. Os outros comiam a entrada: pão árabe, pasta de grão-de-bico e coalhada com pepino. Stella desviou os olhos do banquete que diminuía rapidamente.

— Tem filhos? — perguntou ele.

Ela não respondeu.

— Não espero que me diga — disse ele. — Mas imagino que não tenha. É impossível para você entender como é minha filha ter sido enviada novamente para um orfanato, e não é por nada que eu tenha feito de errado. Eu nunca tive a chance de cuidar dela, a mãe não permitiu. O sistema funciona contra os pais... deve saber disso, pelo trabalho que tem.

Stella estava morta de fome, e meio tonta por causa da dança e dos coquetéis. Sua cabeça estava torta enquanto ela esticava o pescoço para olhá-lo.

— Não posso falar desses assuntos fora do consultório — disse ela. — Cada reunião, cada discussão que tivermos, precisa ser registrada para o tribunal.

Ele ainda estava curvado sobre ela, com as palmas das mãos na mesa. Sua linguagem corporal era muito diferente da pose retraída e de braços cruzados a que ele se prendia no consultório. Ela via que ele sofria.

— Não facilitei para você no outro dia — disse ele. — Você tentava fazer seu trabalho. Consideraria me dar outra chance? Eu só queria dar meu lado da história — disse ele.

Ela sentiu cheiro de cerveja. Sabia que havia muita chance de ela perder mais duas horas de seu valioso tempo se ele aparecesse inteiramente sóbrio, tendo mudado de ideia; se ela fosse confrontada com a versão emburrada de Lawrence Simpson, ao contrário da arrependida. Mas ainda assim, havia uma chance.

— Tudo bem — disse ela. — Telefone para a recepcionista da clínica e marque uma hora para esta semana. Vou encaixar uma sessão para o senhor, assim não haverá atrasos na entrega do relatório. Mas terá de cumprir a hora que for marcada agora, não há flexibilidade. O relatório deverá ser entregue em dez dias, precisa ser submetido antes da última audiência.

— Agradeço por isso. Posso perguntar… temos de nos reunir em sua clínica em St. John's? Meu consultório fica no sul de Londres. Seria de muita ajuda se pudéssemos nos reunir lá. Eu não tenho muito tempo livre do trabalho para essas consultas e me toma metade do dia atravessar Londres até a sua clínica.

— Sim, tem de ser na clínica — disse ela. — Meus arquivos, todo o material de teste está lá. E seria inadequado nos reunirmos fora do consultório. Acredito que saiba disto.

Ele riu das palavras formais dela.

— *Seria inadequado*. Achei que diria isso. Previsível. Mas não vale tentar?

— Claro. — Ele a irritava. Ela não gostava de ser escarnecida. Tinha o direito de curtir uma noite com os amigos. E precisava comer alguma coisa logo.

— Ligue para a secretária para marcar a hora — disse ela.

— Obrigado. Fico muito agradecido. Sei que posso ser meu pior inimigo. Eu digo a mim mesmo que você nem acreditaria em tudo que lê sobre mim, mas é difícil ir a uma reunião sabendo que você pode pensar que sou pervertido, doente, que bate na esposa. Estou com vergonha de uma coisa que não fiz. Às vezes mexe com a minha cabeça.

Ele se demorava na mesa. Ela não queria ser grosseira, mas tinha de traçar um limite. Virou a cara e tomou um gole da bebida. Torceu para que ele entendesse o recado sem ela ter de pedir diretamente e se arriscar a ferir seu ego frágil.

Ele olhou sua bebida.

— Deixe-me pagar outro coquetel para você. Para compensar por ter sido um cretino tão rabugento.

Ele chegava a ser atraente quando sorria, quando mostrava sua vulnerabilidade; talvez houvesse até algum senso de humor à espreita, por trás da fachada taciturna. Ele claramente era inteligente. E se ela recusasse a oferta de bebida, Simpson sem dúvida se sentiria desprezado; veria isto como outro golpe em seu orgulho. Então Stella ficou sentada, impotente e irritada, mas também sentindo pena dele enquanto ele gesticulava para um garçom que passava.

Quando ele se virou de volta, ajoelhou-se para que seus olhos ficassem no mesmo nível dos dela. Ela se sentiu terrivelmente desconfortável e exposta. Ele invadia seu espaço, rompia as fronteiras profissionais entre os dois.

— Você é alguém por quem posso me sentir atraído — disse ele. — E você me vê como um…

— Esta conversa não é apropriada justamente no meio dos procedimentos judiciais — disse ela.

Os olhos dele endureceram e zombaram dela novamente enquanto ele ria.

— Você precisa bancar a formal sempre? — Ele não se afastou nem um centímetro dela.

— Não estou bancando. Nossa relação *é* formal.

Um garçom sorridente colocou duas bebidas na mesa diante dela. Os coquetéis eram atraentes, com hortelã fresca sobre gelo triturado e dois canudos.

Por fim, Simpson se levantou e se afastou um passo dela.

— Sei que você merece um ou dois drinques com as coisas que tem de ouvir. — Ele ergueu seu copo. — Vamos beber aos melhores interesses de minha filha — disse ele.

Ela não se mexeu.

— Vamos lá — disse ele. — Não sou um leproso.

Ela ergueu o copo, bateu no dele, tomou um gole.

— Pronto — disse ele. — Não foi assim tão ruim.

Ela foi incapaz de forçar um sorriso.

— Estou atrapalhando sua festa — disse ele. Ele olhou os amigos dela, seus olhos parando na barriga de grávida de Izzy. Depois desapareceu na multidão do bar.

Hannah a olhou do outro lado da mesa e ergueu as sobrancelhas. Stella meneou a cabeça: *não é nada, ele não é ninguém*. Ela não podia dizer a Hannah que ele era cliente, não ia quebrar o sigilo profissional.

Stella levantou a bebida que Simpson lhe pagou e a deu a Peter, que se sentava de frente para ela. Ele a aceitou, feliz.

Ela não sabia se registraria ou não o encontro fora do consultório em seu relatório. Perguntaria a Max o que fazer. Estava tão agradecida por não encarar as excentricidades do caso sozinha. Ela pegou o BlackBerry e rolou a lista de contatos até encontrar o telefone de Max Fisher. Adoraria ter uma desculpa para telefonar para ele neste fim de semana. Ela também ficava constrangida demais em incomodá-lo; o encontro com Simpson não era uma questão urgente. Ela falaria com ele na segunda-feira.

Peter estendeu uma tigela de pão árabe macio e quente.

A dançarina do ventre rebolou mais perto, seu corpo um assombro de curvas ondulantes; correntes de ouro brilhavam em torno de sua cintura. Afastou-se deles, depois olhou por sobre o ombro com um sorriso sedutor. Seus quadris e ventre tremiam tão perto da cara de Stella que ela se sentiu corar.

Stella se perguntou se Simpson ainda estava espreitando, observando-a.

Na manhã de domingo, Stella acordou ao lado de um homem; o corpo quente e sólido dele contra o dela, o braço pesado em sua cintura, as costas dela ajustadas ao torso dele. Ele também acordou e a puxou mais para perto.

— Bom dia — disse ela. Ela havia dormido bem.

— Bom dia.

— E então — disse ela.

As cortinas do quarto eram finas e não obstruíam o sol da manhã. Ela tirou as mãos dele de cima dela, se ajeitando e se distanciando, deitando-se de costas, olhando para o teto.

Ela bebeu mais do que o de costume na noite anterior; aqueles coquetéis eram enganosamente doces. Ficou impossível falar, com a música acelerando e ficando mais alta, enquanto o porão se enchia cada vez mais de gente. Ela não se lembrava do que haviam conversado, se é que haviam. Peter lhe passou os pratos de comida. Estava sentado de frente para ela na mesa em formato de meia-lua, depois estavam numa roda, dançando, rindo, ridículos, tentando imitar a dançarina do ventre. Quando voltaram a se sentar, ele trocou de lugar e se sentou ao lado dela. Os ombros e quadris dos dois se apertavam, e ela gostou de senti-lo ali. Lá fora, chovia. Ele esperou com ela até ela pegar um táxi. Em seguida, só do que se lembrava era de ele beijá-la e ela retribuir com um entusiasmo que a pegou de surpresa. Ela se lembrava do gosto dele, do coquetel de limão e hortelã.

— Tudo bem se eu usar o chuveiro? — perguntou ele.

— Claro.

Ele se levantou, nu. Examinou seu corpo enquanto ele se afastava. Comparou-o ao de Max, que era mais velho e sem dúvida não estava em tão boa forma. Mas era Max que a excitava.

Droga. Ela estava péssima. Sentia-se culpada.

Ela ainda estava na cama quando ele saiu do banho com sua toalha rosa enrolada na cintura.

— Quer que eu te faça um café? — disse ele.

Ele era um ser humano decente. Um homem gentil e carinhoso. Ela se sentiu péssima de novo.

— Seria ótimo — disse ela. — Mas não tenho café nenhum. Não tenho nem leite. Na verdade, não tenho nada na cozinha. Nem tive a oportunidade de fazer compras essa semana.

— Então eu te levo para tomar o café da manhã.

— Claro — disse ela. — Tem um monte de lugares em Westbourne Grove. Me dê alguns minutos que vou me vestir.

Ela saiu da cama, nem um pouco constrangida. Ele era um amigo, não desejava impressioná-lo. Procurou seu blusão de domingo e os jeans. Sentia que ele a olhava. Ele se aproximou dela e ficou muito perto. Ela pensou em deixar que ele a beijasse. Virou-se para ele, estendeu a mão e acariciou o cabelo dele nas têmporas. Eles tinham a mesma idade, mas ele estava completa e precocemente grisalho. Ela passou a testa na barba por fazer em seu queixo, a pele dele áspera na dela. A pele em volta de seus lábios ainda ardia da noite anterior. Ele a procurou, correndo suas mãos pelos braços dela, puxando as mãos dela gentilmente para trás de suas costas.

Tinha de se desembaraçar antes que ficasse confuso.

— Peter, isto não é uma boa ideia. Eu sinto muito. Quer dizer, não me arrependo de nada, foi ótimo. Mas não quero que pense que...

Ele soltou suas mãos.

Ela sabia o que ele sentia por ela. Eles haviam feito alguns módulos juntos, no programa forense da Universidade de London South Bank. Simpatizaram um com o outro de imediato, acabaram sentados lado a lado, tendo as mesmas queixas dos professores, estudando juntos para as provas. Ele era brilhante. Não tanto quanto Stella, ela lhe disse isso várias vezes. Ela logo percebeu o que ele sentia por ela e teve o cuidado de não encorajá-lo. Ele era um homem franco e descomplicado. Muito descomplicado e muito previsível.

Ele não tinha aquela tensão, as sombras interiores que a excitavam. Stella tinha certeza de que ele teve uma infância feliz, com pais amorosos que ainda deviam estar casados e moravam nas Cotswolds.

Mas isso era besteira, era irrelevante; a questão era: ele não era Max.

Ela o viu vestir as calças e abotoar a camisa. Ele olhou de lado para ela, com o jeans ainda aberto. Ela se viu, montada nele, com os dedos dele apertando seus mamilos. Algo entre os dois faiscou de novo e depois morreu. Ela vestiu o blusão.

— Obrigada por ontem a noite — disse ela. — Já fazia algum tempo, para mim.

Houve um momento de silêncio desagradável.

Ela ouvia a voz de Hannah: *Mas qual é o seu problema? Você é uma idiota.*

O silêncio crescia.

Ele se curvou e lhe deu um leve beijo no rosto.

— Por que não deixamos pra lá o café da manhã? — disse ele.

Ela concordou. Não tinha sentido protelar a despedida.

Houve uma pressão dentro dela, um misto de decepção e alívio.

Acompanhou-o pela curta distância até a porta. Esperava que seu devoto vizinho muçulmano não aparecesse bem a tempo de vê-la se despedindo só de calcinha. Mas o corredor estava vazio.

Ele teve de esperar séculos pelo elevador velho.

Ela ficou na porta de seu apartamento em Bayswater, sozinha, satisfeita e também um pouco triste.

Hilltop, 23:15

Sem nenhuma surpresa, Blue entrou em um sono profundo e tranquilo. Ela estava deitada do seu lado da cama, o polegar próximo aos lábios, braços e pernas moles e pesados.

Stella saiu sorrateira de sua própria cama. Ela foi até a janela e abriu as cortinas fechadas, só uma fresta. As árvores e as colinas mais além cintilavam com a suave luz refletida na neve. A casa na colina ficava a uma grande distância do seu quarto em Bayswater, mas às vezes ela sentia falta do oeste de Londres e de sua parte da cidade, no alto do sexto andar de um prédio antigo. Sentia falta dos aviões intermináveis na rota de voo para o Heathrow, suas luzes vermelhas piscantes substituindo as estrelas no céu noturno.

No alto da janela, a luz do sensor piscava a cada poucos segundos, devagar e tranquilizadora. Stella verificou se as cortinas estavam completamente fechadas.

Os olhos de Blue se mexiam rapidamente de um lado a outro sob as pálpebras, finas como papel. A garota mudou de posição, rolou, sua respiração ainda regular. Stella ainda se lembrava daqueles olhos bem abertos: decididos, desconfiados e sedutores.

Lentamente, ela pegou o BlackBerry, ergueu-o, enquadrou o rosto da menina. O flash disparou, mas a menina não acordou. Stella mandou a foto por e-mail a Peter.

Levou a cadeira baixa da penteadeira para a cama e se sentou para observar Blue. Cochilou, depois acordou, assustada, mas nada mudara, a menina não se mexera. O pescoço de Stella doía. Ela se mexeu na cadeira, recostando a cabeça no próprio braço. Suas pálpebras estavam tão pesadas que estava desesperada para fechar os olhos, só alguns minutos, mas não podia correr o risco de dormir no mesmo cômodo que Blue.

Tirou a chave da fechadura e fechou a porta suavemente depois de passar. Trancou-a por fora e meteu a chave no bolso. Sentiu-se um pouco melhor.

Não sabia o que fazer agora. Estava cansada demais.

Lá embaixo, a garrafa quase vazia de vinho estava morna na mesa da cozinha. Ela abriu a tampa e serviu as últimas gotas na taça. Ao beber, apurou os ouvidos.

Um silêncio mortal no andar de cima.

Ela não conseguia evitar a bebida. Por trás dos olhos, imagens tomaram forma. Ela tremia, sentia frio e suas mãos estavam trêmulas. O vinho branco espirrou no tampo branco da mesa.

Ninguém podia chegar a Hilltop. Ninguém podia sair. Nada aconteceria.

Stella lutou para acordar do sono denso e pesado.

Toc, toc, toc.

Ela viu olhos azuis, muito azuis.

Mais batidas. Muito altas. Como um martelo em seu crânio.

Ela abriu os olhos e descobriu que estava no sofá, no

primeiro andar, o linho cinza áspero em seu rosto. O fogo na lareira tinha se apagado e havia um leve cheiro de pinho queimado e um frio na sala. Stella não se lembrava de onde tinha deixado o telefone. Talvez Max tivesse tentado ligar para ela.

As batidas vinham da porta da frente.

Talvez Max tivesse chegado em casa. Talvez a polícia tenha subido a ladeira.

Ao se levantar, sua cabeça doeu e seu ouvido zumbia. Ela foi burra de beber junto com os comprimidos. Ela olhou firmemente o monitor da entrada, uma imagem borrada entrando e saindo de foco. Pegou o fone e levou à orelha.

— Stella… está muito frio aqui fora. Vai me deixar entrar?

O rosto dele entrou mais em foco. Sua cabeça clareava.

— Peter?

Ela puxou os ferrolhos e abriu a porta. O ar frio soprou para dentro. Ela não se importou, acolheu o frio. Havia uma pilha ainda maior de neve na escuridão, vários centímetros a mais. Ele devia ter se esforçado muito para chegar a Hilltop. Não se lembrava da última vez em que ficou tão feliz, tão aliviada por ver alguém. Queria jogar os braços nele e abraçá-lo com força. Mas algo a continha.

Ele passou pela porta de cabeça baixa, o cabelo grisalho e farto embranquecido pelos flocos de neve. Estava todo embrulhado no casaco preto e impermeável. Enquanto abria os botões, os flocos de neve caíram no chão, deixando poças mínimas em volta de suas botas.

Era estranho vê-lo depois desse tempo todo, neste lugar tão distante de sua vida anterior. Era inquietante que ele estivesse o mesmo, enquanto Stella sentia ter envelhecido dez anos. Tentou ajeitar o cabelo e as mangas, puxar a blusa para baixo; sentia-se um trapo, parada ali.

— O que o fez mudar de ideia?

Ele olhou longamente o hall de entrada e terminou fitando o lustre. Evitava os olhos dela, Stella tinha certeza disto.

— Quando foi que se mudou para este fim de mundo? — perguntou ele.

— Não é um fim de mundo. São as Chilterns.

Ela olhou incisivamente para as botas pretas dele, com seu solado grosso, mas ele não as retirou. Pendurou o casaco ao lado do dela, no gancho junto da porta de entrada. Ela tentou pensar na última vez em que precisou daquele casaco, mas não se lembrou.

— A menina criou algum problema? — perguntou ele. Ela detectou alguma coisa na voz dele, mas não tinha certeza do que era.

— Na verdade, não. — Stella se perguntou se teria soado totalmente louca no telefonema mais cedo. — Mas ela não me disse a verdade, o motivo por que veio aqui, fica inventando histórias diferentes.

Peter a olhava de um jeito esquisito de novo. Talvez ele pensasse que ela era descuidada, considerando o que aconteceu.

— Eu não podia deixá-la lá fora, morrendo congelada — disse ela. — Tive de deixá-la entrar.

— Onde ela está? — perguntou ele.

— Lá em cima. Dormindo.

— Dormindo?

— É tarde.

— Sim. Acho que imaginei... algo um pouco mais tenso.

Ele ficou ali, de mãos nos bolsos dos jeans, rígido e formal, como se os dois fossem estranhos. Por dentro, ela se contorcia. Sentia-se como um dos suspeitos de Peter, sob interrogatório.

— E eu a tranquei lá — disse ela.

Ela tateou o bolso, procurando a chave do quarto. Ainda estava ali.

— Você a trancou? — Peter ficou espantado com isso.

— Ela é imprevisível. Não quero que fique zanzando pela casa. E não ficou muito satisfeita quando falei que tinha entrado em contato com a polícia.

— Você não pensou que isso pode ser visto como rapto de menor? Você tem certeza de que ela está dormindo? De que não está tentando sair de lá de dentro?

— Absoluta — disse Stella. — Porque eu dei a ela um comprimido para dormir.

Peter esfregou as mãos no rosto e de repente pareceu muito cansado.

— Não me olhe desse jeito — ela disse. — Foi só um. Esmaguei e misturei na bebida dela. Eu estava nervosa, com uma estranha na casa. Você disse que era arriscado. Então quis ter certeza de que ela não causaria nenhum problema por algumas horas. Eu precisava de um pouco de paz.

Stella se sentia frustrada. Ele não fazia nenhuma ideia, nenhuma, de como era a vida dela.

Stella imaginou que ele estava se perguntando qual das duas era mais desequilibrada, ela ou a garota. Stella começava a se perguntar a mesma coisa. Ela torcia para que Blue estivesse bem. Apurou os ouvidos, de certo modo esperando ouvir o som dos punhos de Blue batendo na porta do quarto, mas a casa estava em silêncio.

— Ela disse que é mentira a história de ser filha do Max. Mas agora alega que o conhece, e que é paciente dele. Aparentemente ela veio aqui procurar por ele.

— E você verificou com ele?

— Não.

— Por que não?

— Ela muda a história de cinco em cinco minutos. Eu não sabia o que fazer. — Ela olhou para ele. Ele sabia que ela mentia. — E não consigo falar com ele. O telefone ficou desligado o dia todo. Ele faz isso às vezes.

Stella estava muito mais calma, muito mais segura, agora que Peter estava com ela.

— Desculpe tê-lo feito vir de carro até aqui neste tempo — disse ela. — Eu agradeço muito. E também estou... surpresa.

As mãos dele agora estavam rigidamente de lado. Seus olhos encontraram os dela, depois se desviaram rapidamente. Ele consultou o relógio. Não se falavam havia mais de um ano. Ele podia muito bem se ressentir daquela sua súbita entrada na vida dele.

— Estou feliz por ter vindo — disse ela. — Por não ter trocado o número do celular.

Na realidade, Peter parecia preferir estar em qualquer lugar menos ali, em Hilltop. Entretanto, acompanhou-a até a sala de estar.

— Quando seu marido vai voltar para casa? — perguntou ele.

Seu marido. As palavras que deviam trazer prazer, calor humano.

— Amanhã de manhã... cedo — disse ela. — Quer dizer, hoje.

Ela estava nervosa demais para se sentar, então ficou de pé junto à ponta do sofá. Peter também ficou de pé, na outra extremidade.

— Café? — perguntou ela.

— Não, obrigado. Tem certeza de que você está bem? — Ele olhava a garrafa de vinho vazia no meio da mesa de centro.

— Num minuto eu sinto pena, no outro, não confio nela. Acho que tem motivos ocultos.

Peter parecia não saber bem o que dizer a ela.

Ele andou até a estante ao lado da lareira e examinou os livros. Ela lia quase tudo. Tinha horas, dias e meses para preencher, e os livros novos não eram lançados com rapidez suficiente. Sua coleção de DVDs era igualmente impressionante. Todo mês ela mandava algumas caixas a Oxfam por Max e depois reabastecia as prateleiras. Em Hilltop, o tempo podia ser uma tortura. Nos dias em que não conseguia se concentrar nos romances ou nos filmes, tinha de encarar a verdade: viver, para ela, era como ver uma tinta secar.

— Você organiza suas prateleiras — disse ele. — Ficção e não ficção. E depois não ficção por assunto. E também por tamanho. — Ele estava diante da seção de fotografia e design de interiores.

— Sim — disse ela. Queria que ele fosse ao que interessava: o motivo de sua visita.

— Isso não seria classificado como obsessivo?

— Os rituais afastam a ansiedade.

— Que ansiedade? — perguntou ele.

— Você sabe.

— Então. Você e Max.

Ela assentiu. Sabia que ele ia lhe fazer uma pergunta, e que queria alguma explicação, mas ela não queria falar do marido.

— Max tentou levar você de volta para a clínica?

— Ele não me pressiona. — Ela pousou as mãos no encosto do sofá, afagando o tecido áspero.

— O que você faz o dia todo? — perguntou ele.

A Stella que ele conhecia era uma pessoa diferente, motivada e ambiciosa. Ela amava a profissão.

— Não saio muito — disse ela. — Não saio nunca.

— E a vida de Max segue normalmente?

— Sim — disse ela.

— Interessante.

— Por que interessante?

Ela ainda pairava atrás do sofá, decidindo se ia se sentar ou não. Se continuasse de pé, podia descarregar mais de sua energia nervosa, batendo o pé, passando a mão pelo encosto do sofá, arrumando as almofadas.

Peter sempre teve ideias distorcidas sobre Max.

— E uma ajuda profissional? — perguntou Peter.

— Max me levou a um psiquiatra.

— E?

— Não deu muito certo. Ficar deitada num divã com um estranho uma vez por semana não me agrada muito a essa altura.

— Tentou algum outro?

— Não. Ele me deu uma receita e eu tomo um monte de comprimidos. Eles me ajudam a viver. Bloqueiam os flashbacks e os pesadelos.

Peter se aproximou do sofá, com cautela, e se sentou na ponta — o local exato que Blue escolhera antes. Stella deu a volta e se sentou também. Não perto demais. Ele agora a olhava diretamente.

— Ainda toma comprimidos, depois desse tempo todo?

— Max autoriza a repetição das receitas. Nenhum de nós acha que tem sentido parar com os comprimidos quando eu nem saio de casa.

— Não é antiético receitar drogas para familiares?

— Isso me ajuda a manter a sanidade.

— Então parece um arranjo ideal.

— Ah, é, sim.

Vá para o inferno, pensou ela. Peter sempre queria demais, esperava demais dela. Muito mais do que o marido. Ela devia esperar mais de si mesma, supôs.

— Tomo quase tantos comprimidos como a menina. Sou um zumbi. — Era um alívio dizer isso em voz alta, admitir a verdade.

E ela fora cruel com ele. Foi um erro isolá-lo completamente, e não só Peter, mas todos os amigos, todas as pessoas que se importavam com ela. Ela sentia vergonha e não conseguia olhar para ele, não podia se sentar tão perto dele. Levantou-se de um salto e impôs alguma distância entre os dois, acendeu as luzes de fora, iluminando seu reino. As lâmpadas no pátio lançavam raios amarelos pelo jardim e o brilho se espalhava pelo gramado, alcançando a beira das árvores cobertas de neve atrás deles.

Ele veio se colocar ao lado dela, olhando o jardim, com as mãos nos bolsos de novo. Eles ficaram muito próximos e a estática crepitava no espaço vazio entre os dois.

— Por que ele ficou em Hampstead? — perguntou ele. Agora era mais gentil com ela. Ele estava com pena dela, e isso era pior ainda.

— A neve — disse ele. — Ele achou que era mais seguro. As estradas ficam difíceis demais, no carro dele. Como você conseguiu chegar até aqui?

— Eu peguei um jipe emprestado.

— Max manteve o apartamento de Hampstead depois de nos mudarmos para cá — disse ela. — Às vezes fica lá. Acho que precisa ficar longe de mim. — Ela deu um pigarro. — Mais alguma pergunta?

Ele meneou a cabeça.

Ela sentiu as lágrimas aparecendo e teve raiva. De tudo: de Max, da garota, de sua própria fraqueza, de Peter. Ela andou pela borda azul do carpete. Parou sobre a cabeça do papagaio. Cerrou os punhos, sentindo o poder em suas mãos. Olhou para Peter do outro lado da sala e ficou impressionada com a vitalidade e a firmeza que ele aparentava. Ele era um lembrete de sua antiga vida, de tudo de que ela abrira mão.

— Ainda me acha atraente? — perguntou ela.

— Meu Deus, Stella.

— Acha?

— Claro que sim. — Ele enfiou as mãos mais fundo nos bolsos.

— Está mentindo.

Stella se postou bem de frente a ele. Ela olhou em seu rosto atentamente. De que cor eram os olhos dele? Ela se esquecera ou nunca percebeu. Não prestava muita atenção.

Os olhos dele eram castanhos.

Ela se curvou e o beijou, pegando-o de surpresa. Ele retribuiu o beijo, hesitante, mais gentil do que ela gostaria. Os lábios dela se separaram e ela se apertou mais nele, tentando absorver parte de sua força. Ela queria sentir as mãos dele em seu cabelo, os braços firmes em volta dela. Queria uma prova de seu antigo eu. Os lábios dele nos dela. Se pudesse ficar com ele, onde fosse seguro. As cortinas de seda dourada afastadas da janela, a camada de neve lá fora. O corpo dele, sólido. Ela se apertou mais nele.

As mãos dele estavam em seus ombros. Firmes. Não a abraçavam, mas a empurravam. Ele recuou, mantendo-a à distância de um braço, com uma expressão estranha.

— O que está fazendo? — perguntou ele.

— Nada.

Não podia explicar aquela atração súbita e urgente. Devia ser a elevada tensão na casa, a adrenalina, o estresse da visitante inesperada, tudo isso entrando em choque, logrando seu corpo a um estado de expectativa elevada. Ou, talvez, fosse culpa dos meses de frustração com o marido.

— Me desculpe, Peter.

— Você não precisa se desculpar.

— Sim, eu preciso.

— Vamos nos sentar — disse ele, se afastando dela.

— Não. — Ela estava enjoada e cansada de ser afastada. — Por favor, me diz por que você veio? — Ela o olhou nos olhos, tentando ver o que ele não estava dizendo. — Você me deixa nervosa. Aconteceu alguma coisa com Max?

— Não. Não é nada disso.

Peter não teve pressa em responder, considerando suas palavras cuidadosamente.

Sessão Nove

Ela se sentou na sua poltrona como uma boa menina. Uma boa paciente. Impaciente. Pela cara dele quando ela entrou, pétrea e fechada, viu que seria melhor não tentar nada muito cedo. Teria de esperar.

Pela primeira vez, ele falou primeiro.

— Sabe que quero ajudar em sua melhora — disse ele.

Ela assentiu.

— E quero ajudá-la a enfrentar a realidade. Mesmo que seja doloroso. Não pode haver nada entre nós, nada mais do que médico e paciente.

Ela se curvou para frente, com a blusa aberta.

— Você teve experiências muito difíceis. E creio que está evitando lidar com o que lhe aconteceu, fixando-se em mim. Fantasiando comigo. Mas não sou a resposta a seus problemas.

Ela roeu a unha do polegar.

— Nem vem dizer que eu sou louca — disse ela.

— Ter uma fantasia não significa que você seja louca.

Sua boca estava *muito* seca. Ela não inventou o que aconteceu. Era real. Mais tarde, ela havia trocado de calcinha e estava pegajosa — dos fluidos dele e dela, juntos.

— Isto tem de parar — disse ele. — Não podemos mais trabalhar juntos. Não estou ajudando você. Não estou ajudando realmente, como você precisa.

Ela engoliu em seco de novo, a garganta estava apertada.

— Posso beber um pouco d'água?

Ele concordou. Ela pegou o copo na pequena mesa que tinha do seu lado. Com a mão trêmula, levou o copo aos lábios e tomou um gole curto, para molhar a boca e encontrar a própria voz.

— Essa fantasia que você tem de estar comigo... não faz bem a você. Está magoando você. — A voz dele era muito calma e muito fria.

— PARE DE FALAR! — Ela se controlou, tentando não gritar. — Pare.

— Se não consegue permanecer na realidade, se não consegue lidar com o que realmente acontece a sua volta, sabe qual é a alternativa. — Ele estava tenso. Não tirava os olhos da porta. Ela não devia gritar de novo.

— Está me assustando — disse ela.

— Não quero assustá-la. Só quero ajudar você, antes que se machuque ainda mais. Não entende o quanto isso é destrutivo?

Ela pôs a cabeça nas mãos e começou a chorar. Não suportava olhar para ele. Ele não parava de falar, e suas palavras pareciam facas. Ele não parava.

— Eu me importo muito com você. E não quero que você piore, que fique gravemente doente. Mas, se essas sessões não a estão ajudando, tenho de fazer algo diferente. Posso continuar a vê-la, posso aumentar a dosagem de seus medicamentos, mas, para ser franco, não creio que isto seja o melhor para você. Creio ser melhor pararmos com essas sessões e encontrarmos outro terapeuta. Uma mulher.

Ela não olhou para ele de novo. Afundou entre a poltrona e o tapete, puxou os joelhos ao peito e pôs a cabeça entre eles. Apertou com força as mãos nos olhos. Não foi uma fantasia. Ele a desejara. Agora queria se afastar. Ele era a única coisa boa que lhe restava e ela não entendia por que sempre lhe aconteciam coisas ruins. Ele devia amá-la, depois do que ela o deixou fazer.

A voz dele mudou, soando mais branda e gentil.

— Tem de admitir a si mesma que o que aconteceu entre nós foi uma espécie de fantasia. Como um sonho.

Ela bloqueou as palavras dele, não as ouvia. Concentrou-se no som de sua voz, no tom mais doce e mais caloroso, e sua raiva diminuiu. O que começou então foi uma sensação de desejo; ela sentiu um calor se espalhando e pulsando. Queria que ele a deixasse subir em seu colo, que a abraçasse.

Continuou sentada com a cabeça ainda entre os joelhos, de olhos abertos, olhando fixamente os desenhos no tapete e deixando que os olhos se desfocassem e ela não estivesse mais ali.

— Entende o que estou dizendo? — perguntou ele. Sua voz a alcançava de longe, como se ele estivesse na outra ponta de um longo túnel.

Ela fechou os olhos, meneou a cabeça. Queria que ele parasse de magoá-la.

— Me diga uma coisa — disse ela. — Qualquer coisa que queira que eu faça por você. Qualquer coisa. Eu farei qualquer coisa.

Ele parecia triste e decepcionado.

— Não era assim que eu queria que terminasse entre nós. Eu queria ajudar você.

Ela queria engatinhar até ele, deslizar entre os joelhos dele, subir a mão entre suas pernas, até que ele a deixasse ficar perto de novo. Mas estava ficando enjoada daquilo, enjoada de ele sempre dificultar tanto seu trabalho. Tendo que reconquistá-lo mais uma vez, sempre. Ter de esperar sete dias inteiros para vê-lo por uma mísera hora. Às vezes nem sabia se o amava ou odiava.

Clínica Grove Road, maio de 2009

— E então... vamos dar uma olhada nos dados do Rorschach? — perguntou Max.

Pela primeira vez, ele estava em sua sala, na hora certa. Mas pareceu meio surpreso ao vê-la em sua porta.

— Bem que eu queria — disse Stella, meneando a cabeça. — Não consegui que ele fizesse o teste. Ele entrou em pânico, ficou paranoico com isso. Acho que é ameaçador demais para ele lidar com um estímulo inteiramente desestruturado. Ele não quis cooperar.

— É uma pena. — Max a olhou por cima da caneca de café. Pilhas desordenadas de papéis se espalhavam pela mesa entre os dois.

— Eu me perdi um pouquinho. Fiquei tão frustrada com a resistência dele em não cooperar que, em vez de me concentrar em criar empatia, fiz a besteira de dizer que ele devia pensar no que o juiz pensaria dele. É claro que isto o afastou ainda mais e ele acabou saindo da sessão. E eu o deixei ir embora. Não estou otimista com o cumprimento de minha cota de horas neste caso. Mal tenho material para escrever alguma coisa. — Ela detestava decepcioná-lo.

— Ora, Stella, eu sei o quanto você trabalha. Você é uma excelente profissional e está se esforçando demais. Às vezes é um pouco perfeccionista.

Ele mexeu na primeira gaveta de sua mesa e tomou uns comprimidos com o que restava do café.

— Quer uma xícara de café? — disse ele.

— Não, obrigada.

Ele abriu um sorriso fraco. Parecia muito cansado.

— E este não é bem o fim da história de Simpson — disse Stella. — Tem mais, não sei se é bom ou ruim. No sábado à noite eu saí com um grupo de amigos, fui a um restaurante em Marylebone. Simpson estava lá e fez questão de se aproximar de minha mesa e falar comigo. Como eu estava com um grupo de pessoas, não queria fazer uma cena. Também não queria romper a confidencialidade identificando-o como um cliente. Então acabei conversando rapidamente com ele.

— O que ele disse?

— Pediu desculpas por ter sido tão difícil na entrevista e perguntou se eu marcaria outra hora para ele.

— Isso é ótimo — disse Max. — Não está satisfeita?

Por algum motivo, ela ficou constrangida, como se tivesse feito alguma coisa antiprofissional.

— Foi estranho, esbarrar nele enquanto eu estava com um grupo de amigos, num bar. Com uma dançarina do ventre seminua ao fundo. Ele, na verdade, foi muito simpático, totalmente diferente de como se comportou em meu consultório. Tive a sensação de que teria se sentado e jantado conosco se houvesse uma cadeira vaga. Acho que ficou satisfeito em me ver, emocionado por ver um lado de minha vida pessoal. Ele até me viu fazer dança do ventre, pelo amor de Deus.

Max passou a mão pela cabeça de cabelo muito curto. Deve ter cortado no fim de semana. Seus olhos cintilaram e ele riu. Ela sorriu também. Adorava fazê-lo feliz.

— Isso me deu arrepios — disse ela.

— O mundo real existe, sabe disso. Acontecem coisas lá também, não só dentro desta clínica. Não pode controlar tudo, Stella. Você às vezes se preocupa demais com as coisas.

— E devo dizer também que ele me pagou uma bebida. Na hora, eu não tive cara de criar caso por conta disso. Sei que devia ter recusado.

— Olha, ele foi meio íntimo demais, ultrapassou um limite e a tratou como uma amiga, como alguém que ele encontra num bar, e não como profissional. Sei que é o que ele faz e você não seria exceção à regra. O aspecto positivo é que, se ele pediu desculpas, parece ter algum discernimento de seu comportamento e parece que pode ver que é do interesse dele cooperar com você.

"E quem pode dizer que aceitar aquela bebida, o presente dele, não lhe rendeu alguma boa vontade com um cliente que tem dificuldade de se envolver? Se você rejeitasse e ferisse o orgulho dele, podia ter se despedido de qualquer esperança de uma afinidade. Algo pequeno assim, agir como um ser humano em vez de uma profissional esnobe, pode ser a chave para uma ligação com ele. Você não pode simplesmente ser uma tela em branco e se esconder por trás de suas credenciais profissionais, às vezes é preciso dar alguma coisa em troca. E se ele imagina que conseguiu conquistar você, ou que você pode ser suscetível ao charme dele de alguma maneira, ele não cooperaria com um pouco mais de boa vontade?"

— Entendo seu argumento — disse ela.

— E não podem provar que você bebeu o drinque, podem?

— Na verdade, eu não bebi.

Ele se curvou para frente e sorriu para ela de novo. Ela sabia que ele tinha senso de humor, que não era nem um pouco quadrado, que questionava a necessidade de manter uma distância hierárquica rígida entre paciente e profissional. À medida que o costumeiro desejo de ficar mais perto dele aumentava, seus nervos entraram em cena e os músculos de seu rosto travaram. Ela teve dificuldade de sustentar o sorriso.

Ele se recostou na cadeira, retraído, como se tivesse desistido dela. Ela devia parecer séria demais.

— Parece que ele estava tentando se aproximar de você. Concorda?

— Acho que ele estava com tanta raiva, e o orgulho dele foi tão ferido por todo o processo de ter de passar por uma avaliação psicológica, que ele está tentando encontrar um jeito de subverter nossa relação profissional, e assim sentir que tem mais controle da situação. Ele chegou a perguntar se eu iria ao consultório dele, em vez de se reunir comigo aqui na clínica. Acho que está desesperado para me convencer de que de algum modo somos iguais, quer que eu goste dele, no nível pessoal.

As pernas dela estavam firmemente cruzadas e ela não sentia mais os pés. Ela as estendeu sob a mesa, com movimentos curtos, tentando restabelecer o fluxo sanguíneo. Queria poder ficar mais relaxada perto de Max, queria poder desfrutar mais de sua presença.

— E a formulação clínica? Tem alguma hipótese?

— Acho que ele é altamente inseguro e que há uma forte possibilidade de sofrer de ansiedade. Acho que provavelmente é paranoico. Ele se ressente de ser obrigado a estas consultas com psicólogos e psiquiatras e está preocupado com o que os especialistas descobrirão a seu respeito. A única maneira de ele se envolver é acreditando que pode manipular o profissional a ver o seu melhor lado. Creio que gostaria de poder me seduzir, por assim dizer, a ficar do lado dele. Acho que, mesmo que apareça para outra consulta, ele vai se fechar completamente se eu tentar explorar qualquer território onde *ele* não queira entrar.

— Me parece que você tem uma boa noção dele — disse Max. — Preciso dizer que estou aliviado por ele ter remarcado. A Gregory's é uma grande firma de advocacia. Se nós os impressionarmos com este caso, teremos muitos outros trabalhos. Vamos nos concentrar no término das entrevistas, depois reunimos as descobertas. E mandaremos a conta.

— Como vai com a mãe e a filha?

— Bem — disse ele. — Tudo nos trilhos. — Ele colocou a caneca vazia na mesa lateral e olhou acima da cabeça de Stella. Ela sabia que havia um relógio na parede. A irritação dela aumentou. Teve apenas trinta minutos desta vez, em vez da hora a que tinha direito. Como sempre, ele reduzia o tempo que passavam juntos.

— Não sei se devo incluir tudo isso em meu relatório: esbarrar com ele no restaurante, ele se aproximar de mim, deixar que ele me pagasse uma bebida.

— É uma questão delicada — disse Max. — Se você não registrar, o advogado dele pode levantar a questão no tribunal e usar como uma forma de desacreditá-la. Mas acho que esse tipo de ataque pessoal seria extremamente improvável. Por outro lado, pelo que você disse, não aconteceu nada nesse encontro fora da clínica que tenha alguma relevância para a capacidade dele de criar um filho, então não há motivos para incluir.

— O que você faria? — perguntou Stella.

— Aconselharia a registrar exatamente o que aconteceu, com o maior número de detalhes de que possa se lembrar, e manter as anotações no arquivo do caso. Mas como ele, na verdade, não fez nada digno de nota nem inadequado, eu não incluiria no relatório do tribunal. Se estiver no arquivo e se a questão for levantada a certa altura, do que duvido muito, pode entregar suas anotações. Está bem?

Stella assentiu, sem sorrir. O tom enérgico de Max indicava que a sessão tinha terminado.

— Quando terminar, lerei seu relatório detalhadamente e vamos repassá-lo antes de entregá-lo aos advogados.

No fim, ele não a decepcionaria.

Stella pegou sua papelada e ficou envergonhada por ter de lutar para empurrar as duas pastas, grandes demais, na bolsa volumosa.

— Bonitas meias-calças — disse ele.

Stella vestia uma saia preta na altura do joelho e as meias-calças tinham uma estampa em zigue-zague. Ela tinha em mente a sessão de supervisão quando escolheu o que vestir esta manhã.

— Obrigada. — Seu humor melhorou um pouco.

— Você tem meu celular. Não hesite em me ligar. Mesmo que seja num fim de semana ou no meio da entrevista, se houver alguma coisa de que não tenha certeza.

Ou ele estava lhe dando apoio e se importava, ou não confiava que ela pudesse lidar com uma entrevista clínica com um cliente desafiador. Ou, era pouco provável, ele estava sugerindo que queria que ela entrasse em contato com ele fora do horário do trabalho.

Pouquíssimo provável.

— Obrigada — disse ela.

— Vamos ao Lamb and Eagle para um drinque depois do trabalho. Quer ir também?

— Desculpe, não posso — disse ela. Na verdade podia, não tinha absolutamente nada planejado. E também queria, muito. Mas não confiava em si mesma perto dele, socialmente, para ter uma atitude normal. Sentimentos demais fervilhavam dentro dela, era difícil demais controlar. Ela não conseguiria falar.

— Aonde você vai? — Ele parecia genuinamente querer saber.

— Tenho de terminar umas coisas para este relatório — mentiu ela.

— Então não há nada de excitante?

Ela devia parecer muito chata.

Ela recuou, em direção à porta, embora o que mais quisesse fosse chegar mais perto.

Max, Anne e Paul saíram do prédio juntos às seis horas. Stella os viu partir pelas janelas de madeira da sala do primeiro andar. Sentiu uma raiva irracional por ter ficado para trás. Um ciúme irracional. Max jogou a cabeça para trás e riu de algo que Anne dissera. Ela o viu colocar a mão protetoramente na base das costas de Anne quando eles se aproximaram do cruzamento.

Não imaginava que Max tocasse nela. A distância profissional — como um muro de concreto reforçado de dois metros de altura — era sólida e inamovível entre os dois.

Ela se virou para o computador e digitou o cabeçalho que mais temia: *Relatório*. Ainda tinha uma caixa de documentos do caso Simpson para resumir. Tentaria ser o mais breve possível e colocar tudo em vinte páginas, com espaço duplo. Max lhe pedira para escrever a história porque era a parte mais tediosa do trabalho. Ela aceitava seu lugar na hierarquia: ele era o consultor sênior, podia escolher.

Depois de 45 minutos, ela se levantou para pegar uma xícara de café. Pela primeira vez, sentiu gratidão por Anne, que fez um bule novo antes de ir embora. Às nove, fechou o laptop e guardou suas coisas para sair.

Detestava ser a última a ir embora, porque significava ser a responsável por verificar se o prédio estava trancado. Se uma janela ficasse aberta, se o prédio fosse invadido, se desaparecessem arquivos de clientes, se o lugar pegasse fogo — seria culpa dela.

Ela trancou as pastas do caso no arquivo de metal alto, verificando se as portas estavam trancadas. Foi de sala em sala, vendo janelas e apagando luzes. O prédio caiu em silêncio em volta dela.

Hilltop, 0:30

— Eu queria falar com você pessoalmente — Peter disse. — É sobre a fotografia que você me mandou.

— Tem alguma ideia de por que ela veio aqui?

— Ela é a garota de que lhe falei... a de 15 anos. Ela mora com a mãe solteira em Ladbroke Grove, mas por acaso entra e sai de lares adotivos. A última vez em que foi para um lar adotivo foi há cerca de dois anos. A mãe tem problemas de abuso de drogas.

Ele a olhava fixamente, esperando, vendo sua reação.

— Isso parece verdade — disse Stella. — Ela me disse algo parecido.

Stella falava baixo, como se Blue pudesse estar espreitando da escada, ouvindo a conversa.

— Stella. O motivo para eu vir aqui te ver foi porque tenho certeza de que a menina é filha de Lawrence Simpson.

Stella quase riu.

— Não — disse ela. — Não é.

— A filha dele acabou de completar 15 anos — disse ele.

— Assim como milhares de outras meninas. Milhões, até.

— Stella, a fotografia que você me mandou... é a mesma garota.

— Não. Isso não faz sentido. — Stella balançou a cabeça. — Blue me disse que Max tratava dela. Ele nunca a teria aceitado como paciente se ela fosse filha de

Lawrence Simpson. Não depois do que aconteceu. Não é ela.

Stella estava calma. Neutra. Objetiva.

— Seu nome na certidão de nascimento é Lauren Simpson. Sua mãe começou a usar o Cunningham para as duas há alguns anos; é o seu nome de solteira.

O nome penetrou e afundou na névoa da incredulidade. Seu instinto estava certo: a garota lhe trouxe perigo. Se Peter acreditava que a menina era filha de Simpson, ela sabia que devia ser verdade. Ele nunca teria vindo vê-la em Hilltop se não tivesse certeza absoluta.

Stella fechou os olhos e cobriu o rosto com as mãos. A escuridão a tranquilizava. Quando abriu os olhos, a sala estava embaçada e também o rosto de Peter.

— Eu queria lhe contar pessoalmente — ele disse. — A polícia já sabe, mas não sei quanto tempo levarão para mandar alguém até aqui.

— Me diga a verdade. Não tente me proteger. Sinceramente: acha que Simpson está envolvido nisso? Acha que ele a mandou aqui? Talvez ele mesmo a tenha trazido...

Ela esfregou os olhos, mas sua visão não ficou mais nítida.

— Stella, pare. — Ele estendeu a mão e a pôs sobre as dela; era quente, cobria as suas inteiramente. — Escute. De maneira nenhuma... não é isto que está acontecendo. Eu acompanhei o caso. A filha dele ainda tem uma tutora e consegui falar com ela mais cedo. Simpson teve um histórico irrepreensível nos últimos 18 meses. Não conseguiu a custódia, mas conseguiu contato sem supervisão. A tutora está satisfeita com ele. Não há motivos para que ele estrague tudo. Se ele continuar assim, terá outra chance de ter a custódia, porque, ao que parece, a mãe voltou a beber. Não há motivos para eu pensar que ele colocaria em risco o que sempre quis. Mas a questão é: por que a filha dele veio aqui?

— É ela — disse Stella. — Ela tem os olhos dele.

— Ela disse mais alguma coisa sobre o motivo para querer ver Max?

Ela balançou a cabeça.

— Não exatamente. Falou algo sobre querer que ele a ajude. — Ela olhou para o jardim. Só havia escuridão. — Nada disso faz sentido. Max não aceitaria Blue como paciente, não depois de tudo o que aconteceu. Ele não poderia.

— Mas ele a conhece — disse Peter. — Ele fez parte da equipe de avaliação, para o caso nos tribunais.

— Isso tem quase dois anos e ele agora está casado comigo. E a menina mente o tempo todo. Ela também toma remédios muito fortes, pode muito bem estar delirante. Talvez ela soubesse que Max não estava aqui. Talvez tenha vindo aqui me ver, para me fazer mal. Talvez saiba algo sobre o meu relatório. Precisamos falar com ela.

Ela não esperou Peter lhe dar mais um motivo. Saiu correndo escada acima. Ele não teve outra escolha a não ser segui-la.

Stella destrancou a porta do quarto.

— Blue pode se assustar — disse ela — se você estiver lá quando acordar. Ela estará grogue, um pouco confusa talvez. Espere aqui.

Stella mal olhou para Peter enquanto falava. Seu coração galopava no peito como se ela esperasse que um animal selvagem a atacasse.

— Blue? — Ela abriu a porta até o fim.

O ar no quarto estava pesado e abafado de sono. Stella entrou aos poucos no quarto, os olhos gradualmente se adaptando ao escuro. Esbarrou em alguma coisa a seus pés. Algo estava errado. Ou estava tudo errado. A cadeira que em geral ficava na frente da penteadeira estava caída de lado. A penteadeira foi esvaziada, e em volta dela e espalhados pelo chão havia uma trilha de cosméticos e frascos de perfume quebrados. A estante estava meio vazia, os livros, jogados. Os armários estavam escancarados e havia uma pilha de roupas e sapatos embolados no fundo, derramando-se no carpete. O quarto fedia a perfume: limão, almíscar e romã, tudo misturado. Era como se alguma coisa tivesse explodido.

Stella andou cautelosamente pelo quarto, com o cuidado de não pisar em cacos de vidro ou cair sobre um objeto inesperado.

— Blue? Está acordada?

Blue era um monturo sob as cobertas. Não se mexeu ao ouvir seu nome. Stella colocou a mão de leve em suas costas, procurando o movimento de sua respiração. Fechou os olhos, concentrando-se na ponta dos dedos. E ali estava: uma pequena agitação, a caixa torácica da menina se expandindo e se retraindo, subindo e descendo.

Stella puxou as cobertas e tocou um ombro ossudo. Sacudiu a menina.

— Blue... acorde.

Blue gemeu. Ela se afastou, puxando as cobertas sobre a cabeça e tentando se aninhar de volta no sono. Stella acendeu o abajur da cabeceira. A caneca vazia ainda estava em seu lugar na mesa. Blue fez uma careta, fechando os olhos com força e se virando.

— Vamos. — Stella passou as mãos sob os braços e colocou-a sentada, depois afastou delicadamente o cabelo de seu rosto. Blue piscou para ela, com aparência inteiramente grogue.

— Está acordada?

Blue assentiu.

— O que diabos houve no meu quarto?

Os lábios dela tinham perdido o rosa-claro. Parecia terrivelmente jovem e amedrontada.

— Eu acordei e não conseguia achar você. — disse ela. — Você trancou a porta.

— Então destruiu meu quarto?

— Eu gritei, te chamando. Fiquei com medo. Por que trancou a porta?

— Eu precisava dormir — disse Stella. — Só queria que você ficasse em segurança.

— Eu bati na porta. Por que não veio?

— Não ouvi. Estava dormindo, lá embaixo.

— Pensei que você era alguma psicopata. Me trancando aqui dentro.

— Blue, foi você que veio na minha casa, lembra? Você mentiu para entrar aqui. *Lembra?*

Blue assentiu, olhando as próprias unhas.

— Eu tenho o direito de suspeitar um pouco de você também — Stella disse.

Seus sentimentos para com a menina oscilavam, não davam trégua. Ela olhou para o rosto jovem e belo de Blue e sentiu uma estranha ternura. Ela não era uma ameaça.

E então, o medo voltava. Tinha medo do que Blue poderia querer dela.

Aqueles olhos. Gotas de suor brotaram por sua testa, sobre o lábio superior, no vinco do pescoço.

— Eu te perdoo por ter me trancado — disse Blue.

Stella enxugou o suor do seu rosto.

— Blue... tem uma pessoa lá embaixo. Você não precisa ter medo. É um amigo meu. Ele também é policial.

Stella esperava um drama, uma petulância qualquer.

— Cadê minha jaqueta?

— Está aqui.

Quando Blue vestiu a jaqueta mais uma vez, estava exatamente como Stella a vira ao chegar a Hilltop naquela tarde, só que agora parecia mais pálida e menor.

Ela não tinha certeza se a garota tinha escutado o que ela disse, se tinha entendido. Blue deixou Stella conduzi-la pelo braço, guiando-a pelos obstáculos e para fora do quarto. Ela parecia tranquila com a chegada de Peter; no meio do caminho sorriu para ele, um sorriso tímido. Provavelmente era efeito dos tranquilizantes, mas ela parecia calma, mais submissa.

Peter as seguiu, mantendo distância, enquanto Stella e Blue desciam a grande escada circular, avançando pelos degraus de concreto e mármore. Ninguém falava; a atmosfera era densa e pesada.

Ao pé da escada, Blue parou ao lado da porta de entrada. Curvou-se e pegou os sapatos.

— Vou para casa — disse ela.

— Precisamos conversar com você primeiro — disse Stella.

— Não pode me prender aqui. Vou dizer a eles que você me fez tomar banho na sua frente.

Ela se atrapalhou dando o laço em seu tênis.

— Obrigada, agradeço por isso. Mas você não pode ir... é madrugada e está muito frio lá fora.

Peter estava na porta da sala de estar.

Blue olhou cautelosamente para os dois, como se fossem eles os visitantes indesejados que forçaram entrada em sua casa, e não o contrário.

— Por que ele veio aqui? — perguntou ela.

— Estamos preocupados com você. Só queremos conversar. — Stella aproveitou a oportunidade e pegou a mão de Blue em pleno ar, a caminho da boca mais uma vez. Ela esperava que eles não precisassem contê-la.

Blue não resistiu, deixou que Stella segurasse sua mão. No início o aperto era tímido e inseguro, depois a menina se aproximou mais, pegando o braço de Stella e se encostando em seu ombro. Stella podia ver que Peter estava apreendendo tudo: como Blue a reivindicara; como oscilava, de emburrada a sedutora.

Blue deixou que Stella a conduzisse para a cozinha.

Foi estranho, ter gente em sua casa. Num dia útil, Max sairia de casa às seis, enquanto Stella ainda estaria dormindo. Nos fins de semana, ele saía no mesmo horário, para ir de bicicleta a Beaconsfield e voltar. Ela veio para Hilltop para escapar. Mas a fuga tinha um preço: a mudança a isolou de todos que ela conhecia, de seu passado, de si mesma.

Blue se sentou no mesmo lugar, à cabeceira da mesa. Stella começou a temer o que a garota poderia revelar. Seus pensamentos não seguiam ritmo nem lógica; sabia que Blue tinha trazido algo de terrível para dentro de sua casa.

Peter assentiu para ela, impaciente para começar. Ficou em silêncio até Stella fazer as perguntas.

— Seu nome é Lauren Simpson? — disse Stella.

— Eu já te disse, meu nome é Blue.

— E seu sobrenome?

— Cunningham. Blue Cunningham.

— Então seu nome não é Lauren Simpson?

— Não é mais. É verdade. Pode perguntar a minha mãe.

— Mas seu nome era Lauren Simpson?

Blue assentiu.

— Lawrence Simpson é seu pai? — perguntou Stella. Ela odiou o som do nome dele, a sensação dele em seus lábios. Sua garganta coçou e ela puxou com força a gola do blusão, com tanta força que ouviu o estalo das costuras cedendo. Ela deu um pigarro. A voz de Stella se elevou, entre assustada e furiosa. — Ele disse a você para vir aqui? *Onde ele está?*

— Não. — Blue pareceu surpresa e confusa com a pergunta.

— Ele sabe que você está aqui?

— Não. Por que eu diria isso a ele? Eu o odeio.

— Onde ele está agora?

— Não sei onde ele está! — Blue estava ficando agoniada, com os olhos cheios d'água.

O que quer que Blue tivesse feito, o que quer que tivesse acontecido, Stella lembrou a si mesma, ela ainda era uma vítima.

— Você me ouviu? — disse Blue. — Eu disse que o ODEIO. Eu nunca contaria a ele que vinha para cá. O homem de quem falei lá em cima... era ele. — Blue se levantou, desafiadora. — Não pode me obrigar a ficar aqui. Eu não tenho que falar com você.

— Sente-se! — vociferou Stella.

— Stella... — Peter a interrompeu. Estendeu a mão, ainda de olho em Blue, e tocou seu braço. — Blue — continuou ele —, isso é muito importante. Você contou a alguém onde está?

— Não.

— Tem certeza absoluta? A ninguém mesmo?

— Eu tenho certeza. Eu fugi. Não se conta a alguém para onde vai quando se está fugindo. — Ela roía o polegar com força. Toda a pele em volta da unha estava ferida e vermelha.

— Seu pai sabe deste endereço? — perguntou Peter.

— Eu já falei, não. Não estou entendendo...

— Quando foi a última vez que você o viu?

— Não me lembro.

— Vamos lá, Blue, pense bem. Não tenha pressa em responder. — Peter mantinha o tom tranquilo e sem ameaças. Sentava-se com os pés bem plantados no chão, curvado para a frente, com as mãos achatadas na mesa diante dele. Parecia despreocupado o bastante para não intimidar, deixava a urgência longe de sua voz. Mas Stella via os músculos tensos nos ombros e nas costas. Sentiu admiração e inveja. Ele fazia seu trabalho, era bom nisso. Ela antigamente era boa no dela.

— Algumas semanas atrás, talvez mais — disse Blue. — Estou falando a verdade, não me lembro bem.

— Blue... eu estou cansada — disse Stella. E se levantou. — Estou enjoada e cansada de suas mentiras. Ou você me conta toda a verdade e diz por que veio aqui, tudo... ou Peter vai levar você para a delegacia mais próxima. Agora mesmo.

Blue tirou o polegar da boca. Alisou a franja e colocou o cabelo atrás da orelha. Mordeu o lábio inferior.

Essa menina é perigosa, pensou Stella.

— Tudo bem — disse Blue. — Vou te contar tudo. Quero contar mesmo. Eu queria que você soubesse... Por isso eu vim. Mas preciso falar com você em particular.

— De jeito nenhum — Peter se levantou, pronto para se colocar entre elas.

Os olhos de Blue eram límpidos, hipnotizantes. Stella viu um anjo e logo depois um demônio.

— Ela está manipulando você — Peter disse.

Stella pegou a garota pela mão. Elas tinham que confiar uma na outra.

— Não siga a gente — ela disse para Peter. — Estaremos na sala de estar. Você pode esperar no escritório.

O rosto dele tinha uma expressão de tensão.

— Se algo acontecer com alguma de vocês, minha carreira vai pelo ralo. Eu te imploro, não faça isso.

— Perdão — Stella disse. — Mas eu tenho que saber.

Sessão Dez

O ônibus demorou muito, por isso ela chegou alguns minutos atrasada para a sessão. Estava toda suada, de correr. E irritada. Sentou-se em sua poltrona, as pernas ligeiramente separadas. Tirou os feios sapatos pretos da escola e as meias e esfregou os pés no tapete. Esticou as pernas e olhou os próprios pés. Agradava-lhe como o esmalte rosa contrastava com a pele clara de seus dedos.

Ele não disse nada.

— Deixei um recado com sua secretária. Por que você não me telefonou? — Ela tirou a fita do cabelo, deixando-o cair pelos ombros e pelas costas.

— Não devíamos nos falar fora das sessões, a não ser que seja uma emergência — disse ele.

— Tipo o quê?

— Do que você queria me falar?

Ela olhou os braços da poltrona e arranhou as flores com as unhas. Perguntou-se quanto tempo ele levaria para tocar nela hoje. Não gostava de ter de pedir.

— E se eu estiver grávida? — disse ela, só porque queria vê-lo se retrair.

Ele manteve a expressão imóvel, como se não estivesse surpreso nem nada.

— O que a faz pensar que está grávida?

— Não estou. Só queria ver a sua cara.

Ele não entregava nada e estava com sua expressão profissional, como uma máscara. Distante e vago, era como ele ficava, mesmo quando estava dentro dela. Ela estava furiosa. Ele a usara, não dava a mínima para ela.

— Eu queria te ver. Não queria ter de esperar tanto tempo por meu horário idiota. Estou de saco cheio de ver você aqui, nesta sala. Quero ir para um hotel. Quero que me leve para sua casa, quero ver onde mora.

Sua voz soava amargurada e medonha, pois já sabia que nunca, jamais conseguiria o que queria. Não de fato. Ele poderia fazê-la tão feliz. Os dois, juntos por horas, a noite toda enroscados, não só por uma hora no tapete que queimava seu traseiro, nem espremidos na poltrona, tentando encontrar um lugar para as pernas. Bastava pensar nisto para que se remexesse na poltrona. Ela podia avançar, ajoelhar-se entre as pernas dele e o pegar na boca. E isso o obrigaria a ouvir. Faria com que mudasse de ideia.

Ela ansiava pelos dois em uma cama muito grande debaixo de um edredom fofo. Talvez pudesse haver uma daquelas enormes banheiras redondas com jatos e os dois podiam entrar nela juntos. E serviço de quarto: brownies de chocolate e sorvete. Seria bom fazer isso no colchão macio. Na metade do tempo, ela se perguntava por que queria tocar nele. Às vezes ele a magoava. Sua raiva voltou, ardendo e dolorida, como um punho de metal quente esmurrando o estômago. Às vezes ela o odiava.

— Você tem de me levar a um hotel — disse ela.

— Você sabe que isso não vai acontecer — disse ele.

— Vou contar a alguém o que andamos fazendo. Vou contar à polícia. Você vai para a cadeia. — Ela roeu a unha do polegar. Sentiu gosto de sangue.

— Nossa sessão está encerrada por hoje. Vou me reunir com sua mãe e discutir o que podemos fazer para que você tenha o tratamento correto.

Ele se levantou e foi até a porta. Ela ficou petrificada na poltrona, de pernas separadas, com a blusa aberta.

— Agora você precisa ir embora — disse ele. Sua voz era fria.

Ele tinha o controle de tudo e ela não era nada, ele não dava a mínima para ela. Ele nunca a amou. Nem mesmo um pouquinho. Ele faria o que queria e ela não era nada, ela não existia. Ele pensou que podia se livrar dela, pensou que podia usá-la e expulsá-la quando bem entendesse. Ela não deixaria que ele se safasse desse jeito.

Ela se jogou nele, queria arranhar aqueles olhos tão distantes e tão frios. Mas não conseguiu chegar perto de seu rosto porque ele a pegou pelos pulsos, e ele era muito mais forte. Tentou se livrar dele mas ele não soltou, ela não conseguia deixar suas mãos livres.

— Você precisa se acalmar — disse ele.

Suas unhas eram curtas demais para causar os danos que ela queria. Queria ver o sangue dele. Não conseguia falar, mas um gemido saiu do fundo de sua garganta. Ela se sentia um animal tentando sair da jaula.

— Respire fundo — disse ele. — Controle-se.

As mãos dela se abriram dos punhos apertados.

— Assim está melhor.

Não suportava o som da voz dele. Cometeu o erro de olhar em seus olhos insensíveis e a fúria dentro dela ameaçou ferver novamente. O consultório, as poltronas, a mesa, o tapete, tudo era obscuro, seus ouvidos zumbiam.

Seu peito se fechava e o coração disparava, ela não conseguia respirar. Cobriu o rosto com as mãos e fechou os olhos, estava ofegante.

— Se você se sentar e se comportar — disse ele —, posso lhe dar uma coisa que vai ajudar a relaxar.

Ela assentiu. *Me ajude.*

Ele a pegou pelo braço e ela sentiu seus dedos, fortes através da blusa de algodão branco da escola. Ele machucava, puxando-a para a maca sob a janela.

— Boa menina. Sente-se.

Ele a empurrou para baixo. O lençol de papel farfalhou e caiu no chão. Ela olhou as luzes fluorescentes do teto. Estava apavorada. Ainda não conseguia respirar. Disse a si mesma que não lhe aconteceria nada de ruim no consultório dele.

— Continue respirando. Devagar. Calma — disse ele. Sua voz lhe prometia alívio, mas ela não acreditava mais nele. Ele enrolou sua manga para cima. Ela não queria ver. Virou a cabeça para a parede creme e fechou bem os olhos.

— Não vai doer.

Mas doeu, a agulha picando e ardendo ao penetrar sua carne. Ela apertou bem os olhos, cravando o que restava das unhas nas palmas das mãos.

— Não vai demorar — disse ele.

E não demorou. Segundos depois, sua respiração se reduzia e os músculos do peito se afrouxaram, expandindo-se e permitindo que o ar entrasse diretamente para os pulmões. Seu coração parou de espancar a caixa torácica. Ela ficou deitada e ele puxou um lençol branco em volta dela. Ela se virou para a parede. Sentia a droga correndo por suas veias, aquecendo-a, acalmando-a.

De longe, por um túnel comprido, ela ouviu vozes. Seus pensamentos vagavam e giravam como se diluídos em água morna. Pessoas falando. Sobre ela. *Algumas sessões de teste... Espero resposta positiva... Ansiedade demais provocando esta fase... Uma chance de amadurecer... Várias dificuldades emocionais... Tratamento... Não admira que... Uma terapeuta... Encenações momentâneas... Fuga para a fantasia... Precisa ser observada...*

Ela estava acordada, relaxada, frouxa e mole. Virou-se de lado para ver o médico. Olhou a sala. Se ele fizesse o que queria, esta seria a última vez que ela poderia estar ali com ele. Seus olhos percorreram as poltronas das flores vermelhas, passaram pelo tapete persa e foram à mesa dele, de madeira escura com um tampo de couro verde. Ela viu uma foto de uma mulher sorridente. Devia ser a esposa.

Clínica Grove Road, maio de 2009

Stella entrou na clínica às nove da manhã. Anne estava a postos: comandando a mesa da frente, maquiada, cabelo bem batido e unhas feitas. Stella pensou em elogiá-la, possivelmente perguntando quem era seu cabeleireiro como uma vaga tentativa de romper a atmosfera gélida entre as duas. Ela podia ser elegante. Mas decidiu pelo contrário.

Diante do enorme decote de Anne havia um igualmente grande buquê de rosas, os botões prestes a abrir.

— Bom dia — disse Stella. — Bonitas flores.

— São para você — disse Anne.

Por algum motivo que ela não conseguiu decifrar, Anne parecia irritada.

— De quem? — perguntou Stella.

Anne brincou com a abelha que se pendurava indefesa de uma corrente em seu pescoço. Stella nunca entendeu como ela conseguia digitar com aquelas garras.

— Seu cliente trouxe esta manhã, o dr. Simpson. Esteve aqui às oito e meia. Não consegui encontrar nenhum registro de uma hora marcada. Se quiser reservar uma sala, Stella, precisa se lembrar de colocar no sistema ou pode haver conflito. — Ela balançava a abelha lentamente de um lado a outro, sem parar.

— Não há nada agendado porque não tenho hora marcada com ele — disse Stella. Ela separou as rosas, espiando entre os botões, procurando algum bilhete. Não havia nenhum. Ela reconheceu o vaso, pertencia à clínica. Anne deve ter aceitado as rosas em nome dela e as colocou na água.

— Agora estão trabalhando oito profissionais aqui — Anne continuou. — *Todo mundo* precisa usar o sistema de agendamento computadorizado. Você não pode simplesmente supor que haverá uma sala disponível. Eu pedi a você para garantir que os clientes recebam um cartão assinado com o horário marcado.

— Anne, você está me ouvindo? Eu disse que não marquei hora nenhuma com ele para esta manhã. Falei com ele para entrar em contato com a recepção se quisesse marcar hora. Pelo que sei, ele não fez isso.

— E você precisa *muito* ter cuidado com os casos de custódia — disse Anne. — A ex-mulher e a filha deles chegaram às oito e quarenta e cinco para uma consulta com o dr. Fisher. É uma situação potencialmente constrangedora. Por acaso o dr. Simpson foi muito compreensivo com isso. No início queria esperar até que eu telefonasse para descobrir por que você não estava aqui, mas, quando chegaram a ex-mulher e a filha, ele pensou que era melhor ir embora e marcar outra hora.

Mas que desastre, merda. Ela se perguntou se Max também ficaria irritado com ela. A mãe podia fazer uma queixa com seu advogado. Todas as partes do caso foram avisadas sobre o ressentimento entre os pais e instruídas para que não marcassem horários coincidentes.

— Eu disse que não marquei hora nenhuma com ele. — Stella se repetiu em vão. A julgar por sua expressão, Anne ainda não se convencera. Stella lembrou a si mesma de que não precisava se explicar. Não para Anne, de qualquer modo. Mas precisava falar com Max.

— Jogue as flores no lixo — disse ela.

— Estão prestes a se abrir — disse Anne. — Que desperdício terrível.

— Não aceito presentes de clientes. E você não devia tê-las aceitado em meu nome.

— Posso aceitar a grosseria de clientes — disse Anne —, mas não dos funcionários. Não gosto do seu tom de voz. — Seus olhos se estreitaram. A abelha zunia de um lado a outro.

— Peço desculpas se meu tom foi grosseiro — disse Stella. Na realidade ela não queria se desculpar, mas reconhecia que o principal problema não era Anne. — Estou irritada com Lawrence Simpson. Por favor, jogue fora as flores. E se um cliente deixar presentes para mim novamente, por favor, não aceite.

— Jogue fora você mesma, eu não tenho coragem de desperdiçar flores tão lindas.

— Com prazer. — Com um movimento rápido, Stella pegou o vaso. A água espirrou no computador de Anne.

Stella torceu para ter mais sorte quando explicasse a situação a seu chefe.

Ela esperou na sala do primeiro andar, com a porta entreaberta, até ouvir a porta de Max se abrir no andar de cima. Vozes e passos flutuaram, descendo a escada; a porta da frente se fechou com um estalo alto. Ela precisava pegar Max antes de sua próxima consulta; correu escada acima e bateu em sua porta.

— Entre — disse ele.

Pela primeira vez, ela não queria entrar.

— Estou interrompendo? — perguntou ela.

— De maneira nenhuma. — Mas ele se levantou de trás da mesa, foi até a porta e pegou o casaco.

— Trata-se do caso Simpson. — Stella não sabia onde ficar. — Tem alguns minutos?

— Estou de saída. Na verdade queria conversar com você sobre esse caso hoje. Mas tenho de dar um testemunho daqui a uma hora no Old Bailey. É o caso Vogel, da síndrome do bebê sacudido. Acho que você preparou um resumo, não?

— Preparei. Vai voltar ao consultório mais tarde? Eu tinha esperanças de conversar com você hoje.

— Se não tiver nada marcado para esta manhã, porque não vem comigo? Podemos conversar no carro. Seria interessante para você ver a inquirição. O psicólogo e o pediatra também darão testemunho hoje. — Max endireitou a gravata e passou os braços pelo paletó.

Ela não tinha nenhum cliente marcado.

— Seria ótimo — disse ela. — Só vou pegar minha bolsa.

Ela o encontrou na recepção, onde enxergou certo ressentimento à espreita no sorriso duro de Anne enquanto os via sair juntos. O carro de Max era um duas portas reluzente e rebaixado: um carro de solteiro. Um carro chamativo. O interior era limpo, com um cheiro pungente de eucalipto. Um exemplar do *Times* estava aos pés dela, uma garrafa de Evian pela metade no porta-copos. Não havia nada além disso. Quando ele girou a chave na ignição, começou a tocar a *Radio 2*. Max baixou o volume. O volante era leve sob seus dedos enquanto ele manobrava. Ela ficou em silêncio, observando, sentindo a intensidade de estar no espaço confinado, tão perto dele.

— E então... sobre a família Simpson — disse ela. Estava ansiosa para que ele acreditasse na versão dela dos acontecimentos.

— Acabo de ver a mãe e a filha — disse Max.

— Eu sei. E, pelo que sei, o pai apareceu na clínica esta manhã, dizendo que tinha hora marcada comigo, não?

Max assentiu. Ela não sabia se ele a estava acompanhando, ele se concentrava em trocar de pistas.

— Max, não havia nenhuma hora marcada. Sei que pode ter sido uma situação ruim, ele e a ex-mulher no prédio no mesmo horário. Espero que você acredite em mim — disse ela. — Anne parece convencida de que o erro foi meu.

Ela podia se ouvir, irritadiça e na defensiva. Max provavelmente se arrependeria de ter confiado nela, uma vez que era evidente para os dois que neste caso ela não conseguia manter a cabeça fora da água.

— Anne não é psicóloga — disse ele. — E o trabalho dela é ser educada com nossos clientes.

Mas não educada com os membros da equipe.

— E é claro que eu acredito em você — disse Max. — Acho que é muito provável que ele tenha descoberto sobre a hora que eu tinha marcado com a mãe e a filha e fez questão de aparecer. Não deve ter sido coincidência.

— Eu não tinha pensado nisso — disse Stella. Ela esteve ocupada demais, imaginando que todos a responsabilizavam. Ficou imensamente aliviada por ter o apoio de Max. Relaxou um pouco e começou a observar o mundo do lado de fora do carro. Eles estavam na Finchley Road, passando pelo Lord's Cricket Ground, indo para o centro de Londres.

— Ele deixou um buquê de flores imenso para mim esta manhã — disse ela. — Estou muito irritada com isso. Mais uma vez, parece que ele quer dar a impressão de que há algum relacionamento entre nós que não deveria haver. Acho que está tentando me colocar em uma posição constrangedora, diante de meus colegas. Imagino que queira que eu me sinta como ele: constrangida e humilhada, como se tivesse feito algo errado, quando não fiz. É exatamente assim que ele está vivendo esta avaliação.

— Perfeitamente. Concordo com você — disse Max. Ele a olhou de lado e sorriu, e ela sentiu que tinha passado numa espécie de teste.

Ela penteou o cabelo com os dedos. Continuou falando, pensando em voz alta.

— Imagino que seja uma tentativa patética de recuperar algum poder numa situação onde ele se sente impotente. Na sua visão distorcida, ele é uma vítima de um sistema injusto. E nunca foi acusado de fazer nada de errado nem de prejudicar a filha, entretanto ainda é levado diante de psicólogos e psiquiatras a provar que é um pai competente. E isso o está enlouquecendo, que ele seja pintado nas mesmas cores da ex-mulher. Estou imaginando que esta é a primeira situação em toda a vida dele onde se sente completamente fora do controle.

Max assentiu.

— Max — disse ela. — Você realmente acredita em mim, sobre a consulta desta manhã?

— Stella, é claro que acredito. Por que está me perguntando isso de novo?

— Não sei. Apesar de todo o meu discurso profissional, Simpson faz com que eu duvide de mim mesma. Não paro de pensar, me perguntando se fiz alguma coisa que o estimulasse, algo que o levasse a acreditar que há uma espécie de atração ou intimidade entre nós. Sei que ele me acha atraente. E sei que não fiz nada para encorajá-lo. Ele está mexendo com minha cabeça. E estou reagindo como ele quer, imagino, duvidando de mim mesma.

— Acho que você respondeu a sua própria pergunta — disse Max.

Stella pousou a cabeça no descanso de couro macio do banco e curtiu a sensação do sol no rosto. O aroma oleoso e pungente do eucalipto se misturava com a opulência do couro. Ela poderia se acostumar com uma vida dessas. Por alguns momentos se sentiu muito mais livre perto de Max, muito menos constrangida. Talvez fosse a velocidade do carro, a sensação de estar protegida nele, com ele, longe da clínica.

— Ofereci a ele um novo encontro — disse ela. — Mas pedi que entrasse em contato com a secretária, se quisesse remarcar. Acho que, se ele falava sério quando disse que queria cooperar, precisaria mostrar alguma iniciativa. Se tudo partir de mim, tenho certeza de que serão mais duas horas perdidas.

— Está tudo bem, mas acho que ele merece que alguém ouça seu lado da história. Além das queixas da ex-mulher, não há provas em nenhum outro contexto sugerindo que ele represente risco para a filha. Acho que você precisa ter a mente aberta. Ela própria tem graves problemas e não podemos considerar seriamente tudo que diz.

O tom da conversa sofrera uma mudança sutil e agora parecia que Max lhe dava uma aula sobre como ser objetiva, como fazer direito seu trabalho, e ela se ressentiu disso. Era sempre tão tenso entre os dois. E ela sabia que estava tudo na sua cabeça: era sensível demais a quaisquer alterações que percebia no estado de espírito de Max, a qualquer crítica velada no que ele dizia. Ela dava demasiada importância a cada palavra, a cada inflexão.

— É claro. — Ela tentou manter a expressão neutra, aliviada por ele estar concentrado na rua.

— Escute — disse ele. — O comportamento de Simpson muda de acordo com o território. Se você vai trabalhar nesses relatórios, tem que saber que às vezes é desagradável.

— Eu sei.

Ele pensava que ela exagerara sua reação.

Ela se permitiu se distrair, hipnotizada pelas mãos dele, os movimentos tranquilos de seu pulso e dos dedos no câmbio. Ela queria desfrutar de cada segundo do tempo que tinha a sós com ele.

— Tive uma conversa com o advogado principal esta manhã — disse ele. — Simpson agora faltou a três compromissos com o psiquiatra e decidiu não marcar mais nenhuma hora.

— Não posso dizer que isso me surpreenda.

A mão direita de Max pousou gentilmente no volante. O percurso era cheio de paradas, uma procissão de sinais vermelhos intermináveis, agora que haviam entrado no centro da cidade.

— E agora, o que vai ser, se ele recusar tanto o psiquiatra como a avaliação psicológica? — perguntou Stella.

— O advogado acredita que as chances de ele ganhar a custódia são cada vez mais improváveis. O juiz ordenou a avaliação e evidentemente não verá favoravelmente sua recusa a comparecer a esses compromissos. A mãe se apresentou voluntariamente para se internar numa clínica para abuso de drogas e a Autoridade Local proporá que a criança seja devolvida aos cuidados dela depois que completar o tratamento. O advogado dele o informará disso hoje.

— Ele não vai ficar nada satisfeito.

— Não. Mas a pressão pode deixá-lo um pouco mais disposto a falar com você.

O carro ronronava pela Limeburner Lane. Stella viu o familiar domo do Old Bailey e a estátua dourada da Justiça, de braços estendidos, segurando a espada e a balança.

Ela precisava endurecer. Não podia ser um joguete se quisesse ter sucesso nos casos médico-jurídicos. Seus clientes eram aflitos, coléricos, abusivos, emocionalmente perturbados. Sentiam-se perseguidos pelos procedimentos e pelo sistema, e era inevitável que esses sentimentos se dirigissem contra ela de vez em quando. Ela não podia importunar Max sempre que não gostasse do comportamento de um cliente.

— Desculpe, Max — disse ela. — Eu estava ansiosa por este caso. Talvez otimista demais. Pensei que poderia resolvê-lo. Detesto desapontá-lo.

— Você não me desapontou. Fez o melhor que pôde... como sempre.

Ele ergueu a mão do câmbio e a colocou brevemente sobre a mão dela. Uma pressão tranquilizadora. O sinal de que ele se importava. Um sinal, talvez, de que ele a via como algo mais do que uma funcionária. Ela baixou os olhos. Seu corpo ardia, as chamas lambiam as pontas dos dedos dele onde tocaram sua coxa.

Às cinco da tarde do dia seguinte, todos foram embora, menos Stella. Max estava no tribunal pelo segundo dia consecutivo e sua equipe aproveitou a oportunidade para começar o fim de semana mais cedo. Mais uma vez, Stella foi a última a sair. Passou por toda a rotina: trancar o arquivo; verificar todas as janelas e as luzes. A sala de Paul, como sempre, tinha um forte cheiro de incenso. Mais parecia que ele ministrava ali aulas de ioga do que sessões de terapia. Stella tirou a vareta do suporte, só por segurança. Estava completamente fria. Sentou-se em uma das poltronas dele, imaginando ser sua paciente, falando de seus segredos e fantasias mais sombrios e mais profundos. Não daria certo. Ele parecia ser muito legal, porém tímido, por trás de seus óculos de John Lennon, como se pudesse ficar chocado com facilidade. Ela nunca se abriria a um homem que usava sandália com meia.

Na sala de espera, Stella encontrou um exemplar do *Times* e decidiu levar para o pub, para ler enquanto esperava Hannah. Stella sempre chegava cedo, Hannah, habitualmente tarde. Ela verificou mais de uma vez as trancas da porta de entrada da clínica e ligou o alarme. Seus saltos faziam barulho no chão de cascalho enquanto atravessava o estacionamento vazio. No portão, ela virou à esquerda, em direção ao Duke of York.

— *Dra. Davies*. — A voz vinha de trás, assim que ela chegou à esquina.

Ela se virou. Lawrence Simpson estava bem ali, perto o bastante para esticar o braço e pegá-la. Era coincidência demais que ela topasse com ele bem na frente da clínica. Claramente, este não era um encontro acidental.

— Está me seguindo? — disse ela. Ela colocou a bolsa estufada à frente do corpo, como um escudo.

— Eu esperava encontrá-la — disse ele. — Vai a pé para a estação?

Stella não estava disposta a dar nenhuma informação pessoal, por mais banal que fosse, portanto não respondeu. Ele a olhava fixamente: para o jornal debaixo de seu braço e o peso da bolsa com seu laptop e as pastas amarelas — que, estritamente falando, não deviam deixar as instalações da clínica. Mas ele não tinha como saber disso.

— Há algumas coisas que quero lhe dizer — disse ele.

— Pode falar comigo em meu consultório, durante uma hora marcada.

— Sei que isto é ridículo, eu seguindo você, tentando trocar algumas palavras. Queria dizer que lamento pela confusão de ontem. Pedi a minha secretária para marcar uma hora para mim... deve ter havido alguma falha de comunicação.

— É verdade. — Sua bolsa pesava uma tonelada. Ela a passou para o outro ombro. Queria ir para casa. As pessoas passavam, saindo do trabalho em direção à estação do metrô ou aos restaurantes e pubs por perto.

— Vou viajar para uma conferência amanhã — disse ele. — Ficarei duas semanas fora.

— Não posso adiar o relatório. Devo entregá-lo na terça-feira. Tenho certeza de que seu advogado lhe falou do prazo final, que deve ser antes da última audiência.

Ele teve várias oportunidades e muitos horários perdidos com vários profissionais envolvidos no caso. Desperdiçou o valioso tempo dela na clínica ao sair de sua consulta antes do fim e não deu sinais de que compreendia que ela podia estar sob pressão devido a sua recusa em cooperar. Ela precisava se ater aos prazos, independentemente de como ele se comportasse.

— Sei que isso parece muito ruim — disse ele. — Todas essas consultas perdidas.

Ela se perguntou se os advogados dele o informaram e se ele já sabia que tinha poucas chances de sucesso, ou nenhuma. Devia ser por isso que estava ali: uma última tentativa de salvar seu caso.

— E que tal esta noite? — disse ele.

— Como disse?

— Alguma chance de eu compensar esta noite a consulta a que faltei? Não pode me encaixar?

— A clínica não atende depois do horário comercial.

— Por favor. Sei que estraguei tudo. Estou pedindo a você porque estou desesperado. Eu não quero perder minha filha.

Era estranho e — para ser franca — recompensador vê-lo sem toda aquela arrogância. Vê-lo pedir. Atrás dele, ela avistou Hannah vindo na direção deles. Já estava na esquina da quadra vizinha.

— Desculpe — disse ela. — O senhor teve bastante tempo desde o último horário marcado para entrar em contato comigo.

— Eu sei. Eu achei apavorantes... as entrevistas com você.

Stella era pequena, muito mais baixa do que ele, e pelo menos uma década mais nova.

— A maioria das pessoas não me acha particularmente apavorante — disse ela.

— Eu estou implorando — disse ele. — Falo sério. Posso lhe mostrar meu itinerário, não estou inventando isso. Meu advogado me telefonou esta tarde para dizer que eu acabei com minhas chances ao faltar a todos os compromissos. Quero ter uma oportunidade de apresentar minha defesa, para mostrar ao juiz que levo isso a sério.

Se ela completasse a entrevista neste fim de tarde, teria uma chance de coletar as informações de que precisava para escrever um relatório abrangente que seria útil no tribunal. Ela imaginou a reação alegre de Max quando contasse que podia cobrar dela a cota horária total pelo relatório. E, do ponto de vista ético, completar a avaliação era a coisa certa a fazer. Uma avaliação psicológica completa seria do interesse da criança e preferível a entregar um relatório com o equivalente de um "não sei" sobre a personalidade do pai. Ela sentia uma leve emoção ao pensar que podia ser a primeira profissional a conseguir compreender Lawrence Simpson.

Ela hesitou, tentando decidir.

Às vezes infringir as regras funcionava. Como Max poderia dizer.

— Se quiser realmente me compreender — disse ele —, precisa se encontrar comigo na metade do caminho. Certamente você quer os dois lados da história antes de chegar a um parecer. Não vou fazer o seu ridículo teste. Mas há algumas coisas importantes sobre minha mulher e os cuidados de nossa filha que acredito que você deva saber. E coisas sobre minha infância que podem ser úteis, coisas que não disse à assistente social.

Ele estendia a isca, atraindo-a para mais perto.

Hannah acenou expansivamente. Estava quase alcançando os dois.

Era do interesse da filha de Lawrence Simpson que Stella tivesse um perfil psicológico completo antes de tomar uma decisão sobre quem teria a guarda.

— Oi! — Hannah se atirou a ela, plantando um beijo grande e extravagante em seu rosto. Entrelaçou o braço no de Stella e se virou para abrir um largo sorriso a Lawrence Simpson. Hannah usava uma saia curta e salto alto, estava fabulosa. Stella tendia a se cobrir toda, para evitar o interesse indesejado de seus clientes. Devia pedir que Hannah escolhesse suas roupas; assim, Max não teria alternativa senão prestar atenção nela.

Stella deliberadamente não apresentou seu cliente.

Hannah estendeu a mão.

— Meu nome é Hannah — disse.

— O meu é Lawrence. — Simpson abriu um sorriso irresistível e trocou um aperto de mãos que durou muito mais do que o estritamente necessário. — Eu estava agora mesmo coagindo a dra. Davies, torcendo para arrancar parte de seu precioso tempo para discutir um caso.

— Vocês trabalham juntos? — perguntou Hannah.

Stella via a cabeça da amiga maquinando. Stella estava sozinha havia muito tempo; Hannah ficaria extasiada se desconfiasse de que ela havia conhecido alguém promissor.

— Desculpe, esta não é uma boa hora — disse Stella. Ela puxou o braço de Hannah, afastando-se.

Mas Hannah conseguiu se desvencilhar.

— Não tem problema nenhum — disse ela. — Vocês dois podem ir. Eu vou dar uma corrida, o que provavelmente é uma opção muito melhor para mim do que as três taças de vinho que beberei se formos ao pub.

Stella tentou formular um protesto, uma estratégia de saída sem parecer grosseira ou que estivesse quebrando a confidencialidade, mas foi lenta demais.

— Muito obrigado — disse Simpson. — Agradeço muito por isso.

Hannah sorriu ao acenar uma despedida e se afastar às pressas, ansiosa para não interferir no que devia pensar ser um encontro promissor.

— Vamos nos encontrar depois — disse ela de longe. — Vamos à dança do ventre de novo. O bebê de Izzy ainda não nasceu. Se ela não entrar em trabalho de parto nos próximos dois dias, vão induzi-lo. Ela está desesperada.

Simpson riu.

Stella estava ressentida e cansada. Merecia ter as noites para si mesma, no mínimo. E preferia tomar uma taça de vinho a ter que entrevistar Simpson.

Ela respirou fundo ao voltar ao modo trabalho. Não queria que Simpson a seguisse até a clínica, vendo-a acender as luzes e procurar o material de avaliação. Precisava de algum tempo sozinha para colocar a cabeça no lugar e passar pelo programa de entrevista.

— Pode voltar à clínica daqui a meia hora? — disse ela.

— Claro — disse Simpson. Ele pôs as mãos nos bolsos e se afastou para a pequena cafeteria no metrô.

Ela se arrependeu de ter cedido à pressão dele de marcar uma hora tão de repente. Mas agora não tinha alternativa a não ser continuar com a consulta. Se não o fizesse, Simpson sem dúvida daria queixa dela a seu advogado imediatamente, solapando sua credibilidade.

Hilltop, 1h

— Você conseguiu o que queria — disse Stella. — Só você e eu.

A poltrona parecia querer engolir Blue inteira conforme ela afundava na almofada de couro, os pés metidos por baixo do corpo.

Peter estava pálido. Stella não tinha deixado outra opção a ele senão esperar no estúdio.

Por enquanto, a necessidade de Stella de conhecer os fatos tinha dominado o seu medo. Precisava saber se a visita de Blue tinha alguma coisa a ver com Lawrence Simpson. Estava determinada a continuar racional.

Ela respirou fundo, equilibrou-se, ajeitou a gola do blusão. Blue também era uma vítima.

— Blue — disse ela. — Sei que você passou por dificuldades, acredito em tudo que me contou antes, sobre sua mãe e seu pai. Tenho certeza de que você tem um bom motivo para vir aqui me ver. Quero entender o que aconteceu, assim posso pensar na melhor maneira de te ajudar.

— Ele é meu médico — disse Blue. — Quer dizer, era meu médico, mas agora não me vê mais. Por isso vim aqui.

— Está falando de sua terapia com o dr. Fisher?

Blue assentiu. Ela evitava de propósito falar do pai. Stella teve de descobrir um jeito de esgotar sua resistência ou, pelo menos, expor alguma incoerência em sua mais recente versão dos acontecimentos.

— Por que você começou a vê-lo? — perguntou Stella.

— Minha mãe acha que eu tenho problemas.

— E por que isso?

— Fiz umas besteiras na escola. Eu costumava me cortar. Meu clínico queria me mandar a um lugar, mas tinha uma fila de espera muito grande, então acho que ela pediu ao dr. Fisher para me ver como uma espécie de favor. Não sei por que ele concordou, porque nós não temos dinheiro.

— E em sua terapia… ele receitou algum remédio para você? Ou você também falava?

— Na maior parte do tempo a gente falava.

— Mas foi o dr. Fisher que receitou os comprimidos para você? — perguntou Stella.

Blue assentiu.

Max deve ter avaliado que ela era delirante ou bipolar. Era notoriamente difícil encontrar psiquiatras de adolescentes, portanto ele devia ter se sentido na obrigação de intervir e ajudar. Mas, ainda assim, ela ainda não conseguia compreender aquilo tudo. Estava furiosa com ele: por não discutir este assunto com ela primeiro. Por não pensar nas implicações.

— Os comprimidos que você toma às vezes são receitados para pessoas que têm alucinações ou delírios, que veem ou ouvem coisas que não existem realmente. Era o que acontecia com você?

Blue roeu com tanta força a unha do polegar que Stella viu uma pequena mancha de sangue no canto de sua boca. Blue parecia não perceber, roeu ainda mais forte a pele em carne viva.

— Você me ouviu? — perguntou Stella.

— Eu nunca ouvi nem vi coisas que não existissem — disse Blue.

— Pare — disse Stella. — Está se machucando.

Blue afastou a mão da boca. Começou a puxar os fios soltos da bainha da camiseta.

— Eu sei de coisas sobre ele que nem você sabe.

— É mesmo? — Stella tentou simular uma expressão de preocupação, de interesse.

Blue não conseguia ficar parada. Remexeu-se, levou os joelhos ao peito, abraçando-os com força. Havia um puxar e morder incessante, seu polegar tinha voltado à boca.

— Eu não sabia se devia contar a você — disse ela. — Queria conhecer você primeiro, ver como era. Pensei que eu ia te odiar.

— Não estou entendendo — disse Stella.

— Eu gostava de vê-lo. Gostava de como ele me escutava. E como olhava para mim. — Blue olhou para Stella, verificando sua reação. Stella não transmitiu nada. Blue baixou os joelhos e se curvou para a frente. — Eu não só gostava, eu adorava ir vê-lo. Quando ele não quis me ver mais, fiquei arrasada. Eu sabia que era casado. Vi a aliança e uma foto sua na mesa dele. Eu pensei que se não podia vê-lo, então, sei lá... queria ver você.

Blue tirou as pernas de debaixo do corpo e se curvou para a frente.

— Não ficávamos só falando — disse Blue. — Acho que ele tinha medo de que eu contasse às pessoas o que acontecia, o que ele fazia. Talvez por isso ele não quisesse me ver.

Stella examinou as feições de Blue. Os lábios rosa-claro tinham o formato de um arco de Cupido perfeito. Era criatura mimada e sensual, uma criança com as curvas de uma adulta. A linda Blue.

— Em geral os pacientes têm fantasias com seus terapeutas — disse Stella. — Isso até tem um nome, chama-se transferência.

— Não é coisa da minha cabeça.

— Às vezes, essas fantasias são tão intensas, parecem tão reais, que os pacientes começam a acreditar que as fantasias são a realidade.

— Você fala igual a ele.

— Sei que ele foi gentil com você, sei que a ouviu e passou horas de seu tempo sozinho com você. Isto pode levar a sentimentos fortes, especialmente se seu pai não lhe deu o amor de que você precisava.

Blue meneou a cabeça.

— Não. — Ela se curvou para frente, o cabelo solto e rebelde pelo rosto e os olhos em brasa. — Eu o amo. E ele me amou. As coisas... — Blue ergueu os olhos, fitando intensamente Stella, desafiadora. — Ele tocou em mim — continuou Blue. — E não foi uma vez só. Nós fizemos coisas.

Esta garota mente como quem respira, Stella disse a si mesma.

— Pensei que eu ia odiar você — disse Blue. — Mas não odeio.

Stella queria seus comprimidos. Queria engolir seus preciosos pedaços de esquecimento em losangos azuis. Queria desesperadamente uma fuga. A menina era delirante. Devia ser.

— O que você está querendo dizer? Que fez sexo com ele? — disse Stella.

Blue concordou com a cabeça. Ela a encarava, suplicando com os olhos. O que ela queria de Stella? Conforto? Absolvição? Compreensão? Como não houve nada, nenhuma resposta, nenhum abrandamento de sua expressão, Blue virou a cara.

— Esta é uma alegação muito séria. Entende isso? Não é uma brincadeira, não é uma peça imbecil como as que vocês pregam na escola. Meu marido aceitou o seu caso por caridade. Você mesma disse que sua mãe não tinha dinheiro. Ele foi gentil com você porque é um bom homem. Também é um psiquiatra brilhante. Aposto que ele também pagou por todos os seus remédios, não? Porque, se você quisesse marcar uma hora no Sistema Nacional de Saúde, ainda estaria numa maldita fila. Ou fora de si, provavelmente psicótica, em uma unidade para adolescentes. Então ele aceitou você, por gentileza. E agora você agradece mentindo para entrar na casa dele, inventando histórias maldosas. — Enquanto Stella falava, sua raiva crescia. — Você é doente. Você é completamente doente.

Você e seu pai.

Blue sacudiu a cabeça. Ela recuou o corpo, encolhendo-se no canto, como se Stella fosse machucá-la. Estava muda, mas o azul brilhante de seus olhos assustava Stella. Ela era filha de Lawrence Simpson, sem dúvida. Esteve manipulando Stella o tempo todo. Blue veio a Hilltop para destruir sua vida, ou o pouco que restava dela.

— E agora? — disse Stella. — O que você quer de mim, Blue? Você veio aqui me magoar e tentar destruir meu marido, meu casamento. E agora?

Os olhos de Blue se encheram de lágrimas.

— Não sei. — Ela agora chorava, bancando a vítima, e Stella não suportava olhar para ela. Ela se levantou da cadeira, colocando-se na frente da lareira, ficando de costas para Blue. Fechou os olhos, encostando a testa no frio consolo de ferro batido. Deveria ter deixado que Peter cuidasse dela.

Ela sentiu que Blue se aproximava, ficando atrás. Podia sentir a respiração dela no seu pescoço.

— Fui eu que quis — disse Blue. — Eu o queria. Eu fiz com que ele tocasse em mim. Ele no início não queria, mas eu precisava que ele tocasse em mim.

— Você é uma mentirosa — disse Stella. — Ou é louca. Seja o que for, nunca acreditarei em você.

Agora que Blue começou a falar, não pararia. *Passando a mão em si mesma, desabotoando a blusa, engatinhando para ele de quatro, abrindo seu zíper... subindo nele... trancando a porta.*

Stella ficou de olhos fechados, de costas para a menina. As palavras de Blue penetravam sinuosas em seu cérebro, escavando seus pensamentos e entranhas. Não deveria tê-la deixado entrar. Hilltop era o lugar onde ela se sentia segura e agora Blue o contaminara por completo. Ela queria destruir a última coisa que restara a Stella. Max. Seu casamento.

Blue pressionou o rosto nas costas de Stella e passou os braços por sua cintura. Stella não ia se virar. A testa de Blue se apertava com força no ombro de Stella, seus braços eram mais firmes em sua cintura.

— Por favor, vire pra cá — disse Blue. — Eu preciso que você veja...

— Fique longe de mim! — Ela cravou os dedos nos braços de Blue e os soltou. Virou-se e a empurrou. Blue cambaleou e tropeçou no Buda de jade agachado na lareira. Ficou no chão, de quatro, de cabeça baixa e o cabelo cobrindo o rosto.

— Por que está fazendo isso conosco? — perguntou Stella.

— Ele não pode parar de me ver. Ele me jogou fora como se eu fosse lixo. Eu não sou um nada!

Blue era um animal, agachado de quatro. Chorando. Insana. Imprevisível.

Olhá-la deixou Stella enlouquecida. A ideia de Max em seu consultório, sozinho com ela, incapaz de se conter.

Não era verdade.

Stella cobriu os olhos com as mãos. Imagens de Blue e Max tomavam todo o espaço de seus globos oculares. O consultório que ela conhecia tão bem, as poltronas, o tapete persa antigo, seu cabelo louro caindo para frente, os seios perfeitos, a pele macia, o olhar ardente, a necessidade desesperada de ser amada. Seu estômago se contorceu e ela sentiu que ia vomitar.

As mãos de Blue estavam nela novamente, agarrando-se em volta de seu joelho.

— Por favor, olhe pra mim — ela disse.

Stella tentou se afastar das unhas feias e mastigadas, mas Blue se segurava, agarrada nela.

— Eu queria magoar você. Mas não quero mais. Eu queria que você soubesse disso.

Blue não ia soltar suas pernas. Stella queria se debater, chutá-la, estapeá-la e ver marcas vermelhas brotando em sua face. Ela adoraria estrangular a menina. Não suportava mais. Estendeu a mão, agarrou um punhado do cabelo e puxou a cabeça de Blue para trás, com força, até que seus braços afrouxaram e ela soltou suas pernas. E então Stella se afastou a uma distância segura, deixando Blue chorando, ainda de quatro no chão.

— Estou dizendo a verdade. — Blue disse. — Eu juro. Só quero que você acredite em mim.

— Você mentiu para entrar na minha casa e não parou de mentir desde então. Você nunca vai chegar *perto* de meu marido de novo. Vou chamar Peter e ele levará você à delegacia. De lá, muito provavelmente você será mandada a um hospital psiquiátrico, onde vai ficar trancada. Pode esquecer Max. Pode esquecer até de ver sua mãe.

Ela olhou firmemente nos olhos desesperados e assustados de Blue, sentindo prazer na dor que tinha infligido.

Aquela era a sua casa. Max era o seu marido. Ela não seria manipulada por uma adolescente fugida. Agora podia ver os benefícios do coquetel de substâncias restritas que ela tomava. Claramente Max tinha bons motivos para receitá-las.

Os olhos da menina escureceram. Ela a encarava com um misto inquietante de compaixão e desafio. Blue se levantou, endireitou a jaqueta, empurrou o cabelo para trás e avançou alguns passos. Depois, se ajoelhou e levantou a estátua de jade do Buda com as duas mãos. Ergueu-a no alto da cabeça e correu. Num arco gracioso, atirou a estátua pela janela.

O barulho de vidro quebrado atravessou a manhã coberta de neve.

Blue se segurou no caixilho da janela, gritando enquanto o vidro cortava sua pele. Tomou impulso e avançou, trôpega, seus pés pequenos pisando os cacos de vidro e escorregando na neve congelada.

Ladbroke Grove, 7 de janeiro de 2011, 11h

A mãe começou a chamá-la de Blue quando a filha tinha seis anos. Mudou seu nome assim mesmo, sem perguntar se ela se importava, sem lhe contar um motivo. Seu verdadeiro nome era Lauren. Foi batizada em homenagem ao pai, muito tempo atrás, quando os pais não se odiavam mortalmente. Lauren Simpson.

A mãe mentiu para ela. Disse que sempre quis chamá-la de Blue, por causa de seus olhos, mas Lauren sabia o verdadeiro motivo. Seu antigo nome lembrava demais à mãe o homem que ela odiava.

A mudança de nome foi a primeira vez que ela podia se lembrar de realmente ficar irritada com a mãe. Houve outras coisas também. Ela bebia, chegava em casa com homens que olhavam para Blue de um jeito estranho, passava mal o tempo todo, alguns dias nem mesmo saía da cama.

Mas, principalmente, Blue odiava o pai. Por abandoná-las e por não mandar dinheiro nenhum. E ela o odiava ainda mais por voltar, por dar esperança a elas, e então piorar tudo. Ele nunca, jamais deixava as duas em paz. Sempre começava do mesmo jeito. O juiz obrigava Blue a passar o dia com ele. Ele devia buscá-la e deixá-la em algum lugar longe da casa, num local neutro. O endereço das duas devia ser segredo. Em vez disso, a mãe dizia a ele onde elas moravam e deixava que ele fosse à casa. A mãe se produzia toda, colocava batom demais, perfume, e o convidava a entrar. Depois de um tempo, começava a discussão. E coisa pior.

Isso a deixava tonta. A mãe lhe prometia que não o convidaria da próxima vez, prometia que nem mesmo iria à porta quando ele deixasse Blue em casa, mas sempre fazia isso.

Blue amava a mãe, mas ela a deixava louca.

Ela estava em seu quarto, de porta trancada. A mãe não gostava quando ela se trancava ali, mas nem estava em casa para reclamar. Seu quarto era muito pequeno, de tamanho suficiente para uma cama de solteiro, uma mesa lateral e uma pequena cômoda com uma televisão. O quarto da mãe era um pouco maior — cabia uma cama de casal, mas não sobrava muito espaço para andar em volta dela. O banheiro ficava embaixo dos beirais. Não dava nem para ficar de pé direito quando se tomava banho. Por sorte nenhuma das duas era muito alta. Nunca havia dinheiro suficiente para chegar ao fim do mês. Algum vinha do pai, mas a mãe reclamava: não era o bastante, vinha atrasado, ele a obrigava a fazer coisas antes e só o dava se ela deixasse que ele entrasse na casa.

Blue deveria estar na escola. Deveria ter sua hora com *ele* numa tarde de sexta-feira. Ela abriu o celular e discou o número da clínica.

— Clínica Grove Road, Anne falando. — Uma falsa alegria, uma falsa simpatia, como os peitos falsos da mulher. Ela tateou os próprios peitos, não eram tão grandes, mas cabiam bem na mão e eram bonitos e firmes.

— É Lauren — disse ela. — Eu tinha uma consulta hoje à tarde. Às quatro horas. Então… acho que talvez tenha sido cancelada, mas eu precisava muito ir.

— Você não tinha hora marcada hoje — disse ela. — O doutor saiu para uma reunião.

— Onde?

— Posso ajudá-la em alguma coisa? — Ela parecia mais impaciente do que prestativa.

— Preciso falar com ele. Pode me dar o número do celular dele?

— Isto não será possível.

— Foi o que ele disse ou é você quem está dizendo? — Blue puxou as pernas ao peito, abraçou os joelhos e se balançou para a frente e para trás. — Eu preciso de uma consulta, é urgente.

— Vou ver para você — disse ela. — Vou colocá-la na espera.

Uma música idiota saía do telefone. Ela sentiu uma fagulha de esperança.

— Ele disse para marcar uma hora com o seu clínico se você precisasse de alguma coisa. Entendeu?

— *Acha que sou alguma idiota, porra?* — Ela fechou o telefone com força e o jogou na parede.

Ela continuou se balançando. Precisava vê-lo. Tinha de conseguir que ele a ajudasse. Ela se balançou ainda mais, empurrando-se para frente e para trás com os calcanhares. Podia ir ao banheiro e pegar a gilete da mãe, era um saco tirar aquelas lâminas, mas ela podia fazer isso. Ou podia quebrar um dos porta-retratos e usar um caco de vidro. Se ela se cortasse, ele prestaria atenção nela. Blue empurrou a manga para cima e olhou os braços, riscados de pequenas linhas brancas. Ela não se cortava desde que começou a vê-lo, seus braços estavam muito melhores do que antigamente.

Ficou com medo de fazer algo consigo mesma e ele ainda assim não se importar. Ela não era nada, não existia. Podia muito bem estar morta. Ela queria que ele sofresse. Queria que ele soubesse o que era sentir dor. Ela tirou o envelope da bolsa. Pegou-o na mesa dele enquanto esperava em seu consultório, quando ele estava atrasado para a consulta, como acontecia às vezes. *Hilltop*. Ela tinha decorado o endereço e o código postal, mas tinha levado o envelope com ela mesmo assim. Queria alguma coisa dele, para guardar. Também pegou sua caneta, estava dentro do envelope. Ela rolou-a entre os dedos, sentiu seu cheiro.

Odiava ficar sozinha e odiava esperar. Tirou o uniforme da escola, vestiu uma calça, a jaqueta de couro e calçou o tênis.

Saiu da casa e foi para o metrô. Flocos mínimos de granizo flutuavam em volta dela e caíam na calçada de concreto, desaparecendo ao nada. Ela se sentiu muito melhor ao sair de casa, colocando-se em movimento. Meteu o cabelo por dentro do gorro, para que não se molhasse. Flocos de neve mínimos e brancos batiam em seu rosto e em suas pálpebras. Ela se sentia cheia de energia.

Quando estava a meio caminho do metrô, os flocos de neve ficaram maiores. Quando batiam no chão, ficavam pretos e enlameados sob os pés das pessoas. O céu estava preto e ameaçador. Blue começou a ter consciência do frio nas mãos, a ponta dos dedos exibindo um vermelho vivo. Puxou o gorro bem para baixo, cobrindo a testa e as orelhas. Meteu as mãos nos bolsos e andou de cabeça baixa. Não estava de meia e seus tornozelos pareciam blocos de gelo. Ela caminhou mais rápido, tentando se manter aquecida. Pensou em desistir e ir para casa, onde o aquecimento estava ligado, mas a essa hora tinha atravessado os sinais de trânsito e já estava na entrada da estação.

Apanhou um mapa do metrô: tinha que pegar a linha Metropolitan. Só precisava fazer uma baldeação na estação Baker Street, era fácil.

Ela encostou seu cartão Oyster no círculo amarelo e esperou pelo sinal eletrônico. A catraca destravou e ela desceu a escada, entrando na plataforma exposta ao vento. Quando o trem chegou era velho e cheirava mal. Ela se sentou em um banco de veludo roxo e gasto e colocou os pés no assento da frente. Um gordo velho de casaco acolchoado a olhou de cara feia. Ela recostou a cabeça e olhou pela janela. A neve caía num redemoinho, cobrindo os trilhos do trem.

Clínica Grove Road, maio de 2009

Lawrence Simpson era previsível. Tocou a campainha da clínica exatamente trinta minutos depois.

O carpete da escada era esponjoso e silencioso sob os saltos de Stella e o ar na clínica vazia parecia pairar desagradavelmente em volta dela, como se ela fosse uma invasora. A mesa de Anne estava imaculada, como sempre. Sua caneca listrada de rosa estava ao lado do vaso desocupado.

Stella puxou mais o blazer no corpo ao abrir a porta. Pelo menos ainda havia luz.

— Eu agradeço muito por você abrir esta exceção para mim — disse Simpson. Ele estava se comportando da melhor forma: encantador e humilde.

Stella assentiu. Subiu a escada à frente dele, mais uma vez inquieta, com Simpson a suas costas, olhando para ela. Parou na porta aberta e o conduziu para o consultório à frente.

— Sente-se — disse ela.

Ela se perguntou se devia fechar a porta do consultório — não era estritamente necessário, uma vez que não havia mais ninguém na clínica —, mas ainda assim a fechou, por hábito. Ficou um momento com a mão na maçaneta. Queria não estar sozinha com ele, na clínica vazia, com a luz que desaparecia rapidamente do lado de fora.

Enquanto ela se demorava, Simpson escolheu a cadeira em que ela se sentara durante o último encontro. Em geral ela teria baixado sua prancheta, em um golpe preventivo, mas tinha se esquecido e ele aproveitou o momento. Suas pernas compridas já estavam cruzadas; seus dedos inquietos tamborilavam o braço da cadeira.

Stella sentou-se na cadeira em geral reservada aos clientes.

— Temos sessenta minutos — disse ela.

Um lado da boca de Simpson se enroscou num sorriso irônico.

— Terá uma noite movimentada?

Ela baixou os olhos para sua lista de perguntas.

— Pensei em recomeçar, retomar a entrevista desde o início — disse ela.

Os dedos dele ainda tamborilavam no braço da cadeira.

— Como você enxerga o motivo pelo qual a Autoridade Local solicitou uma avaliação psicológica? — disse ela.

— Como já expliquei a você, na verdade, não tem nada a ver comigo. Minha ex-mulher tem problemas para ser uma mãe competente. Eu quero uma chance de assumir a guarda, fazer tudo corretamente, dar a minha filha um lar estável.

Era a resposta idêntica à que ele dera da última vez. Stella se desesperou. Ele não mudou sua atitude com relação à avaliação. *É claro* que não mudou. Era apenas o orgulho dela e um senso exagerado de seu talento que a fizeram oferecer este horário incomum. Ela havia investido demais neste caso. Sempre tinha um fraco por profissionais médicos. Era sua desgraça.

— Ela era muito bonita quando jovem. Minha mulher. Ela se largou muito.

— Você já mencionou isso da última vez em que nos reunimos.

Os olhos dela foram à janela. Ela queria que aquela entrevista acabasse. Ele estava tão na defensiva que ela jamais conseguiria nada de útil falando com ele. Ele de novo desperdiçava seu precioso tempo, deliberadamente. Não tinha a intenção de cooperar com ela, tudo tinha de ser do jeito dele. No momento em que ela o desafiava, mesmo que ligeiramente, ele retrocedia. De jeito nenhum ela ia ficar sentada por outra sessão ouvindo suas queixas da ex-mulher.

— Reclamar de sua ex-mulher não vai ajudá-lo — disse ela. Era o fim de um longo dia e sua irritação transparecia.

Ele cerrou o queixo.

— Está disposto a falar de si mesmo? — perguntou ela, embora já soubesse a resposta.

— E por que me dar a esse trabalho?

— Como disse?

— Você já se decidiu. Sabe que não tenho chance de ganhar a custódia. Por agora, pelo menos. Isso lhe dá prazer, *doutora*, me ver sofrer?

Estava farta dele. Queria estar na dança do ventre, ouvindo o riso de Hannah. Ela se perguntou por que diabos ele insistiu tanto naquela sessão.

— Hoje, mais cedo — disse ela —, quando conversamos lá fora, o senhor mencionou uma informação nova que queria me dar. Algo que pensou ser importante para incluir no relatório?

— Tem alguma ideia de como este processo tem sido humilhante para mim? — Ele se curvou para a frente na cadeira.

— Lamento que entenda desta maneira — disse ela.

— Lamenta mesmo? — Seu rosto se contorceu, enchendo-se de frustração e desdém. — Eu não devia estar no consultório de uma psicóloga. Todo o processo é um insulto. Suas perguntas são um insulto. Isto é uma invasão de minha privacidade e é inteiramente injustificado.

A sessão se transformou em uma disputa. Estava ainda pior do que as duas anteriores. Ela estava sem palavras, sabia que não havia nada que pudesse dizer que salvasse alguma coisa. Ele protegia sua vida íntima como a joia da coroa. Pelo modo como se comportava agora, sua ansiedade e irritabilidade substituídas pela franca hostilidade, ela estava certa de que ele tinha um bom motivo para esconder o que passava pela sua cabeça. Devia haver muita coisa sobre ele que não queria que os especialistas descobrissem.

— Então, por que insistiu nesta sessão?

— Porque não tenho nada a perder.

— Não entendo — disse ela.

— Você ia devastar minha reputação. Observo seu rosto quando falo, quando tento explicar-lhe as coisas. Você não escuta. É uma vaca metida a besta e não escuta nada.

Ela queria expulsá-lo da sala, do prédio, assim que possível. Ela se levantou. Ao inferno com o relatório. Simpson não ia cooperar com a avaliação. Nunca teve a intenção de fazê-lo.

— Creio que devemos encerrar a entrevista. — Ela agia como se não houvesse nada de errado, como se não estivesse intimidada.

Simpson continuou sentado. Descruzou as pernas.

— Ainda não — disse ele. — Primeiro vamos falar de você.

Ela apoiou a mão no encosto da cadeira e resistiu ao impulso de abrir a porta num rompante e sair da sala.

— Sou clínico — disse ele. — Como você bem sabe. Tenho acesso ao banco de dados do Sistema Nacional de

Saúde. Dei uma olhada em sua ficha médica. Em toda ela. Até o passado.

— Isto é antiético. Não tem permissão para fazer isso.

Ele abriu um sorriso desdenhoso.

— Que vida interessante você teve.

— Minha vida não está sendo analisada aqui. — Ela se perguntou o quanto ele sabia. Tudo. Ele devia saber de tudo. Estava tudo nos registros dela.

— O que quer com isso?

— Acho que você sabe — disse ele. — Se alguém precisa de um psiquiatra, esse alguém é você.

Ele se levantou, sem pressa nenhuma. Deu um passo na direção dela. Depois outro.

Os olhos dele a assustavam. Estavam semicerrados e brilhavam. Ela olhava para uma víbora.

Fuja, diziam suas entranhas. Ela ficou petrificada.

E então era tarde demais. Ele agiu rapidamente. Colocou-se de costas para a porta fechada, bloqueando a saída.

— Quando você concordou com esta sessão, já sabia que eu não tinha chance nenhuma de conseguir a custódia. Então, basicamente, você queria ferrar comigo.

O advogado dele deve ter dito que não havia esperança nenhuma.

— Não. — Ela balançou a cabeça. — Eu queria ter certeza de que meu relatório fosse abrangente. Acredito que era do interesse de todos, seu e de sua filha, independentemente do que o juiz decidir.

Os olhos dele não mudaram, não se abrandaram. Ele não acreditava nela. Não havia como passar por ele. Ele se virou, girou o fecho, trancou a porta.

— O que está fazendo? — Ela não demonstraria seu medo, não daria essa satisfação a ele. Podia ouvir seu coração bater freneticamente.

Ele se postou de costas para a porta, com os pés plantados no chão, ligeiramente afastados, as mãos de lado.

— Destranque a porta, por favor — disse ela.

Ele puxou a gravata, afrouxando-a. Sua testa brilhava de suor; uma gota escorreu pela face. Se ela escrevesse isto no relatório, as chances de ele conseguir a guarda da filha estariam encerradas. Ele devia saber disso.

Ele não pretendia deixar que ela tivesse condições de escrever coisa alguma.

A ex-mulher disse que ele a asfixiou, com as mãos em seu pescoço. Ele a estrangulava por tempo suficiente para ela perder a consciência, mas não o bastante para ela morrer. Ele era um sádico, gostava de torturá-la, disse a ex-mulher. Mas ninguém quis acreditar nela.

Stella não comentara com ninguém sobre esta sessão de última hora.

— Você queria me humilhar. — disse ele.

— Isso não é verdade. Você me *implorou* para fazer esta sessão. — Ela não devia ter usado aquela palavra. Ele piscou, e na fração de segundo em que sua expressão mudou, ela pensou que ele correria para ela e a atacaria.

Ela ficou imóvel.

Os dedos dele se flexionaram; abrindo e fechando. Aquecendo-se. Ela morria de medo de estar prestes a descobrir como a ex-mulher sofreu.

Havia um botão de pânico na parede atrás da mesa, ela podia se atirar nele — mas não adiantaria nada. Ativaria um alarme atrás da mesa de Anne, que não estava lá. A clínica não dava consultas fora do horário de expediente.

Ela podia dizer a Simpson que escreveria o que ele quisesse no relatório do tribunal, mas não tinha a ilusão de que ele fosse burro o bastante para acreditar.

Fique calma. Ela tentou acalmar os pensamentos em disparada, acalmar seu coração, tentou reprimir o pânico. *Respire. Pense.* Se trancar a porta foi um ato impulsivo, ela ainda tinha uma chance. Mas, se foi premeditado, ela não tinha chance nenhuma de sair incólume do consultório. Ela pensou no encontro que teve na esquina. Nem acreditava que ele pedira uma reunião a fim de matá-la. Ela deveria ter contado a alguém que eles iam se reunir, era arriscado demais. De seu próprio jeito distorcido, Simpson amava a filha e não iria destruir suas chances de ter um relacionamento com ela.

A melhor chance de Stella era convencê-lo de que ainda havia tempo de sair desta situação sem incorrer em danos demais.

— Dr. Simpson — disse ela. — Se abrir a porta agora, posso aceitar que trancar a porta foi um erro impulsivo de que se arrependeu prontamente. Que você não tinha a intenção premeditada de me intimidar. Sei que está passando por um estresse enorme e que seu advogado lhe deu más notícias. Não está em seu juízo perfeito.

Ela esperava ter dado a ele uma alternativa.

Seus olhos azuis-claros escureceram. Estavam cheios de ódio.

— Não fale comigo como se eu fosse um imbecil.

Ele não a ouvia. Não estava sendo racional.

— Mesmo que não consiga a custódia, não faça nenhuma idiotice que custará suas chances de ter contato com sua filha e formar um relacionamento com o tempo. Você me disse que nunca fez nada de errado como pai. Mas, se esta porta continuar trancada, estará me mantendo aqui contra minha vontade e não importará se até agora você foi um bom pai.

Ele não se mexeu. Se ela tentasse avançar à porta, teria de se aproximar e não queria ficar à distância de um golpe. Ela recuou. Retraiu-se para a mesa, guardou o programa de entrevista e o fichário em sua bolsa e a pendurou no ombro.

Ela andou na direção dele.

— Por favor, saia do caminho — disse ela.

As costas da mão dele a pegaram no queixo. Ela cambaleou, segurando o rosto. O choque foi pior do que a dor.

— Desta vez eu usei a mão aberta — disse ele. — Mas posso te machucar mais.

— O que você quer?

— Quero que você coopere.

Ela apertou a mão com mais força no queixo, que começou a arder.

— Os homens ficavam olhando para a minha ex o tempo todo. Você também é uma mulher atraente, atraente o bastante para conseguir o homem que quiser. Eu posso mudar isso. — Repuxou o lado direito de sua boca para cima de novo, num sorriso distorcido de fúria e expectativa.

Culpe a vítima. É o que eles todos têm feito com sua ex-mulher.

— Posso esmagar sua cara até ficar tão torta que nenhum homem vai olhar para você, muito menos tocá-la. Você é jovem, então viverá assim por muito tempo. Hoje em dia podem fazer muita coisa com cirurgia plástica, mas a aparência nunca mais fica a mesma. Ou, se você se comportar, posso te machucar em lugares que não vão aparecer.

Ela não ia implorar por misericórdia porque não adiantaria nada. E ele era um homem sem alma, sem consciência. Mas ela descobrira isto tarde demais.

— E me machucar vai valer o sacrifício? Você perderia o contato com sua filha e iria preso. Não haveria possibilidade de uma segunda família com sua namorada. Por que quer fazer isto consigo mesmo?

— Sabe de uma coisa? Você tem toda razão. Mas não vou perder mais do que já perdi. Farei alguma coisa por mim mesmo, uma recompensa pelo que tive de suportar. E sei que você não vai contar a ninguém. Como já lhe falei, vi seus registros médicos. Você fará exatamente o que eu mandar. E não vai abrir a boca.

Ela não recuou, encarou-o em cheio, endireitando os ombros. Lembrou a si mesma de respirar.

Ele era tão seguro de si. Fazia sentido, vinha maltratando a ex-mulher por anos e conseguira se safar.

— Você verá como é ficar fodida — disse ele. — Literalmente. Se você cooperar, não vai doer demais.

Ele a machucaria por prazer e por vingança.

Ela não queria ficar marcada. Não queria sentir dor. Queria sair, com os menores danos possíveis.

Ela tossiu. Quase engasgou na própria saliva. Não podia esconder seu medo por mais tempo. Ele prometeu que não machucaria muito se ela não resistisse. Ele podia estar mentindo, podia mudar de ideia. Mas, acontecesse o que fosse, ela queria viver. Tinha trinta anos e já conseguira ficar sã por dez anos a mais do que a mãe. Ia sair daquela sala. O que quer que lhe custasse, sairia dali viva.

Simpson era perigoso. Ele tinha o controle.

— Vou cooperar — disse ela.

Depois de decidir fazer o que ele mandou, ela se sentiu um pouco mais calma. Ele podia fazer qualquer coisa com seu corpo, mas não entraria em sua mente. E depois dele, prometeu a si mesma, ninguém jamais teria esse poder sobre ela de novo.

Ele pressionou a cara na dela, de modo que ela podia sentir seu hálito, quente e fedorento. Ele fedia a suor. Ele agarrou seu peito, beliscando-o e torcendo.

— Qual é o seu nome, doutora?

Ela tentou não se afastar.

— Stella.

Ele a soltou.

— Tire a roupa, Stella.

Stella ainda estava de terninho: casaco e calça de linho, com uma blusa branca por baixo. Ela bloqueou seu verdadeiro eu por dentro, atrás de uma muralha, e se despiu. Tirou primeiro os sapatos e os colocou arrumados ao lado da cadeira. Dobrou o casaco, pendurando-o no encosto da cadeira. Teve de se encostar nela porque suas pernas viravam gelatina. Tirou a blusa e a calça. Hesitou por um momento com a roupa íntima. Ele esperou com uma expressão impassível. Ela tirou o sutiã, a calcinha.

Filho da puta. Ela queria pegar alguma coisa rombuda e pesada e transformar sua cara em uma pasta. Por algum motivo, imaginou um bastão de hóquei de madeira clara e punho cor-de-rosa, talvez o que ela usava na escola. Mentalmente, ela golpeava a cara dele, vezes sem conta, tendo prazer no gosto de sangue que espirrava em seu rosto e na boca. A fúria a manteve ereta enquanto esperava que ele lhe dissesse o que fazer.

— Deite-se na maca — disse ele.

Ele tirou fotos dela, nua, de pernas abertas.

— Vou guardá-las para sempre. Nunca se sabe quando um monte delas pode aparecer na internet.

E daí? Um corpo de mulher é como qualquer outro. Isso não importa. É só um corpo.

— Vire-se. Todos os seus futuros clientes ficarão deliciados em conhecer você com tanta intimidade quanto eu. Fique de quatro.

Que forma de descobrir que tudo o que ex-mulher dizia dele era a completa verdade. Seus maus-tratos eram premeditados e cruéis. Simpson era um psicopata sádico.

Ela não reagiu, não protestou, não tentou fugir, nem correr. Qual era o problema? Ela não sabia. Acreditava que ele era capaz de tudo. Capaz de matá-la se ela incitasse sua fúria homicida. O tempo passou lentamente, cada segundo se arrastava mais do que o anterior. Ela sentia frio, sentia os arrepios pela pele exposta dos braços e das pernas e pela coluna.

— Não se mexa. Está indo muito bem. Ser obediente combina muito mais com você. — Ela ouviu um tatear, um rasgo suave. Por favor, que seja uma embalagem de camisinha, pensou. Ela sabia o que viria a seguir.

Hilltop, 1:20

Havia cacos de vidro a seus pés e a sala de estar fora inundada pelo ar frio e úmido. Peter veio correndo, o solado grosso das botas pisando pedaços afiados, triturando vidro em seu tapete chinês dourado.

— Ela quebrou a janela — disse Stella. — E fugiu.

— Por quê? — Peter perguntou.

— Eu a assustei. Eu a ameacei.

Peter lhe lançou um olhar de que ela não gostou. Ela merecia isso, ela sabia.

— Qual o tamanho desse jardim? — perguntou ele.

— Imenso. Quatro mil metros quadrados. — Stella se atrapalhou com a chave, destrancou as portas do pátio e as abriu. — Precisamos encontrá-la. Ela vai congelar aí fora. Acho que está machucada.

Havia mais vidro no chão do lado de fora e uma trilha de pegadas rasas. Gotas vermelhas se espalhavam pela neve.

Peter parecia reagir ainda mais lentamente à medida que a urgência de Stella crescia.

— O que tem atrás dessas árvores? — Ele apontou para o fundo do jardim.

— Nada — disse Stella. — Quer dizer… uma cerca corre pelos fundos do bosque e pelas laterais, entre nós e os vizinhos. Não acho que ela possa sair.

Ela se lembrou de que queria causar dor na menina; viu seus dedos puxando o cabelo comprido de Blue, forçando a cabeça para trás. Algo terrível ia acontecer com Blue e a culpa era dela.

— Tem uma piscina — disse Stella. — Uma piscina vazia e antiga. Ela não saberia de sua existência. Se estiver correndo, se não conseguir ver…

Eles ficaram ombro a ombro na janela quebrada. As luzes só iluminavam alguns metros de branco, e depois disso tudo era coberto de uma escuridão cinza prateada.

— Pegue uma lanterna e um kit de primeiros socorros — disse Peter. — Para que lado fica a piscina?

— Atrás das árvores, a sua esquerda.

Ele andou pelo pátio, testando o terreno escorregadio.

— Não me deixe sozinha.

— Então, venha comigo.

Mas ela estava paralisada na porta e não moveu um músculo.

— E cobertores. Pegue cobertores — disse ele. E se virou para sair.

Ela ficou na soleira da porta aberta, exposta. Qualquer um poderia pegá-la. Deslizou a mão pela esquadria da janela quebrada, pressionando os dedos nas pontas pequenas e afiadas.

O jardim estava em silêncio, a neve abafava qualquer som.

Se Simpson quisesse pegá-la, teria vindo na noite anterior, quando estava sozinha com Blue. Por que esperar que o jipe de Peter estivesse na entrada da casa? Ela não devia ceder à paranoia. Simpson tinha acabado com ela dezoito meses antes. Desde então, não soube mais dele. Acabou.

A temperatura da sala de estar caía e os radiadores estavam fervendo, inúteis, combatendo o ar congelante. Maldita

English Heritage. Se essas janelas fossem de vidraça dupla, Blue nunca teria conseguido quebrá-las. E aquele Buda idiota — tão feio e tão pesado. Pertenceu à mãe de Max e era a única coisa que ele insistiu que levariam quando se mudaram para Hilltop. A estátua, gorda e intacta, jazia agora no pátio congelado.

Sentiu um formigamento pela pele, uma energia nervosa. Agora era mais difícil ficar parada. Ela se afastou da janela. Encontrou uma lanterna e o kit de primeiros socorros na cozinha. Encontrou seu casaco e calçou os tênis. Voltou, para esperar na porta aberta.

Ela acreditava que Peter encontraria Blue, que a traria ilesa. Por favor, que ela esteja ilesa.

A piscina era grande, tinha seis metros por quatro. Ela e Max conversaram sobre reformá-la, ou pelo menos cobri-la com uma capa para que ficasse segura, mas não houve necessidade. Stella nunca se aventurava no jardim.

Ela deixou que seu descontrole e amargura levassem a melhor. Cometera um erro com uma criança.

Devia manter Blue a salvo. A garota era tão vítima de Lawrence Simpson quanto ela fora.

Ela se obrigou a dar um passo para além da soleira. E outro.

O pátio estava congelado e escorregadio e ela não conseguiu manter o equilíbrio; seus pés derraparam no chão. Tentou prender a respiração ao bater no chão duro, a base das costas contra o degrau da escada, tirando seu ar.

Stella começou a tremer. Seu coração disparou, acelerou tanto que podia explodir. Sua respiração tornou-se superficial e ela começou a ofegar enquanto os músculos do peito travavam. Ela estava sozinha, exposta. Indefesa. E a ponto de morrer.

Ela apertou as mãos no chão frio e congelante e conseguiu recuperar o equilíbrio. Esforçou-se para se levantar. O sangue vermelho vivo de Blue formava uma trilha na neve imaculada. Ela distinguia pegadas de duas pessoas no chão coberto de branco, levando para o semicírculo de árvores.

Mas de maneira nenhuma ela poderia atravessar o jardim.

Seu coração batia rápido demais. Ela se obrigou a respirar. Mais devagar. Mais fundo. Olhou a casa, a segurança, as luzes claras na sala de estar.

Ouviu um grito.

Por favor, que Blue não esteja prostrada no fundo da piscina, quebrada.

Depois, silêncio. Uma quietude apavorante.

Ela podia ver coisas terríveis. Blue, enterrada em uma almofada de branco, com braços e pernas tortos, em ângulos estranhos.

Pingentes de gelo espetavam seu rosto, nevava novamente. O frio era estimulante, tão intenso que agora era a única coisa na qual pensava. As palmas de suas mãos ardiam onde tinham pressionado o gelo. A pele por baixo das unhas queimava. Os dedos dos pés estavam dormentes.

Outro grito cortou o jardim branco e silencioso.

Stella se orientou para o som. Uma figura saiu da linha das árvores. Estava longe demais, havia sombras demais, ela não enxergava quem era.

— Peter?

Ela deu alguns passos para trás, para a casa.

Clínica Grove Road, junho de 2009

— Não foi tão ruim, foi? — A voz dele estava saturada de prazer.

Ela estava de quatro, olhando a parede magnólia do consultório. Os músculos dos braços e das mãos doíam de se manter erguida, os joelhos doíam onde apertavam a mesa dura. Ela estava com medo demais de se mexer até que ele permitisse.

— Acho que você nunca fez isso na vida — disse ele.

Ela pensou que podia estar sangrando porque uma dor aguda e inflamada penetrava das costas para a frente. Imaginou que, atrás dela, ele estaria sorrindo. Os segundos se passaram. Supôs que ele retirava cuidadosamente a camisinha e a levava.

— Estou impressionado — disse ele. — Você não gritou. Mal soltou um ruído. Tem lubrificante íntimo ali na estante de remédios, mas achei que você não merecia nenhum.

Pelo menos ela não tinha de olhar para ele.

— Levante-se.

Ela se levantou. Não se atreveu a procurar as roupas. Sua boca estava tão seca que não pensava que seria capaz de falar, havia um gosto repugnante na língua. Sua garganta doía. As pernas eram instáveis, não queriam sustentá-la. Ela não deixaria que ele a visse chorar.

Ele destrancou a porta, de costas para ela. Ela passou os olhos pela sala, pela escrivaninha, procurando algo pesado — qualquer coisa que pudesse usar contra ele. Não havia nada e, mesmo que houvesse, ela não tinha forças. Encostou-se na beira da maca, fechando os olhos só por um segundo. Ficar de pé a deixava tonta. Mas ainda estava inteira. Quase. Agarrava-se à esperança de que sua provação logo estaria terminada, que ele ficaria satisfeito com a vingança que teve. Mas não acreditava que ele simplesmente a deixaria ir.

Ele esperava por ela na porta aberta, relaxado. Tinha todo o tempo que queria, sabia que eles não seriam incomodados. Ele não tinha arma de fogo, nem uma faca. E ainda assim ela morria de medo dele. Estava desorientada, dominada, castigada, dolorida. Ele a pegou pelo braço, o segurando com força ao puxá-la para o banheiro. Ele a segurou enquanto abria a cortina do chuveiro.

— Entre — disse.

Ela tremia, mas conseguiu erguer as pernas para entrar na banheira sem cair.

O borrifo de gotas frias penetrou sua pele, como agulhas. Ela tremia. Ele pegou o frasco de sabonete líquido na pia, abriu a tampa e despejou em sua cabeça e nos ombros.

— Esfregue — disse ele. — Estou vendo. Tudo.

Ela obedeceu. Havia sabonete demais e fez espuma com facilidade. Pelo menos a água agora estava morna. Ela queria limpar cada pedaço dele de seu corpo; não se importou com o DNA. Esfregou o sabonete sobre os olhos fechados e apertou os dedos com força no couro cabeludo. Lavou os braços, os seios, a barriga e entre as pernas. Teve o cuidado de não olhar para baixo. Temia ver sangue correndo pelo esmalte branco da banheira. Não queria saber.

Ela se segurou na barra, de olhos fixos nas linhas cinza entre os ladrilhos brancos enquanto se curvava para lavar os pés. Imaginou se já havia sido castigada o suficiente ou se o pior ainda estava por vir. Queria se arrastar para algum lugar, para seu apartamento, passar a corrente na porta e fechar as cortinas, se esconder e nunca mais sair.

Simpson fechou a água e lhe entregou uma toalha. Ela ficou agradecida pelo pequeno gesto de gentileza. Não tinha a intenção de correr nem lutar. Ela era fraca.

— Minha filha é velha demais para ser adotada, então provavelmente vai ficar com a mãe inútil ou irá para um orfanato. Ainda vou entrar em contato com ela. Daqui a alguns anos, ela verá a vagabunda inútil que é a mãe e voltará para mim por livre e espontânea vontade. E não há nada que nenhum de vocês, seus intrometidos filhos da puta, possa fazer a respeito. E você terá suas próprias lembranças de mim.

Ela viu os dedos dele se enroscarem num punho, mas ele se controlou, relaxou a mão, tirou a franja da cara. Seu queixo ainda era firme. Tinha certeza de que ele se doía para bater nela, mas não deixaria nenhuma marca facilmente visível para o mundo.

Ela envolveu os peitos com os braços. Sentia muito frio de novo, o tremor piorava. A dor entre as pernas era aguda e um filete de sangue escorria por elas. Sentia náuseas ao pensar no estrago. Estava em choque. Não conseguia mais segurar o enjoo, abaixou-se e vomitou na privada. Ficou ali, ajoelhada, aliviada por desviar os olhos dele.

— Diga à equipe da emergência que foi uma noite de sexo selvagem com um desconhecido — disse ele. — É o que eu recomendaria.

Ela assentiu.

Ele fez uma última avaliação, enquanto ela estava ajoelhada junto da privada, sentindo dor, tremendo, nua, ofegando na beira da latrina. Ele passou os dedos pela franja mais uma vez, virou-se e saiu do banheiro.

Ela conseguiu respirar fundo algumas vezes. Não conseguia ficar de pé. A dor latejava tanto que se sentia dividida em duas. Não tinha forças.

Criou coragem, por um ou dois segundos, para engatinhar até a porta. Estendeu a mão para cima e girou a tranca. Arriou no chão, arquejando na toalha de rosto pequena demais, puxando-a com força nos ombros, colocando a cabeça entre os joelhos para tentar fazer o banheiro parar de rodar. Pensou ter ouvido a porta da frente bater, mas não podia ter certeza.

Não havia janelas. Não tinha relógio, então não sabia quanto tempo se passou. Ficou deitada nos ladrilhos, de lado, enroscada. Seus pensamentos se reduziram, os braços e pernas tornaram-se pesados e, depois, só conseguia pensar em água. Precisava beber água. Queria se levantar e abrir a torneira, mas não tinha energia. Ansiava por um bom leito hospitalar com lençóis brancos e imaculados e muitos analgésicos.

Seu quadril e o ombro estavam doloridos de ficar apertados no chão frio e duro. A luz do teto se refletia nos ladrilhos brancos. Ela deve ter dormido um pouco. Teve a sensação de que estava sozinha no prédio silencioso. Levantou-se e se sentou, ficando assim até que a cabeça clareasse e a vertigem passasse. Segurou-se na pia com a mão direita. Ofegou com a pontada aguda entre as pernas enquanto tentava se levantar. Mordeu o lábio até a dor passar. Suas pernas estavam fracas, mas a sustentaram de pé. Ela fechou os olhos, ficou parada por um segundo para ter certeza de que não cairia. Não queria pensar na dor que ardia e nos danos que podia ter sofrido. Precisava de um médico. Queria desesperadamente suas roupas. Ela destrancou a porta, esperou um segundo, abriu-a. O corredor estava às escuras. Sentiu-se mais segura no escuro, já fora exposta o bastante. As fotos. Talvez já estivessem na internet. Simpson vencera. Ela se submeteu inteiramente a ele. Ele garantiu que ela ficasse vulnerável para sempre; degradada. *É só um corpo.*

Stella tateou pela parede para a sala e, depois de entrar, andou lentamente na luz fraca que se infiltrava pela persiana. Não queria ver aquela sala nunca mais. Só queria suas roupas. Ainda estavam ali, dobradas no braço da cadeira. Vestiu-se, com o cuidado de fazer movimentos curtos e lentos.

Sua bolsa ainda estava encostada na mesa, onde a havia deixado. Tentou calçar os sapatos. Até os saltos baixos eram uma fonte de dor, então ela os tirou e colocou na bolsa. Pôs a bolsa no ombro, ainda com o celular na mão. O prédio continuava em silêncio.

Tinha certeza de que estava sozinha.

Tateou pela parede de novo, até chegar ao alto da escada. O carpete felpudo e grosso era reconfortante sob seus pés enquanto ela descia, com cuidado, um degrau de cada vez, segurando-se no corrimão para ter equilíbrio.

Ela andou até a porta da frente e a puxou, vendo se estava trancada. Simpson a fechou quando saiu e não conseguiria voltar para dentro. Ela passou a corrente de segurança, depois cambaleou até uma cadeira na sala de espera e pensou no que fazer. Pelas frestas das persianas, via faróis passando pela Grove Road. O único número de que se lembrou era 999, então foi este que discou. Depois de um toque, ela desligou. Havia outro número para questões não emergenciais, mas ela não se lembrava. Não queria falar com estranhos. Não queria que ninguém mais a examinasse, a ferisse, a humilhasse.

Seus olhos se adaptavam à luz fraca e ela agora enxergava muito bem. Ainda não sabia o que fazer. Passou ao sofá e puxou as pernas para baixo do corpo. Pensou em ficar ali até segunda-feira. Pensou em sua privacidade e em sua carreira. Precisava de conselhos.

Depois de alguns toques, ele atendeu. Ela se perguntou onde ele estaria em uma noite de sexta-feira. Se ele havia saído com Hannah, Izzy e o resto dos amigos.

— Peter — disse ela. — É Stella.

— Stella. — Ele pareceu satisfeito em ouvir sua voz.

Ela ficou em silêncio, não conseguia pensar no que dizer.

— Está tudo bem? — perguntou ele.

— Escute... pode vir aqui me ver?

— Claro.

— Não é o que você pensa. Preciso de conselhos. E por favor, não conte a ninguém.

— Tudo bem — disse ele. — Me diga onde você está.

Enquanto esperava que ele chegasse, ela saqueou as gavetas arrumadas de Anne, procurando analgésicos. Só o que encontrou foi paracetamol. Engoliu alguns. Precisava de alguma coisa mais forte. Não olhou o próprio rosto no espelho. Não estava mais sangrando, isto era importante, suas roupas estavam secas. Os danos causados eram internos.

Sentia cólicas fortes. Foi se enroscar no sofá de couro da sala de espera. Tinha se esquecido de perguntar onde Peter estava e não sabia quanto tempo ele demoraria para chegar à clínica. Ela queria que ele corresse. Sentia como se tivesse passado por um acidente de carro, sentia dor e ardência.

Às dez horas ela ouviu um carro chegar à passagem na frente do prédio. Olhou para fora: Peter estava saindo de seu Golf. Andou cautelosamente até a porta, puxou a corrente e virou a tranca de bronze.

— O que houve com você? — perguntou ele, quando ela olhou para fora.

— Entre.

Ela acendeu a luz do corredor, mas usou o dimmer para ajustar no mínimo. Supôs que estivesse pálida, mas não pensava que Simpson tivesse deixado alguma marca. Não conseguia encontrar o que dizer, era exaustivo ter de contar a ele, ter de reviver tudo aquilo.

— Pode me preparar uma xícara de chá, por favor? — Foi só o que conseguiu falar. — Tem uma copa no andar de cima. É pequena, você vai encontrar tudo. Com leite e muito açúcar.

Ele atendeu a seu pedido sem fazer perguntas e ela ficou aliviada. Mas questionou a sensatez de telefonar a um policial. A última coisa que tinha vontade de fazer era explicar. Ela puxou uma almofada pequena para o colo.

O chá tinha muito leite e não estava quente demais. Ele precisou segurar a xícara para ela. A doçura ajudou a acalmá-la, a parar de sentir a cabeça leve como se pudesse se descolar do corpo. Ele se sentou de frente para ela no sofá, firme e confiável.

— O que você estava fazendo quando eu telefonei? — perguntou ela.

Ela precisava de um pouco mais de tempo.

— Estudando para minha prova de investigador na segunda.

Ela assentiu. Arrastara-o até St. John's Wood quando ele devia estar em casa estudando para a prova mais importante de sua carreira, e agora não queria contar a ele o que aconteceu.

— Parece que você precisa de um médico — disse ele.

— Só preciso de mais alguns minutos. Sentada aqui.

— Está tudo bem. — Ele era paciente, mas também observador. Ela tomou outro gole do chá doce e leitoso. Sentia-se melhor, mais segura, agora que ele estava com ela.

— Lamento por isso — disse ela.

— Não se preocupe — disse ele.

Ela se sentia um pouco menos fraca, eram menores as chances de que pudesse tombar a qualquer momento.

— Você sempre quis ser policial?

— Desde os quinze anos. Cheguei da escola e nossa casa tinha sido invadida, quebraram uma janela dos fundos. As joias de minha mãe foram levadas, nada de valor, mas era tudo que ela tinha herdado da mãe. A casa estava uma bagunça completa. E o pior foi que nossa gata fugiu. Eu a encontrei deitada na rua, atropelada por um carro. Fiquei com muita raiva. Só queria sair e encontrar quem tinha feito aquilo, para me vingar.

— E aqui está você — disse ela.

Sua xícara estava vazia. Ela a colocou automaticamente sobre uma revista, para que o fundo da xícara não manchasse a madeira da mesa de centro de Anne.

— Quer outro? — perguntou ele.

Ela meneou a cabeça.

— Está pronta para falar?

Ela lhe contou, então, detalhadamente — como se estivesse escrevendo um relatório. Sem paixão. Tudo. As partes mais degradantes. Tentou falar como se tivesse acontecido com outra pessoa, não consigo mesma, tentou manter-se calma e lúcida.

Peter pôs o braço em seu ombro e o apertou. Ela não tinha medo do toque dele. Ele pôs os lábios em sua testa.

— Irei com você ao distrito — disse ele. — Ficarei com você. Eles vão lhe conseguir um médico.

— Eu ainda não decidi... se quero dar queixa.

— O quanto antes fizer, mais rápido podemos pegá-lo.

Ela respirou fundo, soltou o ar lentamente.

— Preciso pensar — disse. — Por isso liguei para você primeiro, quero saber o que vai acontecer se eu der queixa.

Ele manteve a mão em seu ombro e ela se encostou nele.

— Irei com você à central mais próxima, a de Swiss Cottage. Podemos pedir uma policial mulher. Você contará a ela exatamente o que me contou. Eles vão lhe arrumar um médico para examiná-la e pegar amostras de DNA. Vão querer tratar a clínica como cena de crime, podem encontrar provas. Tenho certeza de que vão expedir uma ordem de prisão para ele. Mas precisamos agir rapidamente, caso o cretino decida fugir.

— Não creio que o fará, tem um processo em andamento, está tentando conseguir a custódia da filha. E ele acha que está a salvo.

— Ele a ameaçou de alguma maneira?

— Disse que colocaria as fotos na internet. E que dirá que tivemos um relacionamento, o que implicaria que eu violei meu código de ética. Ele dirá que não havia hora marcada, que eu o convidei aqui para o sexo depois do expediente. Nós nos encontramos uma vez em um restaurante, ele me pagou uma bebida, havia muitas testemunhas. Uma longa história.

— Você não tem de explicar — disse ele. — Está pronta?

O tremor recomeçara e toda a sua pele ardia e, ao mesmo tempo, ela congelava de frio. Os últimos fiapos de dignidade seriam espatifados sob as luzes fortes da central de polícia, todo mundo saberia. A fachada cuidadosa que ela criou atrás de seu título — *dra. Davies* — seria removida. Seria a palavra dela contra a dele. Eles desencavariam a história dela. Uma entrevista na central de polícia, seguida por um processo, seria uma versão ampliada do que ela passou nas mãos de Lawrence Simpson. Não valia a pena. Para ela, já bastava. Não ia suportar mais. Estava se aguentando nas pontas dos dedos, mantendo-se íntegra quando sabia que iria desmoronar, se desintegrar e, por fim, se esfarelar e desistir.

— Você está em choque — disse ele. — Mas meia hora não vai importar. Vou esperar com você.

— Estou com tanto frio — disse ela. Ele se sentou mais perto, colocou os braços em volta dela. Ela queria ficar assim e nunca ter de se mexer, de se lembrar. Fixou os olhos no couro vermelho escuro do sofá. Centenas e centenas de botões começaram a rodar diante dela.

— Quer que eu ligue para alguém? — perguntou ele.

— Ninguém. Não quero que ninguém saiba. Desculpe. Não posso passar por isso. Não vou dar queixa do que aconteceu.

Ela podia relatar o que Simpson lhe fez, mas a ignomínia pública seria partilhada com eles. De um jeito ou de outro, ela seria chamada perante um comitê de ética. Sua foto podia aparecer nos jornais e a persona profissional que ela lutou tanto para moldar se desfaria. Ela sabia como as sentenças de prisão por estupro podiam ser curtas — e a condenação nem mesmo era garantida.

Havia uma alternativa: ela ficaria de boca fechada, se afastaria do caso Simpson, continuaria com sua vida. Faz de conta.

— Stella, não cabe a mim decidir, mas acho que é fundamental que você vá à polícia. Esta noite.

— Se eu for à polícia — disse ela —, depois não vou poder retirar a queixa, vou? Eles podem investigar, mesmo que eu peça para não fazerem.

Ele assentiu.

Ela meneou a cabeça.

— Não posso.

— Tecnicamente — disse ele —, eu mesmo posso registrar o caso.

— Você não faria isso comigo. — Ela o olhou bem nos olhos. — Me diga que não vai fazer.

— Sei que está em choque — disse ele. — Mas é importante que você registre uma queixa na polícia.

— Está dizendo isso porque é policial.

— Estou dizendo isso porque me importo. É o melhor para você. Ele ainda está lá fora, pode machucar mais alguém. E se não for preso, você vai passar a vida com medo.

Ela se afastou.

— Peter, somos amigos há anos, mas você não sabe nada sobre mim.

A agitação no estômago se aquietava e o mesmo acontecia com o zumbido na cabeça; tudo sossegava. A parte inferior das costas ainda doía e assim ela se recostou e cuidadosamente ergueu um pé de cada vez, colocando-os na mesa de centro. Pensou no quanto Anne detestava ver os pés dela nas revistas.

— Preciso falar com meu chefe. Ele é psiquiatra. Preciso ter outra perspectiva. Preciso pensar no que acontecerá com minha carreira se isso vazar. — Sua voz parecia mais forte, mas, quando ela baixou os olhos, as mãos ainda tremiam. Ela não se lembrou do celular de Max, embora o soubesse de cor.

— Pode discar para mim? — perguntou ela.

Ela entregou o celular a Peter.

— Aperte a tecla verde — disse. — Depois *M*, o nome dele vai aparecer primeiro: Max.

Hilltop, 1:30

A janela explodira; ela não esperava que fosse tão alto. Havia vidro por todo lado. Ela não queria ter quebrado a janela. Não se lembrava por que tinha feito isso. Às vezes sua raiva levava a melhor sobre ela. Ódio por todo lado dentro dela, como fogo, queimando-a viva.

Ela correu para as árvores dos fundos do jardim. O frio a atingiu como a rajada de uma arma, queimando seus olhos, a boca e as orelhas. Ela esquecera como estava ruim do lado de fora.

Merda. Porra.

Ele estava chamando por ela, chegando perto dela.

Ela cometeu um erro muito grave. Só o que queria era estar em casa de novo, em sua cama. Com sua mãe. Devia haver uma saída deste lugar. Mas, depois de entrar nas árvores, só havia escuridão. Ela não sabia o que fazer. Não conseguia enxergar; não achava um caminho. Só o escuro. Um frio negro e congelante. Precisou diminuir o ritmo. Contou dez pequenos passos arrastados, de mãos estendidas diante do corpo. Mil agulhas perfuravam as palmas. Os joelhos vergaram e as pernas escorregaram abaixo dela.

— BLUE! — ele chamava por ela. Mas a polícia nunca ajuda. Não acreditam numa palavra do que você diz.

O ar congelante penetrava e apunhalava seu rosto. Suas mãos doíam muito, isso a enlouquecia. Ela só queria se deitar. Se ficasse na neve, sabia que desistiria; ela ia dormir e provavelmente morrer. Ela queria jogar aquela estátua verde e idiota na cabeça da mulher dele.

Eles a tirariam de sua mãe. De novo.

Ela odiava Max Fisher. Ela o odiava mais do que tudo. Queria uma faca, para cortar os braços dela e deixar que a fúria e o frio a esgotassem. Meteu as mãos esfoladas nos bolsos, tateando cuidadosamente pelo caco de vidro: um triângulo fino e comprido.

No entanto, conforme o frio a dominava, o fogo dentro dela esmaecia. Ela desistiu. Colocou a cabeça entre os joelhos e esperou. Deixaria que fizessem o que quisessem com ela. Não ia sair na neve. Não queria realmente morrer. Ela não era louca.

Ela o ouviu, aproximando-se, as botas esmagando a neve. Baixou a cabeça e fechou os olhos. Invisível. Ele estava parado bem ali. Não tentou agarrá-la nem nada.

— Vamos voltar para a casa — disse ele. — Não precisa ter medo.

Ela levantou a cabeça e estendeu as mãos.

— Estou sangrando.

Ele se abaixou para ver. Ela levantou os braços, mais alto. Ele a pegou no colo.

Ela passou a mão por seu pescoço e pousou a cabeça no ombro dele. Fechou os olhos, fingindo que era ele. As mãos dele estavam em sua cintura e sob seus joelhos. Ela se sentia com seis anos. Ele andou, lenta e firmemente, e ela se sentiu em paz, sendo carregada. Era tão tranquilo.

Ele cambaleou ao tentar subir a escada escorregadia da varanda; ela se segurou com mais força.

Uma forte luz explodiu por suas pálpebras. Ela piscou. Stella estava parada ao lado da janela destruída, metendo a luz de uma lanterna nela. Parecia apavorada e arrependida. Ficou branca e respirava como se tivesse uma crise de asma ou algo parecido.

— Eu não queria te assustar — disse Stella. Ela tinha uma expressão nauseada enquanto via todo o sangue. — Está sentindo dor?

Ela deixou a cara apertada no ombro do policial.

— Ela não foi muito longe — disse ele.

Dentro de casa, ele a colocou no chão. Ela preferia ser carregada. Não ia ajudar os dois; não ia facilitar nada. Deixou que as pernas ficassem flácidas e se recusou a andar. Stella se aproximou e pegou um de seus braços, ele pegou o outro. Ela arriou entre eles e tiveram de erguê-la e arrastá-la. A casa estava uma sujeira. Toda fodida. Também fazia frio ali dentro.

— O estúdio — disse Stella.

Eles a arrastaram, atravessando a sala de estar, o hall, entrando no estúdio. Ela tentou se fazer pesada. Queria que Stella sofresse. Queria que ela pagasse por chamá-la de mentirosa e louca.

A janela do estúdio era mínima; comprida e estreita, no alto da parede. Não havia saída.

Quando a soltaram, ela cambaleou, caiu de joelhos. Suas roupas estavam em brasa. Ela as puxou, tentou tirar os braços da jaqueta; livrou-se dela, tudo estava embolado, ela não conseguia tirar as pernas, debatia-se para todo lado.

— Blue, pare. — Stella a segurou. Sua voz era gentil e suave.

Agora sua pele tinha ficado pegajosa e fria, a ardência sumira. Mas o frio voltou dentro dela; não conseguia se aquecer. Seu sangue vazava por todos os lados.

Os dois a enrolaram com um cobertor e a levaram a uma poltrona funda e macia.

Stella esfregou seus braços e as costas.

— Acho que ela está com hipotermia — disse. — Precisamos manter a temperatura estável.

Eles a estavam soterrando sob os cobertores. O sangue escapava dos cortes nas mãos, escorrendo para baixo, até para dentro dos braços da poltrona.

O policial puxou seus braços, endireitando-os, examinando os cacos de vidro nas mãos, empurrando as mangas para cima, olhando também as antigas cicatrizes. Ele tinha luvas. Ela viu o que ele fazia com a pinça, mas era como ver o corpo de outra pessoa, alguém que estava sangrando, não ela. Ela não sentia nada.

Stella virou a cara. Como se fosse desmaiar.

— Acho que não há muitos danos — disse o policial. Ele mentia, fingindo estar animado. — Algumas lascas de vidro. Vou tirar parte delas e limpar os cortes com antisséptico. Depois vai precisar ver um médico de verdade.

— A emergência mais próxima fica a meia hora de carro — disse Stella. — Mais até, se as estradas estiverem cobertas de gelo.

Ele segurou seu braço, estendeu-o pelo braço da poltrona, os dedos firmes em seu pulso. Ele não se encolheu ao meter as pontas finas da pinça nos cortes. Ela torcia para que ele soubesse o que estava fazendo. Lentamente, ele tirou um caco de vidro. Doeu quando ele o puxou, ela apertou os lábios, mas estava gemendo. Ele repetiu, a ponta afiada da pinça em suas mãos ensanguentadas, vezes sem conta. Durou uma eternidade. No fim, ele tirou cinco cacos de vidro. Quando terminou, colocou a pinça na toalha, ao lado dos cacos. Stella rapidamente os arrebanhou e levou dali. Ele fez um curativo em suas mãos e nos pulsos. Ele era um inútil, seus punhos ficaram tão grossos que ela parecia um boxeador.

Seu sangue tinha espirrado por toda a camisa dele. Os jeans dele estavam ensopados.

Stella sentou-se no braço da poltrona e tentou afagar seu cabelo. Ela deixou. Stella sentia pena dela. Stella não era má pessoa. Blue também lutaria por Max, se ele fosse seu marido. Ela não ia querer acreditar em nada de ruim sobre ele também.

Houve um barulho, vindo do hall de entrada. Alguém passava pela porta da frente.

— Cheguei — disse ele.

Era ele. A sensação de calor se espalhou por ela, fluindo do fundo de sua barriga, subindo pelos braços e descendo aos dedos dos pés. Borbulhando. Como champanhe.

Hilltop, 2:00

O marido estava parado na porta do estúdio. Tinha o casaco pendurado no braço e segurava a maleta médica. Estava calmo e composto e parecia olhar através dela, como se ela fosse invisível.

Ninguém se mexeu.

Blue se aninhou debaixo do cobertor. Stella estava empoleirada na beira da poltrona, ainda sentindo a onda de adrenalina de sua breve incursão fora de casa.

— Peter? — disse Max. Ao que parecia, ele estava mais surpreso ao ver o antigo amor de Stella do que por ver Blue.

Peter estava encostado na mesa, de braços cruzados, com a camisa suja do sangue de Blue. Ele assentiu. Não se apressou a estender a mão a Max.

— Stella me ligou. Pediu para eu vir — disse Peter. — O que te traz em casa a essa hora?

Max baixou a maleta no chão. Não se aproximou. Não a abraçou. Não era a presença de visitas inesperadas que o continha; nunca era diferente quando ele chegava em casa. Ela aprendera a conviver com a distância entre os dois.

Ela viu a cena pelos olhos de Peter: um homem desinteressado na esposa. Desligado.

Stella se perguntou se Max se importaria, se ele sabia do beijo em Peter. Ou se ele continuaria como era: indiferente. Ela torcia para que houvesse um lampejo de ciúme em algum lugar por trás da fachada impenetrável de Max. Ele sabia que ela dormira com Peter uma vez. Mas ela não conseguia invocar a energia de que precisava para se iludir.

— Ainda está na polícia? — perguntou Max.

Peter assentiu.

— Sim, estou. Eu pedi que uma pessoa da polícia tentasse localizá-lo. Para perguntar sobre uma paciente sua que havia desaparecido.

— Essa garota chegou aqui hoje à noite. — Stella colocou a mão nos ombros de Blue, como se chamasse atenção para a pessoa mais inesperada na sala. — Disse que o nome dela é Blue. Pelo que sei, você também sabe quem ela é e conhece a família...

— Por que está tão frio aqui? — perguntou Max.

— Porque tem um buraco enorme na sala de estar — disse Stella. — Nossa visita jogou o Buda de sua mãe pela janela.

— Sei.

— Ela disse que é paciente sua.

Max assentiu.

— Era — disse ele. — Era minha paciente. — Ele não sentiu a necessidade de se explicar. A raiva que fervilhava no plexo solar de Stella ficou maior.

— Blue se cortou no vidro da janela — disse Stella. — Peter estava tentando tratar dela.

Blue tinha se empertigado ao ver Max. Estava atenta e reta na poltrona, o cobertor tinha caído por sua cintura. Olhava Max fixamente, como se sua vida dependesse disso. Seu cabelo ainda estava molhado da neve. As mãos eram grotescas, inchadas com curativos brancos e manchas de sangue já vazando pela atadura. Stella sabia exatamente como a menina se sentia.

Depois de alguns momentos, Blue não conseguiu se conter, correu diretamente a Max e enterrou a cabeça em seu peito.

Max ficou constrangido. Empurrou seus braços, soltando-os, tentando se desvencilhar.

Seu marido de quarenta e quatro anos nunca se deixaria levar pelos encantos de uma adolescente desequilibrada. Nem mesmo uma sedutora como Blue. Certamente não.

— Como conseguiu o endereço de minha casa? — Ele a mantinha à distância de um braço.

— Na internet — disse Blue.

— Fale a verdade, como conseguiu o meu endereço?

— Vi num envelope no seu consultório.

Stella via o estado de espírito de Blue se deprimir ao ver a indiferença de Max. O polegar ferido encontrou o caminho à boca e ela arriou na poltrona, rabugenta.

— Como pôde fazer isso comigo? — perguntou Stella. — Como pôde se envolver com ela sem me contar? Ela podia ter trazido o pai junto com ela. — Sua voz era miúda, tensa.

Peter se manteve à distância, olhando de um a outro dos três. Sua expressão era nervosa. Stella não se perdoava por tê-lo envolvido novamente. Ele continuava tentando ajudá-la e ela ainda estava muito longe da reabilitação. E agora isso poderia afastá-lo de vez.

— Stella, *não* é hora para isso. — Max usava com ela o mesmo tom que usava com Blue. Preocupado, mas condescendente. Deu as costas a eles, como se esperasse que desaparecessem quando ele se voltasse. Passou a mão no cabelo.

Colocou a maleta na mesa de Stella e começou a vasculhar seu interior.

— Ela precisa ser tratada no hospital. E precisamos sair logo — disse Max. — Estão prevendo mais neve e logo não vou conseguir sair daqui. A estrada e a colina ficarão intransitáveis.

— Eu tinha esperanças de que você conversasse com ela — disse Stella. — Você é o terapeuta dela, a pessoa a quem ela mais provavelmente vai responder. Preciso saber se o pai dela está por trás desta visita.

Ele balançou a cabeça, ainda sem olhar diretamente para ela.

— Nada do que ela diz é confiável. O que é mais crítico aqui é que tinham estabilizado sua medicação. Ela precisa ser internada numa unidade psiquiátrica.

— Quero minha jaqueta — disse Blue. Ela recuperara a cor.

— Está com frio? — perguntou Stella. — Pode ficar com um de meus blusões.

— Eu só quero minha própria jaqueta.

Stella a encontrou no chão ao lado da poltrona. Blue se levantou e conseguiu espremer as mãos enfaixadas pelas mangas e fechar o zíper. Aproximou-se de Max e ficou bem na frente dele. Esperando alguma coisa.

— Vou levar você ao hospital — disse Max.

Blue virou sua carinha pequena para ele.

Stella se sentiu terrivelmente triste por ela. Blue deveria estar desfrutando de sua beleza, apaixonada por um garoto de sua idade, feliz. Não dentro de Hilltop, atormentada.

— Só quero que você conte a eles o que aconteceu — disse Blue. — Conte que ficamos juntos, muitas vezes, no seu consultório. Que você não conseguia tirar as mãos de mim. — Ela sorriu para ele, um anjo pálido e louco.

— Vamos — disse Max. — Sente-se. — Ele falou com gentileza ao tirar suas mãos firmemente de seu paletó e conduzi-la de volta à poltrona. — A ida ao hospital pode demorar uma hora. Vou lhe dar uma injeção antes de irmos. Você vai relaxar e também ajudará com a dor nas mãos.

— Não quero injeção nenhuma — disse Blue. Seu polegar estava na boca e os olhos brilhavam de lágrimas. Mas ela ficou parada, esperando, enquanto Max preparava duas seringas e as equilibrava no prato de papelão em formato de rim no braço da poltrona.

— Isto é realmente necessário? — disse Stella. — Ela já foi medicada demais e eu lhe dei um comprimido para dormir ontem à noite. É seguro dar mais drogas a ela?

— Olhe o estado dela — disse Max. — Enquanto vocês dois estavam encarregados, ela quebrou uma janela de vidro e cortou as mãos. Espera mesmo que eu assuma o risco de ela se ferir de novo? A ida à emergência já não será nenhum piquenique com o tempo desse jeito.

Ele tinha razão, Stella precisava admitir. Parecia típico de Max, de algum modo, chegar no último estágio, assumir o controle e fazer com que todos os outros se sentissem incompetentes. Ela acreditava que Max agiria corretamente, mas às vezes ele podia ser seguro demais de si e beirava à dominação. Claramente ele não recebia bem nenhuma interferência.

Stella teve vergonha de como fracassou com a menina novamente. Já decepcionara Blue uma vez. Seu relatório seguiu sem a descoberta crucial de que Simpson era um psicopata. Ela não deu queixa do pai de Blue à polícia e ele ficou livre para continuar a aterrorizar a família. Blue merecia a ajuda de que precisava.

Stella teria de esperar até que Blue estivesse em segurança no hospital para conseguir mais informações do marido.

— Não gosto de injeções — Blue gemeu. Ela se encolheu na poltrona, metendo-se no canto e trazendo os joelhos para cima.

Peter encarava Max com uma expressão de franco desprazer. Mas também não interferiu na relação entre médico e paciente.

Max ignorou a aflição de Blue. Estendeu a mão para arregaçar sua manga.

— Não vai doer muito — disse ele.

Blue se contorceu, afastando-se dele. Bateu na mão de Max, jogando no chão as seringas, ampolas e o prato em forma de rim.

Stella não viu de onde saíra o caco de vidro. Blue o tinha na mão ferida, segurando a ponta no pescoço, acima do pomo de adão pulsante de Max. Blue curvada para frente, com os dentes arreganhados numa careta feia, empurrando o pequeno caco de vidro cada vez mais fundo e mais forte na carne dele.

Stella não conseguia falar nem se mexer, sua garganta se fechou, os músculos travaram.

Max. Ela estava prestes a perdê-lo.

Peter estava à distância de um braço, pronto para avançar sobre Blue, mas esperava — pelo quê?

— Eu te amo — disse Blue. — Mas posso te matar.

Blue respirou fundo e trêmula ao raspar o caco para cima, até pousá-lo nos lábios de Max. Pela primeira vez, Max não tinha nada a dizer.

Peter falou:

— Blue, largue esse vidro. Não faça isso. Vamos descobrir um jeito de ajudá-la. Eu prometo.

Blue manteve o caco de vidro onde estava.

— Não vou machucá-lo se ele disser a verdade — disse ela.

— Que verdade? — Max falou suavemente, entredentes. Parecia um homem menor do que Stella se lembrava, despojado de sua autoridade, de sua distância cuidadosamente calculada e de sua maleta médica.

— Que eu não sou louca — disse Blue. — Que não sou mentirosa. Eu quero que *você* diga a eles.

Pelo canto do olho, Stella vislumbrou Peter aproximando-se um pouco. Ela ficou imóvel, arrastando os olhos de volta a Blue. Torceu para que a menina não enlouquecesse completamente. Não era tarde demais.

Blue baixou novamente o caco de vidro para o pomo de adão de Max. Movia-o de um lado a outro, lentamente, acariciando-o. Ele prendeu a respiração e olhava fixamente o teto.

O rosto de Lawrence Simpson flutuava no ar diante de Stella. Seus olhos azuis diluídos, o sorriso sádico, o prazer extraordinário com sua vergonha, sua impotência e seu sofrimento. Tal pai, tal filha. Ela jogou todo o peso do corpo sobre a garota, afastando-a de Max. Blue gritou ao investir contra o rosto de Stella, que se abaixou, mantendo a cabeça baixa, protegendo a cabeça com os braços. Blue ofegava e soluçava. Stella não conseguia ver, não conseguia segurar as mãos enfaixadas antes que o caco de vidro cortasse seu rosto de novo. *Por favor, nos meus olhos não.*

Mas Peter agora tinha a garota presa contra ele, segurava suas mãos ao lado do corpo.

E Blue cedeu rapidamente. Não lutou, o caco simplesmente caiu de sua mão.

— Acho melhor tirar a jaqueta e me entregar — disse Peter. Ele se colocou atrás da menina chorosa e manteve um firme aperto em seu pescoço, enquanto ela tirava a jaqueta de um lado, depois o outro, até que caiu a seus pés. Com a mão livre, Stella procurou mais armas no casaco. Os bolsos estavam vazios, a não ser por um pequeno celular, que ela retirou e colocou no próprio bolso.

Blue estava estendida no chão, Stella prendia suas pernas e Peter a segurava pelos pulsos.

Max estava inabalável ao pegar a parafernália no chão.

— Você está bem? — perguntou ele a Blue.

Blue assentiu. Seu rosto estava molhado de lágrimas.

— O que é essa coisa? — perguntou ela a Max.

— Eu devia ter explicado direito antes. — Ele ergueu o pequeno frasco de vidro. — Isto vai ajudá-la a relaxar. O outro é uma vacina contra tétano. É muito importante tomar, para não ficar doente dos cortes.

Stella sentiu ternura por ele, e orgulho, enquanto ele se esforçava para conter a menina assustada.

— Tudo bem. — Blue assentiu. Agora tentava ser boa e corajosa. Por Max.

Max preparou a injeção para sua paciente trêmula. Ergueu a agulha e algumas gotas do líquido brotaram da ponta. Apertou seu braço com a palma da mão. O aço frio penetrou a pele maleável. Ao mergulhar ainda mais, a menina se retraiu de dor e soltou um gritinho, depois cobriu a boca.

Stella teve uma onda de náusea enquanto Max retirava a agulha. Ele limpou uma gota de sangue. Ergueu a segunda seringa.

Seu eu racional e mentalmente são não questionava a inocência dele. Entretanto, as palavras de Blue rodavam repetidamente em sua cabeça.

Os pacientes dele confiavam que ele não os prejudicaria. Max podia fazer o que quisesse com Blue, ela estava a sua mercê.

Ele era o marido dela e ela o amava.

Quando acabou, Stella e Peter soltaram Blue. Ela se sentou de pernas cruzadas e esticou o braço. Olhou a gota de sangue que se formou na dobra do cotovelo e as ataduras grossas nas mãos. Mexeu os dedos feridos.

— Eu quero a minha mãe — disse ela.

Stella estendeu a mão e afagou o ombro de Blue, ajeitando uma mecha de seu lindo cabelo louro. Blue não tinha ideia do que vinha pela frente. Com seu histórico e seu comportamento nas últimas horas, ela não iria para casa por um bom tempo. Talvez nunca. Nenhum profissional a deixaria aos cuidados da mãe depois do que ela havia revelado. Stella sentia uma tristeza terrível por ela. Que vida.

— Boa menina — disse Max. — Vamos deixar a injeção fazer efeito por uns minutos, depois vamos sair.

Blue se deitou no chão, segurando o braço. Fechou os olhos.

— Ela está semiconsciente — disse Peter. — Pensei ter dito que era um relaxante muscular.

— Ela está bem — disse Max. Ele começou a dar instruções, mal olhando para Blue. — Você consegue algo quente e seco para ela vestir? E pode fazer alguma coisa para cobrir a janela quebrada? — disse ele a Stella. — E veja se consegue um serviço de emergência para consertá-la. Precisamos que a casa esteja segura.

Stella se levantou para fazer o que Max lhe pedira, mas sentia-se indócil. Acostumara-se a observar a garota e não parecia certo sair de perto dela.

Max era o médico de Blue; ela estava segura com ele.

Stella olhou de Blue para Max. Não se deixaria abalar pelas alegações bizarras e ridículas da menina. Precisava confiar no marido e fazer o que ele lhe pedia. Ele era tudo que Stella tinha.

Clínica Grove Road, maio de 2009

Stella e Peter esperaram pela chegada de Max num silêncio medonho. Stella pensava em como explicaria o que fez, o risco que assumira. O escândalo podia destruir a clínica. Sempre seria vista como o centro onde alguém foi estuprado, ou talvez pior — onde uma psicóloga dormiu com um paciente. A investigação sem dúvida fecharia a clínica enquanto a perícia passaria um pente fino pelas salas e interrogaria a equipe.

Ela não ofereceu resistência, não tinha nenhum hematoma. Lawrence Simpson podia dizer o que quisesse. Ele podia dizer, e com razão, que ela o convidou a entrar na clínica naquele fim de tarde, num fim de semana. Podia dizer que ela queria ficar a sós com ele, podia ressaltar que estava desarmado. Ele não era um homem sem atrativos e ela era jovem.

Ela se perguntou como Max veria a situação. De um jeito ou de outro, ela passou dos limites e pagaria o preço.

Ela não se culpava. Verbalizara suas preocupações sobre Simpson com Max. Tinha esperanças de que confiasse nela, que fosse leal a ela, que acreditasse em sua história.

Peter ficou sentado bem perto, mas um espaço se abrira entre os dois. Ela sentia que ele queria falar de novo sobre dar queixa do crime, e ela sabia que ele queria levá-la rapidamente a uma central de polícia, mas ele se continha.

Mais uma vez ela ouviu a precipitação de pneus contra o cascalho, enquanto Max chegava em sua Mercedes. Stella ficou sentada no sofá e ouviu a chave na fechadura e a porta se abrindo. Ela interrompera seu precioso fim de semana e esta não seria uma intrusão bem-vinda. Torcia para ele não estar irritado. Era possível que ela, sozinha, tenha destruído a carreira dele.

Max pareceu confuso ao ver os dois sentados no sofá da recepção numa noite de sexta-feira.

— Peter é um amigo meu — disse Stella. — E policial. Por isso eu o chamei.

— O que aconteceu? — perguntou Max. Ele não estava irritado, e sim preocupado.

Stella ficou agradecida por ele ter ido, e aliviada. Precisava dos conselhos dele — precisava que ele lhe dissesse exatamente o que fazer. Se tivesse sorte, ele talvez conseguisse ajudá-la a passar por isto com sua sanidade mental e sua carreira intactas.

Ela olhava as unhas esfregadas e limpas enquanto falava. Teve o cuidado de falar devagar, não queria vomitar no carpete creme do centro médico. Não queria passar por aquela provação de novo, queria se retirar para um túnel longo e escuro, a algum lugar distante e tranquilo, mas se obrigou a voltar.

— Dei a Lawrence Simpson um horário fora do expediente. Estávamos sozinhos no prédio. Ele me estuprou e também tirou umas fotos minhas, nua, que ameaçou colocar na internet. Fotos que dão a impressão de que eu estava me divertindo. Disse que se eu der queixa do que aconteceu, ele negaria que foi estupro, diria que foi consensual. Ele sabe que vai perder a batalha da custódia. Isto foi retaliação dele.

— Você se machucou? — perguntou Max.

Ela assentiu. Não queria chorar.

— Precisamos levá-la a um médico — disse Max.

— Não vou aguentar passar horas na emergência.

— Conheço uma médica particular. Posso ligar para ela vir aqui.

— Sim, por favor. — Ela ficou tão agradecida por ele cuidar dela.

Os lábios de Peter estavam se mexendo para falar com Max, mas só havia o som de ondas nos ouvidos dela, tragando suas palavras. Ela teve medo de que eles a deixassem sozinha na sala. Não suportaria ficar sozinha. Max saiu, mas Peter ficou. Sentou-se na outra ponta do sofá, vendo Stella enrijecer, se endireitar e se fechar para ele. Max voltou com uma ficha médica em branco, do tipo usado nos consultórios. Colocou-a ao lado dela e lhe estendeu dois comprimidos.

— Um é para a dor, o outro, um tranquilizante — disse ele.

Ela estendeu a mão para eles. Não importava o que fossem, engoliria qualquer coisa que a ajudasse a escapar. Max lhe entregou um copo de água e a viu forçar os comprimidos pela garganta. Ela pousou a cabeça no braço do sofá e ficou imóvel, para manter as drogas no corpo. Talvez o hospital lhe desse um leito por alguns dias. Ela não conseguia imaginar dormir sozinha em sua cama, em seu apartamento vazio.

Com os dois homens na sala, ela se sentia segura de novo. Mas também entendia que esta falsa sensação de segurança logo teria um fim. Como voltaria a trabalhar, enquanto Lawrence Simpson, ou outros homens semelhantes, ficavam à espera? A paranoia já se instalava. Era paranoia? Se você é estuprada por um cliente em seu consultório — será ilógico chegar à conclusão de que nenhum lugar é seguro? A bile pressionava para cima; ela concentrou toda sua atenção na respiração, tentando ao máximo manter os comprimidos no estômago.

Max disse que ela estava em choque, não devia ser pressionada. Peter disse que o estupro devia ser denunciado, uma declaração curta era importante. Ela daria um depoimento completo mais tarde. Peter disse que a clínica era uma cena de crime, nada devia ser tocado até que a perícia chegasse. Max ficou irritado. Os dois não estavam se entendendo.

— Ela precisa de um médico que a examine e pegue evidências periciais — disse Peter. — Depois que o choque passar, ela talvez queira dar queixa disto. As evidências não devem se perder.

Ela não queria tomar nenhuma decisão, nem atitude nenhuma.

— Conseguirei que alguém a examine — disse Max. — Mas cabe a ela decidir se dará queixa.

— O que você deu a ela? Ela não está apta a depor sobre nada.

— Ela está em choque. Não podia deixar que ficasse assim. Ela merece algum alívio.

— Você está ocultando um crime.

Peter dizia seu nome sem parar: *Stella, Stella, Stella, Stella*. Ele queria que ela acordasse. Mas era tarde demais, ela vagava para longe de si mesma e da sala. Suas pálpebras estavam pesadas demais. Ela sabia que devia ouvir, mas não conseguia aguentar. Os comprimidos a empurravam a um lugar onde tudo era silencioso e abafado e ela não precisava ter medo nem vergonha.

Ela acordou sozinha, numa cama desconhecida.

Estava embotada, vazia.

A médica que Max chamou era uma mulher atraente de quarenta e tantos anos, muito loura, com uma saia curta e botas até os joelhos. Tranquilizou Stella: os danos não eram grandes demais, certamente não eram permanentes. Havia hematomas e alguma laceração, mas não tanto que exigissem suturas. Receitou um regime curto de antibióticos. Para alívio de Stella, o exame terminou rapidamente. Ela ouviu a mulher falar em voz baixa com Max no corredor antes de sair.

A cama grande tinha lençóis listrados de azul e uma guarda simples de bordas quadradas forrada de algodão azul-marinho. O quarto tinha um bom tamanho, com teto alto e janela corrediça. As cortinas bege de painel estavam fechadas, mas o sol se infiltrava no quarto. Havia um lindo piso de tábua corrida. Um armário embutido, sem penteadeira, sem frescuras.

Max estava na porta. Ela nunca o vira com roupas informais, ele sempre estava de paletó e gravata. Agora estava diante dela de jeans e uma camiseta preta.

— Convenci seu namorado a me deixar cuidar de você um pouco, enquanto você ainda está em choque — disse ele.

— Ele não é meu namorado.

Ela tentou se colocar sentada, mas, quando se mexeu, a dor aguda voltou. Desistiu e se deitou. Olhou para baixo e viu que estava com as roupas da noite anterior.

— Eu dormi por quanto tempo? — perguntou ela.

— Parte da noite passada deve ser um branco para você, por causa do choque e dos tranquilizantes. Eu a trouxe a meu apartamento. Pensei que seria melhor deixá-la dormir aqui. Seu amigo queria muito levá-la à polícia ontem à noite, mas pensei que você não estaria disposta a isso.

— Obrigada.

— Há alguém a quem queira que eu telefone?

— Não — disse ela. — Não quero que ninguém saiba. Não conte a ninguém sem a minha permissão.

Deitada ali, meio recostada na cama de Max, com o cuidado de não fazer nenhum movimento súbito, ela pensou que, se ninguém soubesse, quase podia ser como se não tivesse acontecido. Até em sua própria mente, talvez. Ela não queria falar nisso, não queria dar queixa e não queria ver nenhum outro médico que só estivesse interessado em coletar amostras. Seu corpo se curaria. Ela se esforçaria para apagar tudo de sua mente.

— É claro que eu não contaria a ninguém sem a sua permissão — disse Max.

— Ótimo.

— Peter parece estar convicto de que você devia dar queixa do que houve.

— O que você acha? — perguntou ela.

Max se aproximou da cama.

— Posso me sentar?

— A cama é sua. — Era tudo tão irônico. Ela quis isso por tanto tempo, estar dentro do apartamento de Max.

— Na verdade, é meu quarto de hóspedes. — Max se sentou na beira da cama, com o cuidado de não chegar perto demais. Ele parecia pouco à vontade, como se tivesse de dar más notícias.

— Sabe como são os processos por estupro — disse ele. — A realidade é que será a palavra dele contra a sua. Não há testemunhas, nenhuma prova sólida. Ele vai alegar que você gosta de sexo violento. Espero que entenda que não estou dizendo isso para aborrecê-la, mas sei que esses julgamentos podem ser mais traumatizantes do que o próprio estupro. E as sentenças…

bom... pode nem valer a pena no fim. Acho que você deve saber no que está se metendo, se for à polícia.

— Eu pensei a mesma coisa.

— Não a estou desencorajando de dar queixa do que houve. Mas acho que você deve ter uma visão realista.

— Não queria envolver a polícia. Não vejo sentido nisso. Eu estraguei tudo, Max. Fui tão ingênua, recebendo-o depois do expediente sem informar a ninguém. Com ele sendo médico, simplesmente não pensei que isto fosse acontecer.

— Você não é a responsável — disse ele. — Eu era seu supervisor no caso. Eu devia ter levado suas preocupações mais a sério. Não comece a se questionar, isso é fazer o jogo dele. É isso que ele quer.

— Me diga a verdade. Você está chateado?

Ele se aproximou um pouco mais e se recostou na guarda da cama. Estendeu o braço: era um convite. Stella se deixou levar, deixou-se aninhar nele. Ele pousou o braço em seus ombros.

— Uma vez, tive uma paciente — disse ele —, enquanto eu ainda fazia a especialização e a tratava como parte de meu módulo de psicoterapia, numa residência. Eu a via em minha sala, duas vezes por semana, por um mês. Esta paciente ficava deitada no sofá-cama, olhando o teto, apavorada e sem dizer nada, semana após semana. Por fim eu não suportei mais, a rigidez e a frieza daquilo tudo. Fiquei irritado porque, de algum modo, estávamos destruindo a alma do tratamento. Talvez devido a nossos próprios temores de nos aproximarmos das pessoas, para nos proteger. Assim, numa sessão, sugeri que fôssemos dar uma caminhada. Havia um parque, com um laguinho. Ficar ao ar livre foi curativo.

Sua voz era curativa, tranquilizadora.

— E aí?

— Ela começou a falar. E quando chorou, pus o braço nela. Nada do que fiz estava nos manuais didáticos. Mas ela reagiu. E se você ler Freud ou Jung, descobrirá que eles romperam algumas fronteiras entre médico e paciente, o que hoje consideraríamos chocante. Estou contando essa história do passeio para dizer que tive sorte, meu tratamento deu certo. A paciente melhorou. Você fez algo que não está nos livros e se saiu mal. Isso não faz de você uma má psicóloga, nem um ser humano ruim.

Ela se perguntou se ele falou sério quanto a alguma coisa do que disse ou se só estava tentando atenuar a culpa que ela sentia.

— Trabalho com essas pessoas há anos — disse ela —, avaliando riscos. E sei que parece idiotice, mas nunca me ocorreu que algo assim pudesse acontecer comigo. Foi como se eu me iludisse em pensar que vivia num universo separado do de meus clientes. Mas agora sei que não vivo. E não posso ir para casa sozinha.

— Não precisa ir para casa — disse ele. — Pode ficar aqui. Pelo tempo que quiser.

— Não quis dizer nesse sentido. Eu não faria isso com você. Só preciso encontrar um lugar que seja seguro. Talvez uma colega de apartamento. Alguém que nunca saia. Um rottweiler, de preferência. O que quero dizer com isso é: será que eu poderia ter um adiantamento de meu salário para ficar num bom hotel por um tempo? Onde haja alguém na recepção 24 horas por dia. Ou você pensa numa alternativa melhor?

— Escute bem — disse ele. — Você me disse que estava preocupada com Lawrence Simpson e eu não levei tão a sério.

Então, por favor, deixe-me ajudá-la, deixe que eu compense você. Você não está em condições de tomar decisões. Deixe que eu cuide dos aspectos práticos por um tempo.

Ela assentiu, agradecida. Max genuinamente não parecia culpá-la por ser antiprofissional, ou por convidar um potencial desastre a entrar na clínica.

Ela olhou em volta, os lençóis listrados, a guarda de linho da cama, o piso de tábua corrida e o teto alto. Aceitaria a oferta e ficaria. Estava tomada de alívio e desejo por ele ficar ao lado dela, abraçando-a.

— Vou pegar outro comprimido para você. — Ele se afastou. — Não precisa ser corajosa. Não precisa sofrer mais do que já sofreu.

Ela desejou, em vez disso, que ele lhe perguntasse mais sobre seu sofrimento. Mas ela assentiu, aceitaria o que ele oferecia e o comprimido amorteceria sua dor. O comprimido a pegaria nos braços e ela podia enterrar os pensamentos e seu espírito magoado.

Quando acordou, estava escuro, ela estava sozinha e começou a tremer. Todas as suas articulações doíam e a cabeça latejava de dor. Durante dias, ela vomitou sem parar na privada, seu estômago se contorcendo e se sacudindo. Ela ardia de febre, mas ao mesmo tempo sentia um frio congelante. Sentia tanta dor, por dentro e por fora, que imaginava que a morte seria um alívio.

Max aparecia na porta nos momentos em que ela achava que não suportaria mais. Em uma das mãos, tinha um copo de água, na outra, os comprimidos.

Stella e Max

Stella se ajoelhou diante de Max, que estava sentado numa das cadeiras da mesa de jantar. Ela afrouxou sua gravata, abriu os primeiros botões da camisa e limpou os cortes no pescoço com antisséptico. As feridas eram apenas superficiais.

Ele olhava o teto.

— Desculpe — disse Stella. — Eu subestimei o quanto ela era perturbada. Ela podia ter matado você. Me descul...

Ele afastou sua mão, como se enxotasse uma mosca.

— O que você estava pensando quando a deixou entrar?

Ela se virou, jogou o algodão com antisséptico na lixeira da cozinha. Teve uma noite longa e movimentada, talvez o tom sarcástico de Max fosse produto de sua imaginação. Ele deve ter pensado que estava prestes a ser degolado. Ele tinha o direito de estar irritado com alguém e não podia se enfurecer com uma adolescente vulnerável e mentalmente instável.

Ou talvez ele tivesse raiva dela há muito tempo, raiva do fardo que ela se tornara. Talvez ele nem tivesse consciência disso, até agora.

Stella sentia que começavam a se abrir as rachaduras de sua versão cuidadosamente construída da realidade.

— Eu não podia deixar que ela morresse congelada na minha porta, podia?

— Não a estou culpando. Só estou surpreso que você tenha deixado uma estranha entrar enquanto estava sozinha aqui. — Ele a espiou por cima dos óculos. — Depois de tudo.

Ele a olhou, com a expressão afetuosa e protetora que ela adorava. Ou, talvez, ela imaginava a expressão que queria ver.

— Eu sei — disse ela. — Mas, por outro lado, eu não sabia que ela era filha de Simpson. Não entendo, Max. Como você pôde ter alguma relação com algum parente de Simpson? Por que não me contou sobre isso antes?

Ele passou a mão pelo cabelo, um gesto que ela amava. Os olhos dele foram à porta da cozinha e além dela, onde Peter vigiava uma Blue adormecida.

— Pode olhar para mim quando eu falo com você? — disse ela. — Por favor.

— Tem sido difícil, Stella, discutir qualquer coisa com você de um jeito racional. — Seus olhos ficavam baixando e se afastando. — Eu a atendi algumas vezes como um favor à mãe dela. As coisas ficaram muito complicadas para elas desde o processo. Não pensei que fosse boa ideia contar a você. Não achei que você teria condições de lidar com isso.

— Mas você achou que era boa ideia tratar a mãe e a filha num caso já tomado de complicações?

Ela se levantou, para olhá-lo de cima. Ele estava decidido a olhar o chão, em vez da própria esposa.

— Vou reformular — disse ela. — Num caso que já estava totalmente fodido e cujas informações cruciais levadas a tribunal foram fornecidas por *sua* clínica.

Ele não respondeu.

— O que estava pensando quando as aceitou como pacientes? — Ela merecia uma resposta. Merecia a atenção dele. Teve de reprimir o impulso de desabar, de desistir. —

Como pôde se envolver com essa menina e a mãe dela sem me contar? E se ela dissesse nosso endereço ao pai? E se ele a tivesse seguido até aqui?

— O que você tomou esta noite? — perguntou Max.

— Responda. *Que merda você estava pensando?*

— E eu perguntei quantos comprimidos você tomou.

Sua voz fria e controlada a enfureceu. Ele estava tão distante, tão indiferente. Ela queria gritar com ele, sacudi-lo, até que ele respondesse, mas sabia que tinha de permanecer racional se quisesse ter alguma chance de uma conexão com ele. Não queria que a desprezasse por estar tomada de pânico, descontrolada ou irracional.

Ela respirou fundo e se sentou na cadeira ao lado dele.

— Tomei um diazepam... dois comprimidos a mais. E bebi o que você deixou do vinho. Mas isso foi no início da noite. Tomei meu antidepressivo. — Não era fácil conter a agitação, mas ela conseguiu. — Ainda quero saber por que você tratou da mulher e da filha de Lawrence Simpson sem me contar.

— Você se comporta como uma inválida por 18 meses e de repente espera que eu a trate como uma adulta responsável? — Desta vez não havia dúvida do desdém em sua voz, e isso a magoou. — Às vezes eu me pergunto, Stella, se você fica trancada nesta casa porque tem medo de Lawrence Simpson ou se fica trancada aqui porque é a melhor maneira de me controlar. Tem alguma ideia de como é para mim viver desse jeito? Não sei por quanto tempo mais posso fazer isso.

Ela enxergava em seu casamento apenas o que podia suportar.

Ela não ia desmoronar. Não ia chorar, nem pedir, nem suplicar. Ficaria firme.

Talvez ele estivesse sendo injusto — talvez não. A certa altura ela tomou a decisão de continuar impotente e dependente dele.

— Ainda bem que sei o que você realmente pensa.

— Não — disse Max. — Desculpe. Isso foi totalmente despropositado.

Ele pegou a mão dela e a apertou um pouco, com um sorriso de conciliação.

— Stella, por favor. — Sua expressão era mais branda, ele era o velho Max: gentil e encantador.

Mas ela viu algo diferente. Ele era apenas humano. Era falível.

Stella pôs os dois pés no chão, para se firmar, e colocou as mãos nos joelhos. Quando falou, havia um tremor em sua voz que ela tentou controlar.

— Max, acho estranho que você tenha começado uma relação terapêutica com a ex-mulher de Simpson, depois a filha dele, em vez de simplesmente indicá-las a outra pessoa. Parece... parece que você pode ter alguma intenção própria, como se estivesse tentando controlar a situação...

Ela parou, esperando por uma reação. Uma discussão. Mas Max só parecia entorpecido e cansado. Ela continuou, na esperança de romper a barreira entre os dois.

— Talvez você também tenha sido afetado por tudo isso, quer dizer, emocionalmente, mais do que percebe. Talvez suas decisões não tenham sido inteiramente racionais. Eu fiquei completamente dependente de você, isolada aqui, enquanto você teve de lidar com toda a confusão e manter a clínica de pé.

— Sabe que eu nunca colocaria você nem ninguém mais numa situação comprometedora. — O tom dele era gentil, mas ele era condescendente, falando como se ela fosse uma criança ou uma de suas pacientes.

— Mas você *nos colocou* em perigo — disse ela. — Precisa ver isso. A filha de Simpson descobriu onde morávamos. Ela fugiu de casa para tentar falar com você. Ela é obcecada por você, fantasia com você. Veio aqui porque estava com raiva por você a rejeitar, porque você se recusou a vê-la ou falar com ela. E a medicação que ela está tomando...

Ele se levantou, abruptamente.

— Acho que agora é seguro colocá-la no carro — disse ele.

Stella se postou na frente dele.

— Me escute, Max. A menina fez essas alegações e provavelmente vai repeti-las. Você a ouviu: ela alega que vocês tiveram relações sexuais. Me fale disso com detalhes, Max. Diga exatamente o que aconteceu entre você e Blue... Que relacionamento era, na terapia? Houve alguma transferência erotizada?

— Stella, ela é delirante. Uma fantasista. Se acredita na versão dela dos acontecimentos, então não há nenhuma esperança para nós.

Stella se sentiu encolher com o alerta contido nas palavras dele.

— Não. — Ela não ia sobreviver sem ele. Não podia mais imaginar isso.

— Ela precisa ficar numa unidade de segurança.

— Uma unidade de segurança? Você realmente... — Sua boca estava seca; as palavras que começavam a brotar secaram.

Ela pensou que Max cometia um erro, recomendando a unidade de segurança. Se Blue fosse colocada com adolescentes com problemas graves, isto só serviria para cristalizar qualquer tendência antissocial ou criminosa que ela já tivesse. — De quanta persuasão a mais você precisa? — perguntou Max. — Prefere vê-la matar alguém, talvez a si mesma, antes de eu tomar uma atitude?

Stella não respondeu. Max era o psiquiatra encarregado do tratamento, e a expectativa de recuperação para Blue era nula se a garota não recebesse a ajuda de que precisava.

Ela queria os braços do marido em volta dela. Queria tanto que ele a amasse. Ele estendeu a mão e a abraçou, com força. Sua boca apertava seu ombro. Ela fechou os olhos. Era cedo demais quando ele a soltou.

— Está pronta? — perguntou Max, embora claramente Blue não tivesse condições de responder.

Blue não se mexeu e não respondeu. Estava deitada em posição fetal, no chão. Peter a cobrira com um cobertor. Stella não tinha certeza se estava dormindo ou só fingia.

— Não estou convencido de que ela deva ser levada ao hospital por você — disse Peter. — Se não é o médico dela a essa altura.

Ele e Max estavam de frente um para o outro, com as mãos de lado, os ombros meio tensos e os pés separados, como se estivessem prestes a partir para uma briga de socos.

— Como psiquiatra — disse Max —, tenho uma responsabilidade ética para com uma ex-paciente com graves problemas mentais.

— Assim como a polícia.

— E onde eles estão agora? — perguntou Max, não sem razão.

Peter não respondeu.

— Bom, neste caso, como estou aqui e estou disposto a conseguir para a menina a ajuda de que ela precisa, eu a levarei ao hospital. Ela precisa de tratamento para os ferimentos e precisa começar a tomar a medicação novamente, assim que possível. A retirada súbita é perigosa para ela.

Peter não se mexeu, nem mudou de postura.

— Aconteceu *alguma coisa* em suas sessões com ela? — perguntou Peter. — Mesmo algo pequeno, algo que na mente dela possa ter estimulado sua fantasia de que você estava apaixonado por ela? Qualquer um pode cometer um erro. Ela é uma garota atraente. Quase uma adulta.

Stella pensou que Max finalmente perderia a paciência, finalmente perderia o controle, mas não aconteceu.

— Por favor — disse Max. — Já basta. — Sua voz era monótona, desanimada. — Eu a ouvi. Dei toda minha atenção a ela. É só isso. E agora vou levá-la ao hospital para ela ter o tratamento de que precisa. — Ele vestiu o paletó e começou a tatear os bolsos, como se procurasse a chave do carro.

— Obrigado por vir aqui dar apoio a Stella esta noite — disse Max a Peter. — Eu agradeço muito.

Max estendeu a mão; Peter não levantou a sua.

Peter ficou pouco à vontade desde que Max passou pela porta da frente. Stella se perguntou o quanto os sentimentos de Peter podem ter interferido em uma avaliação justa do caráter do marido.

— A que hospital vai levá-la? — Stella falava perto de Blue, que não abriu os olhos.

— St. Agnes tem uma unidade de emergência psiquiátrica. Eu a levarei para lá, para começar.

Stella sabia que havia toda probabilidade de Blue ir parar num orfanato por um bom tempo. Sua medicação ainda não fora aumentada.

— Boa menina — disse Max, enquanto se abaixava e passava as mãos sob os braços de Blue. Ele a colocou de pé. Os olhos de Blue estavam abertos e ela parecia em paz, relaxada e satisfeita, por estar encostada em Max.

Peter ficou de braços cruzados.

— Pode me dar uma ajuda, para colocá-la no carro? — perguntou-lhe Max.

Peter não parecia inclinado a ajudar. Ficou onde estava. Max não conseguia se mexer com a menina pendurada em seu pescoço.

— Ei — disse Max a Peter de novo —, vai me ajudar?

Peter avançou, com a cara amarrada, e desprendeu Blue do pescoço de Max. Segurou-a por um braço, Max, pelo outro, e juntos os dois a conduziram para a porta da frente. Os tênis de Blue se arrastavam pelo piso de mármore.

O hall de entrada estava gelado como um frigorífico. O lustre brilhava forte e os raios fraturados de luz quicavam nas paredes. Stella abriu a porta para a madrugada escura, coberta de neve. O frio se esgueirou por suas roupas e encontrou um jeito de chegar a seus sapatos. Ela ainda carregava a manta que cobria Blue enquanto ela esteve deitada no chão do estúdio.

Stella ficou parada na porta aberta e viu as luzes da Mercedes de Max se acenderem, e Blue arriada no banco do carona. Max se curvou sobre ela, fechando o cinto.

Stella percebeu que tinha atravessado a soleira de Hilltop e andava na direção deles. O ar penetrante limpava sua cabeça. Ela cobriu Blue com seu cobertor e colocou suas mãos por baixo dele para que não ficassem frias demais na viagem. Suas pálpebras tremeram, as veias azuis e quase transparentes.

— Quer que eu vá com você? — perguntou Stella a Max. — Posso fazer isso.

Ela não sabia se Max a ouvira; ele já estava do outro lado do carro, no banco do motorista, batendo a porta. O motor foi ligado e o carro arrancou quase antes que Stella pudesse fechar a porta de Blue. Os faróis se acenderam, ofuscantes. Os pneus derraparam pela neve, abrindo caminho, deixando rastros pretos e feios.

Stella se virou para olhar a casa. Hilltop estava iluminada, brilhava como um farol branco, erguendo-se como uma extensão da neve no chão. Seu palácio: danificado, ferido e aberto ao tempo. Peter esperava por ela, logo na entrada. Ela fechou a pesada porta de aço depois de entrar. Devia ficar aliviada, mas se viu agitada e indócil.

Hampstead, junho de 2009

Stella queria apagar Lawrence Simpson da memória e tocar a vida. Mas o problema que enfrentava era que, no segundo em que saía do apartamento de Max — ou tentava sair —, começava a entrar em pânico. Os sintomas eram clássicos e, como psicóloga, ela teve de se lembrar de que não ia morrer. Mas era isso que sentia. Seu peito apertava, a garganta fechava, o coração batia forte e acelerado. Em questão de segundos, ela estava ensopada de suor, no pescoço, nas axilas, na base das costas, atrás dos joelhos.

A porta da rua era pintada de bege e uma janelinha fosca deixava entrar alguma luz; o piso tinha um desenho de losangos marrons e creme. Stella ficava parada, petrificada de medo, ainda segurando a maçaneta do apartamento de Max, enquanto olhava pelo corredor que levava à rua. Aguentava vinte segundos inteiros, depois o pânico começava. Ela recuava, fechava a porta, virava a chave duas vezes e passava a corrente. Ficava apoiada com as costas contra a parede até recuperar o controle de sua respiração e o coração se aquietar a um ritmo normal. Depois voltava para a cama.

As semanas se passaram assim. Max saía para trabalhar todo dia às sete da manhã. Ela acordava antes dele e preparava um bule de café, cuja qualidade era muito melhor do que a porcaria que Anne fazia na clínica. Stella se sentava com ele à mesinha redonda da cozinha por alguns minutos antes de ele ir.

Ele telefonava para ela três vezes por dia para perguntar como estava. Ela via televisão no café da manhã. Dormia mais do que precisava. Pesquisava receitas na internet e mandava a Max por e-mail uma lista de ingredientes do que precisava para preparar o jantar. Ele parava na Waitrose perto da clínica e levava para casa as compras que ela pedira. Ela era uma boa cozinheira. Durante o jantar, eles mal conversavam; não sabiam o que dizer um ao outro no meio de sua intimidade abrupta.

Max não pediu a ela para ir embora. E nunca perguntou se ela mudou de ideia sobre dar queixa do crime.

Peter telefonava, mas ela não atendia. Via o nome dele piscar na tela. Se apertasse a tecla vermelha para desconectar a ligação cedo demais, ele saberia que ela o estava evitando, então ela deixava tocar por um tempo. Talvez ele pensasse que ela estava ocupada no trabalho, que voltara à antiga vida. A ligação terminava e piscava um ícone de recado. Ela não ouvia seu correio de voz. Imaginava se Peter teria procurado por ela em sua casa, ou se havia ido à clínica, perguntando por ela. Se foi, Max não disse. Depois de uma semana, ele passou a ligar com menos frequência e não deixava mais recados. Passadas duas semanas, ele parou de telefonar. Stella pode ter ficado meio decepcionada, mas era difícil ter certeza por baixo da névoa de benzodiazepínicos que sufocavam suas emoções com a eficácia de um edredom puxado sobre a cabeça para bloquear o som e a luz.

Ela se perguntou se havia algo como um estatuto de limitações para dar queixa de estupro. Não sentia mais dor e os hematomas e lacerações estavam curados. Descobriu que tinha talento para a repressão; não se lembrava mais dos detalhes exatos da provação.

Max lhe contou que Simpson tinha retirado o pedido de guarda exclusiva. Queria acreditar que, no apagar das luzes, depois de ceder a seu sadismo e seu jogo de poder, ele bateria em retirada elegantemente e deixaria a filha e a mãe em paz.

Ela queria se iludir, acreditar que pode ter havido algum sentido no que passou. Ela foi humilhada. *Dra. Davies*. Que fraude. Lawrence Simpson vira a piada que ela realmente era.

Enquanto Max estava no trabalho, ela passou um pente fino no apartamento, procurando quem ele poderia ser. Ele tinha uma coleção de filmes de arte e ela viu alguns enquanto ele estava no trabalho: ele gostava de Woody Allen, Almodóvar. Ela tentava entendê-lo tanto quanto se entreter. A estante dele era um misto de literatura e crime: de Milan Kundera a Robert Harris. Ela queria se instruir sobre os gostos dele lendo todos os livros, mas os tranquilizantes a deixavam sonolenta e interferiam em sua concentração. Não era problema ver televisão passivamente; envolver-se com um texto desafiador era outra história. De qualquer modo, a questão era que ele era seu homem ideal, como Stella sempre pensou: educado e intelectual. Talvez um pouco misterioso. Ela sentia certa emoção. Pela primeira vez, tinha penetrado em seu espaço pessoal.

Stella abriu só uma fresta da porta. A corrente ainda no lugar.

— Como vai? — perguntou-lhe Peter.

— Estou ótima.

— Vai me deixar entrar?

Ela sabia que a ansiedade que sentiu ao retirar a corrente do fecho era irracional. Eles ficaram no pequeno hall de entrada e ela não o convidou a entrar.

— Desculpe por não atender a seus telefonemas. Pensei que você desistiria de mim. Não o culpo. — Ela apertou o roupão atoalhado e amarrou o cinto. Desde que se mudara para a casa de Max, não se incomodava em se vestir de manhã, mas sempre estava apresentável quando Max chegava em casa.

— Você parece bem — disse ela. Peter vestia um terno preto e largo e uma camisa branca. O primeiro botão ainda estava aberto. O cabelo tinha sido mais cortado do que o habitual. Uma gravata estava amassada no bolso do paletó.

— Passou na prova?

Ele assentiu.

— Que bom que não estraguei tudo.

— Claro que não estragou.

Ela sentiu um pequeno bolo na garganta. Pelo modo como eles estavam, tão rígidos, o constrangimento com que se falavam, era como se algo tivesse se perdido; como se eles não fossem amigos há anos. Ela mal conseguia se lembrar de que costumavam rir das piadas mais bobas, grosseiras e inapropriadas quando estavam juntos.

— Aquilo foi só um segundo encontro — disse ela.

Ele não riu.

— Quando estiver pronta, virei buscar você — disse ele.

— Pronta para quê?

— Para registrar a queixa na polícia. Para ir para casa.

— Não vou dar queixa do que aconteceu. E vou ficar aqui por enquanto.

— Não pode estar falando sério — disse ele.

— Estou falando muito sério. Não estou disposta a entrar numa briga. Estou cansada, enjoada de ser apalpada e cutucada e não quero ser interrogada. E você, mais do que qualquer outra pessoa, sabe que há grande possibilidade de que o caso nunca chegue aos tribunais.

— Existe uma unidade especializada em vítimas de estupro. Eles vão ajudá-la. Pode fazer com que você se sinta melhor a longo prazo, mesmo que isto não chegue aos tribunais.

— Por favor, não cite propaganda da polícia.

— Estou tentando ajudá-la. — Ele estendeu a mão, de palma para cima. Ela colocou a palma por cima da mão dele.

— Por que isso é tão importante para você? — perguntou ela.

— Deixe de ser tão idiota — disse ele. — E teimosa. — Ele fechou a mão na dela e a puxou para mais perto.

Peter podia ser incrivelmente convincente.

— Não quero discutir com você, nem assustá-la. Mas pense, Stella: ele está lá fora, livre para fazer o que quiser. Ele ainda pode brigar pela guarda da filha, pode machucar outra pessoa.

— Está tentando me apavorar?

Ele tentou alcançar sua outra mão.

— Estou tentando protegê-la. Acho que o lugar dele é atrás das grades.

— Isso nunca vai acontecer — disse ela.

— Não pode ter certeza. E esta não é uma vida real, escondendo-se neste apartamento. A realidade é voltar para sua casa e se sentir segura. Se der queixa do que houve, já será um começo.

— Estou feliz aqui.

— Acho difícil de acreditar. Você trabalhou muito para chegar aonde está.

— Está enganado a meu respeito.

Stella não estava infeliz no apartamento de Max em Hampstead Village. Peter esperava que ela se comportasse como uma adulta, que assumisse plena responsabilidade, mesmo tendo sido ela a vítima. Mas ela escolhera Max. E Max não a pressionava. E Stella estava cansada de lutar.

— Quero que cuidem de mim. Max está feliz em fazer isso por ora.

— Você deixa que ele a influencie.

— E daí?

— A longo prazo, vai se magoar. Eu trabalhei com vítimas. Você também.

As mãos dela começaram a ficar pegajosas nas dele. Ela as retirou, desvencilhando-se. Colocou-as novamente no fundo dos bolsos. Sabia que estava sendo grosseira e mal-educada, deixando-o de pé no hall mal iluminado.

— Max não está me obrigando a fazer nada. Eu tomo minhas próprias decisões. Nada disso é culpa dele. Na realidade, ele está me ajudando numa situação ruim cuja responsabilidade foi minha.

— Você se culpa?

— Em parte. Marquei uma hora com um cliente depois do expediente e não contei a ninguém. Violei os códigos de segurança da prática clínica.

— Já ocorreu a você que Max tem muita influência sobre você e ele está usando isso para salvar o próprio rabo? Que ele pode estar sacrificando você em nome da clínica?

— Isso é ridículo. Você está enganado. Eu o conheço.

Peter tinha boas intenções. Mas não conseguia entender Stella.

— Na realidade — disse ela —, Max colocou todo o fardo nos ombros, aceitando-me aqui. Não é ele que devemos culpar, o psicopata é Simpson.

— Não pode ficar presa nesse limbo estranho com seu chefe. Tem de enfrentar o que aconteceu, Ellie. — Ele era o único que conhecia aquele apelido.

— Não. — Ela não queria pensar na mãe.

— Sabe que eu mesmo posso registrar a queixa.

— Você não faria isso comigo. — Ela precisava fazer com que ele compreendesse.

Ele ficou teimosamente na frente dela. Estava furioso com o que Simpson tinha feito; sua capacidade crítica oscilava devido ao que sentia por ela. Ele queria vingança, talvez mais do que Stella.

— Você precisa me ouvir, Peter. Existem coisas que não sabe sobre mim. Da minha história. Tenho bons motivos para acreditar que não tenho esperança nenhuma de ganhar um processo contra ele.

Ele esperou. Ela colocou o cabelo rebelde atrás das orelhas. Olhou os próprios pés descalços. Parecia uma inválida.

— Passei algum tempo em um hospital psiquiátrico. — Ela deu um pigarro. — Na adolescência. Fui paciente interna por um ano. Tive um diagnóstico, que está em minha ficha médica, e que eles naturalmente vão solicitar. Tudo virá à tona. Minha mãe era esquizofrênica e eu entrei e saí de orfanatos desde que nasci. Ela foi colocada, várias vezes, sob a Lei de Saúde Mental. Eles a obrigaram a se internar num hospital, forçaram-na a tomar seus remédios. Ela melhorava e eles a liberavam, por alguns meses, às vezes até alguns anos. E eu era mandada de volta para casa. Mas, quando ela começava a se sentir melhor, pensava que não precisava dos remédios e parava de tomá-los. Eu não a culpo, tem efeitos colaterais horríveis. Todo o ciclo recomeçava. Cada episódio psicótico ficava pior. Ela aos poucos enlouquecia e sabia disso. As drogas que lhe davam eram quase tão ruins quanto a própria doença, no fim era difícil saber o que era pior, a doença ou a cura. Não existe cura para a esquizofrenia, não realmente, é uma ladeira abaixo. As drogas o matam de um jeito diferente: fazem com que você se sinta embotado, cessa seus pensamentos, deixa seus movimentos mais lentos, dá tiques terríveis. Era como se minha mãe desaparecesse por um período de anos. E então, quando eu tinha 14 anos, ela se matou. Eu a encontrei. Tive uma espécie de colapso e fui internada em uma unidade segura para adolescentes. Estava delirante. Fiz todo tipo de queixas de que meus professores tinham me estuprado e eu pensava que os médicos do hospital tentavam me envenenar. Eles pensaram que eu estava em fase pródroma, que estava tendo um episódio psicótico e caindo eu mesma na esquizofrenia. De qualquer modo, parece que não, porque me recuperei. Mas ainda tenho esse diagnóstico em minha ficha: distúrbio delirante, psicose.

Peter sabia ficar em silêncio. Ela via que ele apreendia tudo, pensava no que dizer. Supôs que não era todo dia que ele descobria que tinha dormido com uma louca. Ele lhe estendeu a mão e afagou as costas dela com o polegar.

— Isso já faz muito tempo — disse ele. — Você era uma criança. E foi só um episódio.

— Não importa. Eu me ferrei. Já fiz essas alegações e elas eram falsas. Quase destruí a vida de outra pessoa, o coitado do meu professor de inglês, que tentou me ajudar. Então, entenda: eu não tenho credibilidade. Os advogados dele vão desencavar tudo e usar isso contra mim, eu sei disso e ele também.

— Você já está bem há anos. Saiu-se brilhantemente no trabalho.

— Eu repensei tudo. Talvez minha decisão de carreira tenha sido um erro imenso. Simplesmente fiquei presa no inferno de minha infância, trabalhando com crianças que sofreram abusos e seus agressores. Talvez isso é que esteja me destruindo.

Ele parecia cético.

— Você adora seu trabalho — disse ele.

Ela ficou agradecida pela pressão do polegar dele nas costas de sua mão.

— A questão é que será minha palavra contra a dele, porque só existe isso. Eles vão pedir meus registros médicos. Vão querer uma avaliação psiquiátrica. Não vou passar por tudo isso de novo. Não vale a pena. E no fim, na melhor das hipóteses, ele vai sair da prisão em um ou dois anos. Já trabalhei com casos assim, eu sei disso.

Ela segurou o rosto dele, obrigou-o a olhá-la nos olhos.

— Prometa que não vai registrar a queixa. Prometa que não vai contar a *ninguém* sem a minha permissão. Prometa. Quero ouvir você dizer isso. Agora.

Ele precisou de alguns segundos, mas disse:

— Eu prometo.

Ele não parecia feliz com isso, mas ela acreditou nele.

As mãos de Stella baixaram do rosto dele. Ela estava constrangida, de roupão, descalça e de cabelo desgrenhado.

— Agora acho que é melhor você ir — disse ela. — Estou ficando cansada.

Ele lhe deu um abraço muito forte. Ela queria que ele a pegasse no colo e a levasse. Podia voltar para o lado de fora e enfrentar o mundo, como uma adulta. Mas foi uma breve centelha que passou rapidamente. Ela deixou que ele partisse e recolocou a corrente na porta. Voltou para o apartamento vazio, sentindo uma solidão familiar se aproximar.

Max lhe dera três frascos de comprimidos. Um continha analgésicos de potência industrial de que ela não precisava mais. O segundo era cheio de tranquilizantes e o terceiro, comprimidos para dormir. Segundo Max, era seguro tomar os sedativos três vezes ao dia. Stella se permitia um comprimido para dormir antes de ir para a cama. Precisava do comprimido, para eliminar os pensamentos e anestesiar a consciência perturbada. Ela fechava os olhos, colocava a cabeça no travesseiro e dormia sem sonhar.

O estoque de tranquilizantes e comprimidos para dormir durou precisamente um mês. Stella supunha que, quando os comprimidos acabassem, seu tempo se esgotaria e Max esperaria que ela voltasse para casa. Ele também podia esperar que ela voltasse a trabalhar. Stella não tinha ideia de como ia conseguir passar por nada disso, porque ainda não era capaz de dar um passo que fosse para fora da porta do apartamento dele em Hampstead. Ela decidiu não pensar nas perspectivas futuras. Torcia todo dia para que a crise de pânico não voltasse, testando-a exatamente às oito da manhã, depois de Max sair para o trabalho. A cada dia, vivia o mesmo conjunto de sintomas. No vigésimo dia, ela desistiu.

Na noite da visita de Peter, ela experimentou tomar meio comprimido para dormir em vez de um inteiro. Não foi tão difícil adormecer. Não foi o mergulho de sempre no abençoado esquecimento, mas a dose foi suficiente para ela relaxar e depois se deitar de olhos fechados, obrigando-se a parar de ruminar — sobre como viveria sozinha de novo, sobre fotos dela nua publicadas na internet, sobre seu emprego —, ela resvalava no sono.

Às duas da manhã, ela sentiu uma coisa. Uma presença, movendo-se, em seu lado da cama. Esgueirou-se para fora da cama e se agachou ao lado da cômoda, fechando os olhos, como uma criança, na esperança de ficar invisível. Quando abriu os olhos, a escuridão do quarto era absoluta. Cortinas com corta-luz bloqueavam qualquer claridade da rua e ela não enxergava nada. Ela prendeu a respiração e ficou completamente imóvel. Ele estava no quarto, ia na direção dela. Ela sentiu que ele passava por ela, seu corpo, frio e escamoso como um réptil, roçava seu ombro. Ela ficou petrificada.

À medida que suas pupilas se adaptavam ao escuro, surgiram as formas inofensivas dos móveis. Ela sabia que o invasor fora um pesadelo, mas o coração disparado e o pavor continuavam enquanto ela se agachava com a cabeça nas mãos, esperando que acontecesse algo terrível. Conseguiu se levantar, foi ao banheiro e jogou água na cara. Sentia-se melhor, mas não suportava ficar sozinha. Mansamente, abriu a porta do quarto de Max. Tateou até sua cama de casal e se meteu debaixo do edredom. Ele estava deitado de costas e ela se deitou de conchinha atrás dele. Ele se ajeitou um pouco e depois sua mão pegou a dela, puxando-a para seu peito.

Hilltop, 3:30

Stella sabia que demoraria a encontrar alguém disposto a vir a Hilltop consertar a janela. Enquanto vasculhava os armários atrás de fita adesiva e sacos de lixo, para tentar fazer uma cobertura improvisada, ela deu com sua caixa de comprimidos, como sabia que aconteceria.

Não podia aguentar nem mais um minuto. Levantou a caixa de benzodiazepínicos. Um eliminaria a tensão de sua inquietude, a puxaria da beira do abismo, manteria sua paranoia a distância.

Ela o engoliu. Não se importou por Peter estar vendo.

Na sala de estar, Peter tinha enrolado a capa de uma almofada na mão e quebrava os pedaços restantes de vidro da moldura da janela. Stella cortou alguns sacos de lixo, e juntos eles os estenderam pela abertura e colaram com fita nas laterais. Era em grande parte um empreendimento inútil: o vento batia na membrana de plástico fino e era evidente que o conserto temporário não duraria muito.

Peter ainda estava coberto do sangue de Blue, pelas mangas, descendo pela frente da camisa.

— Você está um horror — disse ela. Conseguiu abrir um sorriso fraco.

— Obrigado. Falei com a polícia — disse Peter. — A ex-mulher de Simpson deu mais detalhes sobre o que está acontecendo.

Ele não parecia nervoso com ela, ou mesmo desapontado, como ela havia temido. Talvez, apesar da antipatia que ele tinha pelo seu marido, Peter estivesse aliviado por Max ter assumido a responsabilidade pela garota problemática.

Stella segurou o canto do saco plástico para Peter colocar outra camada de fita adesiva. No minuto em que ela levantou a mão, o vento começou a atacar o trabalho dos dois.

— Depois que Simpson... atacou você — disse Peter —, parece que a relação dele com a namorada nova não demorou muito a entrar em colapso. Aparentemente ele voltou aos velhos tempos, assediando e perseguindo a ex-mulher, com e-mails e telefonemas, às vezes seguindo-a quando ela saía de casa. Ela alega que ele a atormentava, levando-a de volta à bebida depois de ter conseguido recolocar a vida nos trilhos. Ela não quis dar queixa. Não tem muita confiança na polícia.

— Era o que Blue tentava me contar ontem à noite. Só que ela não me disse o nome do homem que descrevia, nem que era o pai dela. — Mesmo com a ajuda dos tranquilizantes, ela não sabia quanto mais desta conversa poderia suportar. — Por que está falando nisso? Não acha que já me sinto muito culpada? Sim. Você tinha razão. Eu devia ter dado queixa dele.

O rolo de fita adesiva estava vazio e Peter o largou no chão.

— Eu não quis dizer isso — disse ele. — O que estou tentando ressaltar é que Max esteve tratando de Blue, assim como da mãe. Ele provavelmente sabia. E ainda assim não falou com você que Simpson ainda está livre. Você não acha estranho que Max tenha tido contato com a família o tempo todo sem dizer a você?

Sim, ela achava estranho. Mais do que estranho. Max passara dos limites ao tratar a mãe e a filha — enquanto era casado com outra vítima de Simpson. Stella não conseguia entender todas as implicações, havia muitas armadilhas em potencial. E, sim, Peter tinha razão: as decisões de Max eram questionáveis. Mas ela não tinha o direito de julgar, quando era tão inteiramente passiva e dependente. Ela mesma não fez nada para tentar resolver qualquer coisa. Pelo menos, Max procurava fazer alguma coisa para ajudar mãe e filha.

O saco de lixo preto bateu, frenético, enquanto o vento tentava romper a frágil barreira entre o interior e o mundo. Não aguentaria muito tempo.

— Não estou lhe dizendo isso para assustá-la — disse Peter. — Porque eu realmente não acredito que Lawrence Simpson mandou sua filha aqui. Isso não faz o menor sentido. Mas acho que alguma coisa está acontecendo. Quer ouvir minha teoria?

— Não — disse ela.

— Acho que Max concordou em tratar de Blue e da mãe para descobrir o quanto elas sabiam do ataque de Simpson a você. Acho que Max tinha medo de que Simpson pudesse, por qualquer motivo, contar à mulher o que fez. Simpson podia ter querido assustar a mãe de Blue para que ela cedesse às exigências de custódia dele. E se Simpson mostrasse que podia controlar você, então que chance teria a mulher dele? E ele é um sádico... Então, talvez não conseguisse resistir a se gabar de sua vitória. Pode ter se sentido tentado a mostrar aquelas fotos a alguém.

Ele a olhou, parecendo chocado. Arrependeu-se do comentário que fez sobre as fotos.

— Desculpe — disse ele. — É a privação de sono. Estou ainda menos educado do que o habitual.

— Tudo bem — disse ela. — Eu não sou tão frágil assim. E eu já deduzi que Max pode ter tido seus próprios motivos para querer tratar de Blue e da mãe e já perguntei a ele sobre isso.

Ela gostou de ver sua expressão de surpresa.

— E?

— Ele negou qualquer motivo oculto.

— Que surpresa. E não acha incrível que a prática clínica dele tenha ficado imaculada com tudo isso?

O canto do saco plástico se soltou. Nenhum deles se deu ao trabalho de tentar recolocá-lo no lugar. Stella se perguntava por que sentia tanta raiva de Peter.

— Acho que você está errado. Acredito nas boas intenções de Max, acreditei que ele genuinamente quisesse ajudar Blue e a mãe. Ele gosta de ter o controle, mas isso não é crime. E eu também gosto. E você também, aliás. Ele esteve sob um estresse imenso, carregou a pressão de meu estado mental e a sobrevivência da sua carreira sozinho, e isso cobrou muito dele. Sim, ele pode ser confiante demais, e sim, ele acha que tem de assumir a responsabilidade pelas pessoas sob os cuidados dele. Acho que ele realmente pensa que pode ajudar Blue e a mãe ao mesmo tempo em que fica de olho nelas. Mas alguma coisa saiu pela culatra e a menina ficou obcecada por ele.

— Então, essa é a sua desculpa para ele desta vez?

— Não é uma desculpa.

— Ele está em seu ponto cego.

— Ele é um homem com uma forte necessidade de controlar. Às vezes este é o ponto fraco dele.

— Ele é um maníaco por controle que gosta de brincar de Deus.

— Ele é meu marido.

— Ellie, por favor. Não consegue pensar com lógica, objetivamente? De uma perspectiva profissional? Max deve ter se preocupado com que a mãe de Blue descobrisse por Simpson que você e Max, por omissão, esconderam informações em seu relatório. Se ela tivesse ficado completamente desesperada, poderia ter ido à polícia. Acho que Max sabia exatamente o que fazia. Acho que ele estava louco para impedir que o que aconteceu com você vazasse, e que isso destruísse sua carreira e sua reputação.

— Sei que você só está tentando ajudar. Sei que se preocupa comigo. — Stella ouviu a si mesma e parecia condescendente, como Max em seus piores momentos. Não pretendia que fosse assim. — É um imenso alívio admitir que Lawrence Simpson não esteja por trás de tudo isso, mas, quanto ao resto, é especulativo demais.

— Gozado que você e eu tenhamos chegado exatamente à mesma conclusão. Mesmo que seja só uma teoria. Não acha?

Stella se afastou dele. Pegou as almofadas do sofá e tentou empilhá-las no peitoril na frente da janela quebrada, mas todas caíram direto no chão. Ela desistiu.

— Não existem provas — disse ela. — Talvez estejamos inteiramente equivocados.

— Não consigo pensar numa explicação inocente para Max decidir se envolver com essa família.

— Não seria mais justo dizer que você jamais gostou de Max, e que isso nada tem a ver com Blue ou o pai dela? Que é por minha causa?

Tendo desistido de consertar a janela, eles estavam diante da lareira, olhando as toras murchas, como se esperassem que se acendessem por mágica.

— Max se aproveitou de seus sentimentos por ele — disse Peter. — Para que você ficasse calada.

— Isso não é verdade. Fiquei dependente dele porque não quis lidar com meu próprio trauma.

— Ele a convenceu a fazer uma coisa terrível. — Sua voz se elevava à medida que ele ficava mais colérico. — Estimulou você a esconder o crime. E isso teve consequências, não só para você, mas para Blue e a mãe dela. Max pensa em seus próprios interesses, e apenas neles. Ele sempre se coloca em primeiro lugar.

Ela pôs as mãos nos ombros dele.

— Calma. Deixa eu esclarecer. Pela última vez, Max não me obrigou a nada. — Suas mãos baixaram. — Desculpe. Eu sempre fui apaixonada por Max.

— O problema é que Max não age como um homem que ama você.

Ela podia sentir a piedade em seus olhos e isso agravou sua dor.

— Às vezes ele precisa de um tempo... de mim e de minha agorafobia, de meu estresse pós-traumático e de meus tranquilizantes.

— Por quanto tempo mais pretende ser uma vítima?

— Você é policial, Peter, resgata as pessoas. Pensei que gostasse das vítimas. Pensei que gostasse de vir a meu resgate de vez em quando.

— Eu pensei que você fosse forte. Pensei que fosse uma sobrevivente.

— Não pode entender como é ser estuprada.

Apesar de todos os comprimidos, ela estava agitada; sua voz era alta demais. Estava furiosa. Queria ficar sozinha. Não queria ficar sozinha. Sentia-se só.

— Eu tentei convencê-la a dar queixa do que aconteceu. Pensei que seria o primeiro passo para recuperar sua vida.

— Isso foi o que você pensou. Não era o que eu queria.

— E ficar trancada nessa monstruosidade de concreto é o que você quer?

— *Isso é a merda de um ícone modernista!*

Ele tentou colocar a mão em seu braço, mas ela o afugentou. Ele sabia como formular um argumento convincente. Fazia parte de seu trabalho. As palavras dele penetravam nela, confundiam-na.

— Então tem certeza de que não há verdade nenhuma no que Blue contou?

Stella não queria ouvir mais nada. Queria sair. Não sabia bem para onde ir; depois, percebeu que queria ir para a cama.

— Está muito frio aqui. Vou subir. Preciso me deitar — disse ela.

— Olha — disse Peter. — Sua vida é da sua conta, mas no mínimo você deve entender que Max não devia poder tratar daquela menina sem uma segunda opinião, não?

Ela atravessou o hall gelado e se segurou no corrimão de aço tubular. Doeu em seus dedos, como se ela pegasse um pedaço de gelo. Não olhou para trás. Quanto mais subia, maior era seu torpor.

— Vou ficar até que chegue o pessoal do conserto — disse Peter. — Sei que eles podem cobrir a janela com tábuas. A casa vai ficar segura.

Ainda assim, ela não se virou. Não queria vê-lo. Continuou subindo, um pé depois de outro.

Mas que droga. Seu quarto. Stella tinha se esquecido do estrago que Blue havia deixado. Ela atravessou o caos e os destroços no chão. Pegou o edredom, sacudiu-o e o estendeu na cama. Um travesseiro ainda estava no lugar, mas o outro sumira. Ela logo o localizou, metido na grade da lareira.

A menina era um demônio.

Um travesseiro teria de servir. Ela só queria sua cama. Ela o sacudiu, afofou e retirou dois longos fios de cabelo louro. Não queria nenhum lembrete. Deitou-se de costas e fechou os olhos.

Sentiu algo duro pressionando suas costas. Estendeu a mão por baixo das cobertas e tateou, mas não havia nada ali. Tinha alguma coisa enfiada no bolso traseiro de seus jeans. O celular de Blue.

Hampstead, julho de 2009

Cinco semanas depois de Stella estar morando em seu apartamento em Hampstead, Max chegou tarde em casa pela primeira vez. O frango ao curry com leite de coco e limão que ela fez ficou frio e intocado no fogão Aga. Ela queria jogar no lixo, mas não suportaria jogar fora algo que teve tanto trabalho para fazer. Assim, ficou ali, coagulando. Stella fervilhava. Zapeou sem rumo pelos canais de TV. Ele estava com uma mulher. Não seria para sempre, supôs Stella, que ele podia adotar uma vida de celibato com uma colega muito mais nova e indesejada acampada em seu apartamento.

Ele não podia estar saindo com alguém. Stella esperava, no mínimo, que ele tivesse uma ou duas emergências — um suicídio, ou uma overdose —, o que implicaria que ficaria fora até tarde. Mas ele deve ter passado as emergências a um colega, porque sempre chegava em casa na hora. Ele mesmo havia finalizado o relatório de Simpson e combinara com Anne de cancelar todos os outros compromissos de Stella. Ele sempre voltava para ela no mesmo horário, toda noite: às oito. Entrava e ia procurar por ela. Ela estaria na cozinha, de pé junto do fogão. Ele se aproximava dela e lhe fazia um carinho de amigo no rosto. Às vezes apertava seu ombro enquanto ela ficava de costas para ele. O fogão era o mais bonito que ela já usou. A julgar por seu estado imaculado, ele mesmo nunca o usava.

Ela passava as noites na cama de Max. Chegava lá primeiro, tomava o comprimido e adormecia, sozinha. Ele se juntava a ela muito mais tarde. Era desesperador. Ela devia sair da casa dele e seguir com sua vida. Mas não conseguia partir. Não queria mais. Teve uma prova do que era tê-lo chegando em casa para ela toda noite. E era bom. Ela sentia uma onda de felicidade sempre que ouvia a chave dele na porta de entrada; para ela, era o som da possibilidade. Quando ele estava com ela, Stella ficava quase calma, quase feliz. As paredes da casa dele eram sua proteção durante o dia; a presença dele, sua segurança à noite.

Max não fez nada que indicasse que a desejava. Tinha um senso de dever para com ela. Ele a via como uma vítima. Ela era responsabilidade dele, e mais nada. Ela desconfiava de que tê-la por perto e cuidar dela era seu jeito de lidar com a culpa. Se fosse mais pessimista, teria se perguntado se também era um jeito de evitar a responsabilidade: jurídica, financeira ou profissional. Mas ela não era cética a esse ponto.

Às nove e meia, Stella teve medo. Foi a cada cômodo, vendo se as janelas estavam trancadas e as cortinas, bem fechadas.

Ele chegou às dez e dez. De mau humor, Stella levantou a cabeça do sofá onde estava sentada de braços cruzados e com as pernas sob o corpo. Ele não estava atrelado a ela, se quisesse tinha toda a maldita noite para ficar na rua, tinha até o direito de levar outras mulheres para casa. Provavelmente estaria muito frustrado e louco para se livrar dela. Devia vê-la como um produto com defeito.

— Desculpe o atraso — disse ele. Sua gravata estava frouxa no pescoço. O paletó do terno estava amassado, o que não era comum. Ele o tirou e jogou na poltrona. Stella queria pegá-lo, sentir o cheiro, ver se trazia algum perfume.

— Esteve com alguém? — ela perguntou e se encolheu mais no sofá.

— É muito estranha — disse ele. — Essa nossa situação.

— Uma mulher?

Ele passou a mão pela cabeça. Ela não podia ter certeza se ele estava satisfeito ou consternado de voltar para ela. Stella sabia muito pouco dele.

Ele suspirou.

— Tem alguma coisa para jantar? — perguntou ele. Era educado, como sempre.

— Tem — disse ela. — Mas está frio.

Pela primeira vez, ela sentiu que podia desistir, ir embora dali, para qualquer lugar, procurar um caminho de volta a sua antiga vida.

A mesa estava linda. Ela encontrou dois castiçais pesados de prata no fundo de um armário da cozinha e agora eles estavam colocados no meio da mesa, com as velas tremulantes. Colocara ramos de lavanda, colhidos do vaso ao lado da porta, em um jarro.

— Anne vai se casar — disse Max ao se sentar. — Por isso cheguei tarde. Fomos comemorar num bar, no Lamb and Eagle.

— Anne... da clínica?

— É.

— Quem é o sujeito de sorte? — perguntou Stella. Ao servir-lhe um prato de frango frio ao curry, ela teve o impulso de rir. Tudo parecia absurdo: a comida fria, as velas, a lavanda.

— Delicioso — disse ele, embora ainda não tivesse colocado nada na boca. — Você conheceu Chris Marshall? A mulher dele era paciente da clínica, tratei a depressão dela quando estava com câncer de mama terminal. Foi quando ele e Anne se conheceram.

— Que romântico. Com a mulher morrendo e tudo.

— Anne também passou por poucas e boas, você sabe.

— Não, eu não sabia.

Ele caiu em silêncio. Max parecia mais cansado ultimamente. Parecia mais velho e menos otimista do que a imagem dele que ela carregava na mente. Sorria com menos frequência. O entusiasmo dele pela vida, sua paixão, parecia ter desbotado. Se ela estava apaixonada antes, agora amava o Max real.

— Como Anne passou por poucas e boas? — perguntou ela.

— Quatro anos atrás, o marido dela morreu de câncer no pâncreas. Ele só viveu seis meses depois do diagnóstico. Ela ficou arrasada. Foi mais ou menos na época em que abri a clínica e acho que o trabalho foi o que salvou sua sanidade mental, que a fez continuar.

— Eu não sabia disso. Ela não falava muito comigo. Acho que nem gostava de mim.

Ela ficou satisfeita ao ver que ele comia o frango.

— Você mora neste apartamento há muito tempo? — perguntou ela.

— Doze anos. Fui criado por aqui. Minha mãe ainda está em um lar para idosos na Finchley Road.

Ela nunca se atrevera a fazer perguntas pessoais antes.

Max abria a garrafa de Chardonnay que ela colocara entre os castiçais. Ela se perguntou se ele bebia para aturar sua presença constante. Enquanto ele brigava com a rolha, ela disse:

— Vou precisar de outra receita. — Ela disse isso calmamente e prendeu a respiração.

— Claro — respondeu ele. — Vou preencher para você de manhã.

Ele encheu sua taça, depois a dela.

Stella sabia o básico de teoria comportamental. Sabia que estava oscilando na beira da agorafobia e não devia se permitir cair no abismo, ou seria extremamente difícil voltar com garra a uma vida normal. Parte do problema, desconfiava, era que ela não queria a vida normal de volta. Estava cansada de uma vida normal. Estava feliz, isolada no apartamento de Max. Nada de ruim aconteceria com ela ali dentro. Ela sabia que estava enlouquecendo.

Havia outra pergunta que queria fazer a ele, algo que ficava sempre remoendo em sua mente.

— Max, por que acha que ele me escolheu? Tantas outras pessoas estavam envolvidas no caso… a assistente social, a auxiliar de apoio familiar, o advogado dele. Por que eu?

— Você é uma mulher jovem e atraente, para começar. Ele se sentia perseguido por todo o sistema judiciário e se fixou em você como alvo para a raiva. É isso.

— Eu devo ter feito alguma coisa para que ele me escolhesse.

— É o que ele quer que você pense. Você era o alvo mais fácil e o mais satisfatório para um sádico sexual. Ele é o criminoso. Ele é o responsável. Não você.

Ela queria se levantar e ir até ele, queria se sentar em seu colo e que ele a abraçasse, como a uma criança.

— Não quero que isto seja revelado — disse ela. — Não quero que nenhum de meus colegas saiba e não quero a clínica comprometida. E, para ser franca, não quero me arriscar a perder o meu registro de maneira nenhuma, se Simpson vier com algum contra-argumento.

— Ninguém precisa saber, a não ser que você queira. No que diz respeito à equipe da clínica, você está de licença indefinida. Encontrei um substituto, recém-formado, mas ele está disposto a trabalhar pelos honorários menores que estão propondo.

— Fico muito agradecida. Eu causei muitos problemas a você. É só que, se não estou no trabalho, não espero que pague meu salário, então não sei como vou pagar meu aluguel...

— Shhhh. — Ele ergueu a taça de vinho e a passou a ela.

— Quero que fique aqui pelo tempo que precisar. Se estiver feliz morando comigo.

Ela tomou um longo gole frio. Estava no apartamento de Max, sentada ao lado dele, sozinha com ele. Parte dela estava satisfeita, mesmo nas piores circunstâncias possíveis. Insanamente satisfeita por enfim tê-lo para si. Era perverso. Mas verdade.

— Estou apaixonada por você — disse ela.

Ela se sentiu bem. Desnudou-se e lhe contou a verdade. Sua posição era clara. Ele estava livre para pedir que ela fosse embora quando quisesse.

— Muito bem — disse ele. Não parecia surpreso. — Isso me envaidece. Mas não vou me aproveitar de você. Não agora.

— Que pena. — Ela completou a taça dele.

★ ★ ★

O equilíbrio no apartamento de Hampstead se alterou. Stella sentia-se mais em casa. Max confiava que ela estaria ali, só que ela não sabia bem para o quê. A mãe dele morreu dois meses depois de ela ter se mudado. O pai morreu quando Max tinha oito anos. Como Stella, ele não tinha irmãos e estava sozinho. Ela resolveu tentar reduzir os tranquilizantes durante o dia; tentar encontrar um caminho de volta ao que era antes. Ao mesmo tempo, estava feliz onde se encontrava. Max não falava nada sobre ela ir embora. Ela fantasiava com o que poderia ser morar no apartamento dele como amante.

O casamento de Anne aconteceu numa casa do século XVIII em Hampstead. A histórica Burgh House, na New End Square, felizmente ficava próxima do prédio de Max e eles levaram cinco minutos para chegar lá a pé.

Nos dias que antecederam a cerimônia, Stella ficou cada vez mais paranoica. Atormentava-se com pensamentos absurdos. Imaginava por que Anne escolheu um lugar tão perto de onde Max morava. Será que ela já ficou algum tempo no apartamento de Max? Será que Anne e Max já moraram juntos? Foi assim que ela conheceu a Burgh House, caminhando pela praça? Ela se afogava em desconfianças. Disse a si mesma, vezes sem conta, que aquilo era uma reação de ansiedade, porque teria de sair pela primeira vez em meses. Ia passar.

— Sei que isso é ridículo mas, por favor, durante o casamento, você pode ficar comigo o tempo todo? — perguntou ela a Max.

— Claro. Será um prazer. — Ele sorriu e ela teve um vislumbre precioso e fugaz do velho Max.

Stella tinha visões. Todo mundo teria visto as fotos onde ela estava de pernas arreganhadas, degradada. Talvez Max já as tivesse visto e não contou a ela, para poupá-la da dor. Ela via Lawrence Simpson esperando por ela: encostado do lado de fora do prédio; sentado no pub do outro lado da rua; parado nos portões da Burgh House; sentado em meio aos convidados. Em todo lugar.

Desde que Max ficasse a seu lado, ela estaria segura. Era o que dizia a si mesma.

— Acha que tem algum problema se eu dobrar a dose de diazepam? Só por hoje?

— Claro que não — disse Max. — Só que você não vai se lembrar de muita coisa do casamento.

Lembrar-se do casamento era a última de suas preocupações.

Na sala de música revestida de madeira, ao andar pela nave central, Anne estava linda, com renda creme vintage por cima de um vestido de cetim de alcinha. Tocava um quarteto de cordas. Stella flutuou com a música, numa onda suave depois de outra.

Uma das damas de honra era uma adolescente atraente, de cabelo ruivo até a cintura e um nariz meio arrebitado. Estava com um vestido de cetim apertado e curto. Mesmo com a dose dupla de diazepam, Stella imaginou que Max olhava a garota.

Ela jamais conseguiria ir à recepção e se misturar com os convidados. Max compreendeu e não pareceu se lamentar por ir embora. Talvez casamentos também não fossem a praia dele. Ele tinha o braço em volta dela, apoiando-a, e ela pousou a cabeça em seu ombro, enquanto eles andavam a curta distância para casa. Ela não olhou em volta, para as pessoas que passavam. Fingiu que não existiam.

— Estive pensando no que vou fazer — disse ela. — Não vou viver às suas custas para sempre. Desde que fui para sua casa não falei com nenhum de meus amigos, porque sei o que eles iriam dizer e não quero ouvir. Mas conversei com Peter algumas vezes. Ele me mandou uma mensagem de texto ontem, para me dizer que a colega de apartamento de Hannah se mudou e ela está procurando quem divida as contas. Ela é minha amiga mais antiga e confio nela. Peter acha que eu devia ir morar com ela; ele quer que eu conte a ela o que aconteceu. Ela pode me dar algum apoio, enquanto penso em algum plano de tratamento.

Eles andavam bem juntos, de braços dados, num ritmo arrastado. Max puxou a gravata de um lado a outro, afrouxando-a e deixando pender pela gola.

— Acho que não é má ideia — disse Stella. — Seria o primeiro passo... sabe como é. Hannah é psicóloga, vai entender se eu ficar estranha por algum tempo. Eu teria de lidar com ela e Peter me importunando para dar queixa do que aconteceu. Mas tenho certeza de que posso me livrar dos dois. — Ela conseguiu abrir um sorriso.

Max ficou em silêncio. Tinha parado de andar e olhava a calçada.

— E então: o que você acha? — perguntou ela.

— Você me acha estranho — disse ele. — Solteiro e sem filhos aos 43 anos?

— Não. — Ela mentiu.

Sim, ela já se perguntara sobre ele: solteiro, sem filhos e sem relações de longo prazo, pelo que ela sabia.

— E você — perguntou Max —, já pensou em se casar?

— Claro — disse ela. — Se um dia eu conseguir sair da sua casa. E dependeria de quem me pedisse.

Ela estava encostada nele, o braço dele despreocupadamente em sua cintura e ela estava numa espécie agradável de névoa, desinibida; não se importava com o que diria a ele, com o que podia revelar.

— Por que estamos tendo esta conversa? — perguntou ela.

— Gosto de ter você comigo.

— É mesmo?

— Não quero me aproveitar de você. Eu queria esperar. Mas não quero que vá embora sem que eu lhe diga isso.

— Dizer o quê?

— De que eu estou pensando em me casar.

— Quer se casar... de modo geral? Ou quer se casar comigo?

Aqueles comprimidos a deixavam desinibida.

— Eu não quero que você vá embora — ele disse.

— Você não precisa se casar comigo para eu ficar.

— Eu sei.

— Mas, se me pedisse em casamento, eu diria sim — disse ela.

Ele a beijou no alto da cabeça.

Olhando para trás, o pedido pareceu mais bizarro do que romântico.

Hilltop, 4:10

Peter estava no sofá, deitado de costas, olhos fechados. A sala congelava e o saco de lixo agitava-se loucamente na frente da janela quebrada.

Stella ofegava, tinha descido a escada correndo.

— Está acordado? — Ela o olhava de cima.

Peter se sentou, piscando. O cabelo estava desgrenhado, parte dele em pé. Suas bochechas e o queixo estavam escuros da barba por fazer.

— O que foi agora? — disse ele.

— Temos de ir atrás deles.

— Por quê?

Ela tentou ajeitar o cabelo dele o máximo que podia com os dedos. Precisava que ele ficasse atento e decidido.

— Eu não lhe contei isso — disse ela. — Mas, quando fiquei sozinha com Blue, pouco antes de ela quebrar a janela, ela me disse... bom, basicamente a mesma coisa que disse a Max, mas com maiores detalhes. Disse que eles fizeram sexo. Durante as sessões de terapia. Eu fiquei furiosa e disse que ela estava mentindo e que seria internada. Eu disse todo tipo de coisas horríveis e idiotas. Foi por isso que ela fugiu.

— E?

— Pensei no que você falou. E então dei uma olhada no celular dela. Descobri uma coisa. E agora preciso chegar ao hospital, para ver Max. Você pode... não fazer pergunta nenhuma? Basta me levar ao hospital. Preciso chegar lá antes que ele a interne.

Stella não esperou pela resposta dele. Correu para a porta, vestiu o casaco e jogou o de Peter. Ele o pegou. Ela ficou satisfeita; ele estava bem acordado e seus reflexos eram bons.

— Vai sair de casa? — disse ele.

— Tomei mais dois tranquilizantes.

— Isso é seguro? Você engole essas coisas como se fossem balas.

Ela deu de ombros.

— Vamos sair antes que eu mude de ideia. Ou desmaie.

Ela continuou firme ali, no piso de mármore frio.

Peter passou por ela. Abriu a porta, virou-se e estendeu a mão.

Stella olhou em volta, uma última vez. Deu alguns passos, virou o interruptor, apagando o lustre. Seria tão fácil ficar dentro de casa, dentro do seu casamento. Nada precisava mudar.

Mas ela não podia vagar pelo resto da vida de olhos fechados e a curiosidade sufocada pelas drogas.

Suas pernas estavam rígidas. Não conseguiu se mexer — na direção de Peter, na direção da porta aberta. A temperatura caía ainda mais.

— Desculpe — disse ela a Peter. — Vá você. Terá de ajudá-la. Terá de resolver tudo.

Peter ficou irritado. Peter não era exatamente um paladino da passividade. Ela também não costumava ser.

— Desisto — disse ele.

Ela não o culpava. Tinha desistido também, havia muito tempo.

O serviço de reparos de emergência viria, a janela seria consertada e a casa voltaria a ficar segura e fechada. Nesse meio tempo, ela ficaria sã e salva, trancada em seu quarto.

— Muito bem, já chega — disse Peter. — Já estou cheio dessa merda. Você precisa de ajuda tanto quanto ela.

Ele andou em direção à porta. Ela fechou os olhos. Não queria vê-lo ir embora.

Então ela sentiu ele voltar e pegar sua mão. Ela resistiu, tentou afastá-lo, o empurrou, tentou fazê-lo ir embora; mas ele se manteve firme, determinado. Com a mão livre, ela lhe deu um tapa na cara. Com força.

E então ela recuou — ele parecia estar prestes a revidar com outro tapa. Mas ele apenas esfregou o queixo, moveu-o para os lados algumas vezes.

Ela respirava fundo. Seu peito estava limpo e aberto. Ainda sentia a força nos braços. Queria bater nele de novo, sentir a onda de poder.

— Eu não consigo.

— Sim, você consegue. Tudo que você tem que fazer é colocar um pé na frente do outro. Não pense em nada. Apenas ande.

A porta do jipe era dura, ela teve que puxar com toda a força para fechar. O carro tinha um leve cheiro de cigarro; o chão tinha copos vazios de café.

Peter levou o carro pela entrada dura de gelo e seguiu para o alto da colina. A estrada e as calçadas haviam desaparecido sob um mar de brancura. Stella se agarrava à maçaneta.

— Desculpe pelo tapa — disse ela. — Eu pensava em Max. Tive vontade de matá-lo.

— Não tem problema. Mas procure não fazer nenhuma loucura enquanto eu estiver dirigindo.

O jipe desceu a colina aos poucos, os pneus lutando para manter o atrito com a rua congelada. O carro derrapava para frente, dava solavancos, parava. Se os pneus perdessem a pegada, eles girariam rua abaixo.

— É típico — disse Peter. — Sua rua é a mais íngreme de todo o bairro.

Quando eles chegaram à esquina da avenida Victoria, Stella sentiu que poderia respirar com mais facilidade.

— Que caminho ele pode ter pegado?

— Vire à esquerda.

Eles viraram na Chenies Road, onde o trânsito tinha derretido a neve e a rua era uma faixa aberta de preto.

— À direita, na rotatória — disse Stella. — Pode ir mais rápido?

— Tem algum plano para quando chegarmos ao hospital? — ele perguntou, olhando-a de lado.

— Não olhe para mim. Preste atenção na rua. Só pare na emergência — disse ela.

Eles entraram à direita na imensa megaloja da Tesco, depois à esquerda na estrada que os levaria à autoestrada. Não havia outros carros em volta e o velocímetro subiu a quase cem por hora. O jipe estreitava as curvas, enquanto Peter segurava o volante com as mãos fortes e firmes. A luz dos postes dava um tom amarelo-brilhante à neve nos campos. Passaram por atropelamentos: uma galinha d'angola, depois os restos de um coelho. Max, provavelmente, pensou ela, deixando animaizinhos mortos em sua esteira.

A neve caía suavemente, vagando por sua linha de visão. Eles passaram por uma fila depois da outra de árvores e o céu e o chão pareciam se misturar em uma luz prateada e suave. Stella imaginou uma pequena figura arriada na porta do banco do carona, o cabelo claro pressionando o vidro da janela.

Hilltop ficava cada vez mais distante, mas ela não sentia medo. Ainda não. Embora seus braços e pernas começassem a ficar estranhamente pesados. Ela talvez tenha exagerado nos comprimidos. Ela precisava se agarrar a sua revolta. Tinha de se concentrar na traição do marido para seguir em frente. Podia vê-la, quadro a quadro.

Max e Blue

Eles estavam voando. O carro cheirava a dinheiro. Um cheiro sensual. O cheiro dele, cheiro de couro e de uma loção pós-barba penetrante.

Blue se sentia muito melhor. Mal conseguia se lembrar de por que entrou em pânico na véspera, por que fugiu para encontrar a casa dele, por que ficara tão desesperada. Entendia agora que precisava ser mais paciente. Ele afinal era casado e ainda era o médico dela. Ele tinha de ser cuidadoso. Ela agora entendia por que foi tão importante ele guardar segredo disso. Arrependeu-se de ter contado a alguém. Mordeu o lábio inferior. A mulher não acreditou nela mesmo.

Ela olhou o perfil dele. Estava carrancudo, concentrado na direção. Ele agora devia entender que precisava ter mais cuidado. Ele agora sabia o que ela era capaz de fazer, caso se recusasse a vê-la. Ela não ia mais servir de tapete e deixar que ele passasse por cima dela.

O carro reduziu a marcha. Ele saiu da rua principal e pegou uma pequena transversal até ficarem ocultos por uma fileira de árvores congeladas. Era estranho, tudo muito silencioso. Não havia nenhum outro carro.

Ele desligou o motor, mas suas mãos se mantiveram agarradas ao volante. Ele olhava fixamente pelo para-brisa.

Blue começou a ficar nervosa.

— Por que paramos? — perguntou ela.

Ela estava tendo um mau pressentimento.

— O que você está fazendo? — ela perguntou. — Me responda.

Mas ele não iria falar com ela. Ele estava irritado com ela pelo que ela tinha dito à mulher dele. Ele ia puni-la.

Ela soltou o cinto de segurança e puxou a maçaneta; não estava trancada. Saiu do carro e bateu a porta. Pensou em correr.

Os faróis se apagaram e ela foi deixada no frio e no escuro.

Ela pisou em um monte de neve, seu tênis ficou completamente coberto. A manta que Stella tinha posto sobre ela ficou dentro do carro e agora ela estava congelando. Ela apertou os braços ao redor do peito. Não havia nenhuma razão para tentar ficar longe dele. Ela entraria novamente no carro e pediria desculpas.

Quando estendeu a mão em direção à maçaneta, ela escutou o barulho da tranca. Ela agarrou a maçaneta e a puxou várias vezes.

Ela bateu na janela com os punhos.

— Abra! Por favor! Estou com muito frio! Por favor!

O motor foi ligado e o carro começou a se mover.

Ele ia deixá-la.

— Não faça isso! Por favor!

Ela correu atrás do carro, gritando, apesar de saber que ele não a ouviria. Ela o pressionou demais, e agora ele vai machucá-la, fazê-la pagar pelo que fez. Ela escorregou no gelo e caiu sobre o joelho. Ela se agachou balançando para a frente e para trás, enquanto o via abandoná-la. As lágrimas eram úmidas e quentes em suas bochechas.

Mas o carro parou.

Ela se levantou rapidamente, correu e puxou a maçaneta que ainda estava trancada. Seu joelho latejava de dor.

Ela ficou parada, com as mãos estendidas contra a janela, no frio. Tremendo. Congelando. Eles tinham levado sua jaqueta, sua bolsa, seu telefone. Ela não tinha nada.

Ele ficou olhando. O vidro estava queimando seus dedos, mas ela não se mexeu. Ele esperou muito tempo, observando ela chorar. Então ele se inclinou, abriu a porta e ela pulou de volta para dentro. Suas mãos estavam muito vermelhas, suas orelhas pareciam que iam pegar fogo. Ela tremia de frio, mesmo com a manta de volta em seus ombros. Em pouco tempo ela teria um imenso hematoma no joelho.

— Algum dia fiz alguma coisa além de ajudar você? — ele disse. — Eu não lhe dei o que você queria?

Seus olhos estavam avermelhados. Ele a assustava.

Ela meneou a cabeça. Ali fora tudo era estranho. O céu era cor de prata, até as árvores cintilavam. Ela agora entendia. Ele poderia fazer o que quisesse com ela.

— Por que foi à minha casa esta noite, Blue?

— Não sei — disse ela.

— Você sabe sim.

— Telefonei para seu consultório e eles não me deixaram falar com você. Fiquei com raiva. E me sentia sozinha. Queria ver onde você morava. Queria ver sua mulher. E pensei, se eu contasse a ela o que aconteceu, talvez ela te abandonasse. Talvez… não sei. Eu queria te castigar. Queria te magoar.

— E então? Agora está satisfeita?

— Não. Sua mulher não acredita em mim. Ela realmente ama você. E confia em você. — Ela se remexeu no banco.

As janelas ficaram embaçadas e ela não conseguia enxergar mais o lado de fora. — Você ama sua mulher?

— Claro.

Ela não acreditou nele.

— Você me ama? — Ela respirou fundo, queria que o cheiro dele ficasse dentro dela para sempre. — Não quero viver se não puder mais ver você. Por favor. Eu faço qualquer coisa.

Ele recostou a cabeça e riu.

— Você é uma figura, Blue.

Ele soltou os dedos do volante e afagou seu rosto gelado. Passou os dedos por sua boca. Ela separou os lábios e beijou a ponta de seu polegar, depois o pegou entre os dentes. Ela ainda tremia.

— Eu nunca deixarei de te amar — ela disse. — Não vou desistir. Não vou parar. Não fique bravo, por favor. Eu poderia tê-los feito acreditar em mim se eu quisesse, mas não fiz isso. Vou dizer a eles que era mentira... o que falei sobre nós. No hospital.

— Isso certamente deixaria a vida mais simples.

— Vou dizer a eles que você só tentou me ajudar. Que eu me apaixonei por você, mas que nunca aconteceu nada. Farei o que você me falar para fazer.

— Garotinha — disse ele. — Ainda está sonolenta?

Ela estava cansada e com frio nos ossos, mas começava a se sentir feliz.

— Não quero ir para o hospital. Minhas mãos não estão tão mal.

— Você precisa.

— Me deixa ficar com você.

— Você fugiu de casa, falou com a minha esposa. A polícia agora está envolvida. Não tenho opção. Tenho de levar você para o hospital.

Ela mordeu o polegar dele. Ele recostou a cabeça.

— Não vou deixar você ir — disse ela — Agora eu sou sua. Pode me dar quantas injeções quiser. O efeito delas passa.

Ela chupava o polegar dele.

— Vamos esclarecer o que vai acontecer quando chegarmos ao hospital — ele disse. — Se contar mais alguma história, você sabe o que vai acontecer. Mesmo que alguém acredite em você, eles a colocarão num orfanato.

Ela assentiu.

— Posso confiar em você?

— Sim, juro.

— Só o que tem de fazer é concordar com tudo o que eu disser. Depois diga a eles que lamenta por ter inventado aquelas mentiras.

Ela assentiu. Chupou mais o polegar dele mais fundo em sua boca.

— Podemos atenuar isto — disse ele. — Tudo passou rapidamente… Vou dizer a eles que você saiu à noite para me procurar porque precisava de ajuda. Foi um erro, é claro, aparecer na minha casa, mas, de certo modo, foi uma decisão saudável: apareceu para encontrar seu médico, em vez de se cortar. Eu vejo isto como um progresso. De uma boa menina.

— E depois? — perguntou ela.

— Depois não haverá mais fugas. Chega de drama. Vou tentar ao máximo convencê-los a devolver você aos cuidados de sua mãe.

— Quando eu vou te ver de novo?

— Precisamos ter cuidado. Se voltar a falar do que aconteceu entre nós, não terei como ajudá-la. Entendeu?

Ela assentiu.

— Eu prometo.

Ele colocou sua mão sobre a dela. Apertou. Ele desenrolou a atadura e cobriu sua palma ensanguentada de beijos. Sabia que a estava machucando. E, mesmo quando a machucava, isso a excitava. Ela se sentia perfeitamente feliz. Podia fazer com que ele a quisesse. Ela podia tê-lo de volta. Os dois eram iguais, ela e ele. Pertenciam um ao outro.

Ela teve pena da mulher dele, de verdade.

Setembro de 2009

Hilltop ficava no alto de uma colina, numa avenida chamada Victoria. A casa de dois altos andares era altiva e diferente, absurdamente branca e orgulhosa de sua glória modernista. A janela de molduras pretas parecia olhar com superioridade para seus vizinhos: uma sequência de casas de tijolos aparentes dos anos 1960.

Stella sentiu uma empatia imediata pela casa incomum que parecia tão inteiramente fora de lugar.

Max passou com o carro pelo muro baixo e curvo da frente e pela entrada em crescente lunar. Ficou satisfeita ao ouvir os pneus da Mercedes esmagando o cascalho; se morasse ali, poderia ouvir sempre a aproximação de passos ou rodas.

Sandra, a corretora de imóveis, estava estacionada no final da entrada, pronta e esperando. Pela aparência de seu conversível esportivo bronze, o mercado imobiliário nas Chilterns não havia sido muito afetado pela recessão. Sandra era uma mulher baixinha e impecavelmente produzida em seus cinquenta anos, com um terninho justo e um forte batom vermelho. Ela estendeu a mão e Stella a pegou educadamente. Sentia-se jovem, como uma impostora adolescente fingindo que podia comprar uma mansão. Max evidentemente podia, como resultado da herança considerável dos bens da mãe.

Passando um pouco da porta de aço na entrada, Sandra se abaixou e tirou os saltos agulha. Stella a acompanhou e tirou os sapatos. Estava pairando, mais uma vez suspensa acima de si mesma: foram necessários vários comprimidos e muito convencimento por parte de Max para tirá-la do apartamento de Hampstead. Mesmo assim, com o marido ao lado, ela quase estava satisfeita.

— Então são recém-casados! — disse Sandra.

Stella sorriu. Max não tirou os sapatos.

— Meus parabéns — disse Sandra.

O casamento foi uma breve cerimônia sem frescuras no cartório de Marylebone. Stella se lembrava de engolir um coquetel de comprimidos e de não ter nada adequado para vestir. No fim, escolheu um vestido simples de linho. Em seus momentos mais sóbrios e mais inseguros, não ficava inteiramente claro por que Max aceitara sua proposta impulsiva. Mas ele aceitou. E agora ele andava, vários passos à frente dela, mais para o fundo do hall de entrada. Ele não olhou para trás para ver se ela o seguia. Stella se perguntou se Sandra notou a ausência de entusiasmo ou de carinho nos recém-casados.

O novo marido olhou o lustre espetacular que caía em cascata na escada curva de concreto. Ela queria sentir sua mão quente na base de suas costas enquanto exploravam a casa. Ela se aproximou dele, até que ficaram lado a lado.

— Vamos mesmo comprar esta casa? — perguntou ela.

Ele não tirava os olhos do lustre.

Sandra estendeu a Stella um grosso prospecto. Hilltop aparecia retratada num dia saturado de sol.

Stella se perguntou sobre a decisão de Max de levá-la para morar naquela casa tão severa, tão afiada e angulosa, com uma ausência de curvas suaves. Ele manteria o apartamento em Hampstead, mas os dois morariam ali. *Você precisa de uma mudança completa. Transtorno de estresse pós-traumático. Agorafobia.* Os pensamentos dela vagavam, ela costumava ficar letárgica, semiconsciente. Serei como Rapunzel na torre, pensou ela. Ficaria feliz em sair da cidade; podia ter um novo começo. Sentia como se tivesse entrado em uma linda gaiola.

O contrato foi assinado em seis semanas.

Depois de seis meses morando na nova casa, Max mudou-se para o quarto de hóspedes. Ele disse que não queria acordá-la quando saísse a cada manhã para a clínica na Grove Road. Stella achou muito difícil dormir à noite sem o corpo dele perto dela. Ficava acordada até altas horas da madrugada vendo televisão. Toda manhã, pouco depois de Max sair para trabalhar, Stella fazia esteira por uma hora. Morria de medo da partida dele e odiava ficar sozinha. A onda de endorfina ajudava a suportar a solidão.

Foi instalado um sistema de segurança. O aspecto mais importante era o sensor, que emitia uma buzina alta se alguém rompesse o perímetro do terreno. Stella sentia-se segura, dentro de Hilltop, no alto da colina, dando para as copas verdes das árvores.

Pronto-socorro

Peter parou na frente da entrada do pronto-socorro, atrás de uma ambulância. Stella se atrapalhou para soltar o cinto de segurança. Saltou do carro, sem parar para pensar, e correu ao prédio quadrado e cinza, passando pelas portas automáticas.

Na sala de espera, enfileiradas em cadeiras de plástico, estavam pessoas em variados estados de doença, embriaguez ou ferimentos, mas nenhum sinal de Max ou Blue. Max deve ter usado de alguma influência para furar a fila.

A não ser que tenha levado Blue para outro lugar. O embrulho na boca do seu estômago se intensificou.

Stella aproximou-se da enfermeira de aparência cansada por trás do vidro blindado.

— Estou procurando meu marido — disse ela. — Ele veio com uma adolescente, talvez 15 ou vinte minutos atrás.

— Nome?

— Fisher — disse ela. — Dr. Max Fisher.

— Eles estão esperando na triagem agora. Pode passar. — A enfermeira apontou uma porta à direita.

A enfermeira deve ter suposto que ela fosse a mãe de Blue. Stella prosseguiu, na esperança de que o diazepam a mantivesse calma e não lhe faltasse. Ela precisava de mais tempo. Peter estava estacionando o carro, sabe-se lá a que distância, e ela não podia se arriscar a perder tempo. Aproximou-se da porta azul, bateu e entrou sem esperar por um convite.

Blue estava arriada numa cadeira, fitando o chão, balançando as pernas. Seu rosto estava meio encoberto sob o gorro, que ela puxou até as sobrancelhas. Dois olhos azuis desconfiados fitaram Stella. Blue não pareceu satisfeita por vê-la.

— Que bom que a encontrei — disse Stella. Ela sentiu uma imensa onda quente de alívio; Blue estava consciente e inteira, sã e salva.

Max estava sentado reto na cadeira ao lado de Blue; barbeado e de terno. Ele também não pareceu feliz com seu aparecimento repentino. Ela pensou ter visto a irritação cruzar seu rosto, mas ele escondeu sua reação rapidamente.

— Posso ajudá-la? — A enfermeira da triagem, em seu uniforme bem-passado, era tão nova que não podia ter mais de 25 anos. Seu cabelo era suavemente afastado do rosto numa trança arrumada. Max a teria torcido pelo dedo mindinho sem demora.

— É a mãe? — perguntou a enfermeira.

Ela examinou Stella por cima dos óculos de aro de metal. Stella percebeu como estava desgrenhada.

— Não — disse Stella. — Sou psicóloga. — Foi a única coisa em que conseguiu pensar, para explicar sua repentina aparição.

— Estou examinando a paciente — disse a enfermeira. — Pode ficar na sala de espera?

Não havia sinal de Peter. Stella titubeou, sem saber como agir. Não poderia deixar Blue sozinha com Max. Stella ficou plantada na porta, tentando não tremer nem vacilar. Podia ver uma lista de números de emergência presa na parede acima do telefone, certamente o Serviço de Proteção à Infância estaria entre eles.

— É muito importante que você entre em contato com o serviço social imediatamente — disse ela à enfermeira.

— Stella... — disse Max.

— Um policial está a caminho, chegará daqui a alguns minutos — disse Stella. — Por favor, entre em contato com o Serviço de Proteção à Infância imediatamente. Esta menina é conhecida deles. Ela precisa de sua assistente social assim que possível.

A enfermeira ficou insegura. Olhou para Max, procurando orientação. Stella se repetiu, mais alto.

— Você precisa telefonar para o Serviço de Proteção à Infância agora mesmo — disse. — Esta menina foi exposta a violência doméstica e abuso emocional. Sugiro que veja seu protocolo e o siga... rapidamente.

A enfermeira olhou mais uma vez para Max.

— O serviço social já está a caminho — ela disse. — Dr. Fisher já nos informou o que precisa ser feito.

Ele manteve a compostura. Ficou sentado na cadeira, relaxado.

Stella não sabia o que fazer. Ela queria Max longe de Blue. Ela não podia falar nada; tudo ficaria registrado.

— Preciso falar com você... a sós — disse ela a Max. Cada palavra era um esforço.

Max se levantou.

— Tudo bem — disse ele a Blue. — Fique aqui com a enfermeira. — Ele colocou a mão tranquilizadora em seu ombro.

A visão da mão de Max, pesada e grotesca no corpo pequeno de Blue, lhe deu nojo. Ela teve um impulso de avançar, de bater nele. Mas se conteve.

Blue assentia e sorria para Max. Parecia muito serena, nada perturbada. Stella imaginou o que Max teria dito a ela no carro: o que poderia ter prometido ou ameaçado.

Stella recuou, entrando no corredor, e Max a seguiu, fechando a porta atrás de si. Cumprimentou com a cabeça e sorriu para uma enfermeira que passava.

— O que está fazendo? — Sua voz era baixa e controlada.

— Sei o que você fez com ela — disse Stella.

Ela olhou nos olhos dele, tentando ver sua alma. Ele não parecia um monstro. Era o marido dela. Seu chefe. Seu mentor. Ela o amava havia muito tempo. Estava desesperada para voltar a Hilltop, fingir que nada havia acontecido. Mas vira o que estava no celular de Blue.

— Como chegou aqui? — perguntou ele.

Ela estava de costas para a parede e podia senti-la, sólida contra sua coluna. Engoliu em seco. Concentrou-se em sua voz, certificando-se de que saísse forte e clara.

— Preciso que me diga a verdade — disse ela. — Sou sua mulher, independentemente do que você fez. Você ficou comigo quando eu estava na pior, enquanto me escondia e era dependente de você e das drogas. Talvez eu possa ajudá-lo. Mas você precisa me deixar participar.

Ele a olhava com a expressão vaga.

— Esta é a sua última chance de me contar o que fez com aquela menina.

— Quantos comprimidos você tomou? — Havia desprezo na voz dele e em seus olhos; ele não se dava mais ao trabalho de esconder o que pensava dela.

Ela ficou agradecida pela parede do hospital, com seus azulejos rachados e desgastados, ainda sólida e fria em suas costas.

— E tem outra questão. Blue foi a primeira paciente com quem você dormiu? — Ela não se incomodou de manter a voz baixa.

Ele olhou a porta fechada, impaciente.

— Stella... há uma jovem perturbada ali que precisa de minha atenção. Podemos fazer isso depois?

Ela se ergueu, mais ereta.

— Sempre foram as adolescentes que excitaram você, Max?

Ele pestanejou. Não havia outra resposta ao que ela disse.

— Existiram outras meninas? Eram todas pacientes suas? Sempre foi no seu consultório?

Ele começou a se afastar dela. Ia entrar, ir até Blue.

— Espere. — Ela o segurou pelo paletó. — Não consigo me decidir. Você se casou comigo para me calar, para salvaguardar sua preciosa clínica, ou foi porque nosso casamento o fazia parecer normal? Ou as duas coisas? — Ela continuou falando, ainda se agarrava às lapelas de seu paletó. — Talvez você tenha se casado comigo porque era sua apólice de seguro. Desde que ficássemos casados, havia poucas chances de fazer algo que prejudicasse sua clínica. Como denunciar Simpson. Ou confessar que o relatório apresentado ao tribunal não era nada abrangente.

Mas onde está Peter? Ela não tinha forças para impedir que Max voltasse àquela sala. Ele tentou se afastar. Ela segurou com mais força. A voz dela era inesperadamente alta, inesperadamente clara.

— Você me fez mudar para Hilltop porque queria me isolar de meus amigos? Nunca tentou me ajudar... Você viu que eu me tornava cada vez mais esquiva, minha vida era cada vez mais restrita. Por que continuou me receitando aqueles comprimidos?

Um médico mais velho passou por eles, de touca e estetoscópio pendurado no pescoço, e os olhou com preocupação. Max sorriu, tranquilizando-o.

— Então os seus problemas mentais são culpa minha?

Pelo menos ele respondia a ela.

— Não...

— Não posso mais fazer isso, Stella. Seus ciúmes, sua paranoia... são um câncer que está nos destruindo. Você não pode me culpar por seus vícios, suas fobias ou sua vida restrita.

Ele meneava a cabeça; parecia genuinamente triste.

O corredor fedia a antisséptico e decadência. Stella se agarrava ao paletó dele como se sua vida dependesse disso, mas suas palmas transpiravam, as mãos estavam fracas e era difícil segurá-lo. O suor escorria atrás dos joelhos.

— Eu me mudei com você para Hilltop porque pensei que sua melhor chance de recuperação era se afastar de Londres, ficar longe de qualquer coisa que a lembrasse do estupro. Você se recusava a ver um psiquiatra e eu fiquei inteiramente responsável por você. Fiz o melhor que pude. Talvez eu tenha tomado a decisão errada ao sair de Londres.

Ela nunca soube como era fácil para ele mentir.

— Mas, pela primeira vez, Stella, isto não gira em torno de você. Deixe-me conseguir a ajuda que aquela menina precisa. Você podia se recompor e pensar nos outros, para variar.

Ela não conseguia mais segurá-lo. Soltou-o e enxugou as palmas suadas nos jeans. O corredor estava sufocante. Ela tirou com dificuldade o casaco de lã e o largou a seus pés.

Parecia que suas pernas iam vergar. Ela oscilou para trás, apoiando-se na parede.

Ele avançou um passo, estendendo a mão para a maçaneta.

— Sei que Blue estava dizendo a verdade — disse ela. — Sei que você abusou dela. Eu tenho provas.

Max hesitou. Parecia um pouquinho menos seguro de si.

Stella tirou a mão dele da porta; ele não ofereceu resistência. Ela se aproximou mais. Passou os braços por seu pescoço, para que a boca roçasse em sua orelha.

— Ela te filmou, com o celular — sussurrou ela. — E eu vi. Vocês dois, em seu consultório.

Ela se grudou a ele, olhou por sobre seu ombro, para o corredor vazio. Desejou poder ficar reta. Desejou que Peter aparecesse; ou mesmo a enfermeira. Não podia soltá-lo, não podia deixar que voltasse àquela sala. Se ele ficasse muito desesperado, ela não saberia o que ele podia fazer.

Ela não sabia nada sobre ele.

Ele tentou soltar as mãos dela de seu pescoço, mas ela se agarrava com força, encostada nele, desabando em cima dele. O suor pingava nos olhos, a visão era toldada. Ela respirava rápido demais, mas não conseguia se acalmar.

Ela fechou os olhos.

— O vídeo está granulado porque não havia muita luz, mas vi que é você… os dois, em seu consultório. Você está sentado em sua poltrona, Max. A poltrona linda, grande e confortável de seu consultório.

Ela se empurrou para mais perto da orelha dele. Ele agora estava imóvel.

— Ela se aproxima de você. Ajoelha-se na sua frente, entre suas pernas. Abre suas calças. Eu ouvi você gemendo. Ouvi do que você a chamou. Você a chamou de *baby Blue*. Depois você a colocou no colo…

Ela respirou seu cheiro, pela última vez. Depois soltou os braços de seu pescoço.

— Eu o vi fazendo sexo com uma menor. É estupro presumido. Você será levado perante o Conselho de Medicina. Depois, espero sinceramente que vá para a cadeia.

Ela o soltou. E se deixou cair no piso emborrachado. Sentia-se desfalecer, nauseada.

Quando Max a segurou pelo braço, cravando os dedos na carne macia pouco acima de seu cotovelo, ela não resistiu. Ele a colocou de pé com um puxão, forçando-a para longe da sala de triagem, mais para o fundo do corredor. Alguém devia passar por ali logo. Peter a encontraria. Não importava o que Max fizesse com ela, pelo menos Blue estava segura dele.

— Onde está o celular dela? — Ele a apertou com mais força. Machucava-a. As roupas de Stella estavam molhadas e frias, grudavam-se em sua pele. Ela não sentia medo, estava apenas decepcionada.

Ele olhou os próprios dedos, apertando com força o braço de Stella. Afrouxou a mão, deixando marcas vermelhas e inflamadas.

— Você abusou dela. Cometeu um crime.

Ela viu que ele encolhia e ficava mais recurvado e menos vigoroso.

— Por favor — disse ele. — Não faça isso. Eu lamento muito.

Ela esteve fantasiando com ele por tanto tempo, fantasiava com um homem que não existia. Ele era digno de pena.

— Agora você se lamenta — disse ela. — Agora que eu tenho uma prova. Mas antes de eu mencionar o vídeo, você disse que eu era louca. Você não lamenta nada. Lamenta ter sido apanhado, Max. Só isso. Você mente como os outros respiram.

Ele se postava na frente dela, com um braço na parede na altura da cabeça de Stella; o outro a segurava pelo braço de novo, mantendo-a de pé. Ele tinha se recomposto e falou em voz baixa, mas com urgência.

— Os problemas de Blue já existiam muito tempo antes de ela me conhecer. O que levou ela a tentar me seduzir foram seus problemas de personalidade. Eu prometo que cuidarei para que ela tenha tudo do que precisa. Pagarei uma escola particular, com um programa de tratamento sob medida para suas dificuldades.

Parte dela ainda o amava. Ela não se permitia olhar nos olhos dele.

— Blue não será mais feliz, ou mesmo irá melhorar, se eu for preso. Só estou pedindo que você pense nisso por alguns dias, algumas horas, antes de tomar uma decisão. Quero que você saiba que foi ela que quis. Eu não a machuquei, nem a seduzi, nem a obriguei a nada.

Que mente distorcida, a dele. Deve julgar a esposa uma idiota.

— Você é um médico. Um psiquiatra. Você mais do que qualquer pessoa sabe o quanto ela é vulnerável. Você sabe por que ela se comporta dessa forma.

— Stella, ela instigou. Ela me perseguiu até que eu cedesse. Você viu como ela é... Vai fazer 16 anos daqui a alguns meses, mas parece ter vinte. É claro que agi como um idiota. Mas as coisas com você têm sido tão... tensas, por tanto tempo. Eu estava frustrado. Tentei ser paciente, mas é difícil viver com alguém que é tão dependente, que tem uma doença como o vício.

— Então a culpa é minha por você ter transado com uma adolescente?

Se ela tivesse forças, se suas mãos não tremessem, ela o teria esmurrado, direto na boca.

— Estou pedindo que você pense, antes de se precipitar numa reação automática porque quer se vingar. Se me denunciar, Blue não ganha nada. Ela agora está segura. Só o que você tem de fazer é dizer ao serviço social que ela testemunhou o pai maltratando a mãe. Eles vão impedir qualquer contato com Simpson. Ela provavelmente será colocada em um orfanato e Simpson não poderá encontrá-la. Não faça isso porque está com raiva de mim. Blue não precisa do trauma de testemunhar num julgamento de estupro. Podemos resolver isso nós mesmos.

Ele estava muito perto e tudo que ela sentia era nojo.

— Você é um monstro, Max. Você se aproveitou de uma criança doente. Você pode ter provocado mais danos a ela do que qualquer outro. Você sabia como era o pai dela e acrescentou outro trauma, maior do que o que aquele psicopata já havia feito. Você é um adulto, ela é uma criança vulnerável. É isso. Você não pode mais me manipular.

Ela estava furiosa consigo mesma. Ela era psicóloga, devia ter visto os sinais. Devia ter suspeitado. Nunca deveria ter se contentado com os farelos que ele lhe jogava.

— Por favor. — Ele segurou a mão dela e a estendeu ternamente. — Não faça algo impulsivo de que nós dois vamos nos arrepender. Pense bem. Se eu for descoberto, irei preso. Que bem isso faria a Blue? Ou a você? O centro médico vai afundar e eu perderei tudo financeiramente. Vamos perder Hilltop. Vamos perder um ao outro.

Max puxou uma cadeira para ela. Ajudou-a a se sentar, sua mão gentil em seu braço. Pegou seu casaco e o colocou em seus ombros. Ele se ajoelhou na frente dela e pegou suas mãos.

— Não toque em mim — disse ela. E mesmo então foi difícil dizer isso. Se ela quisesse, podia fazê-lo ficar. Ele era dela.

O efeito dos benzodiazepínicos estava passando. Ela estava com medo. Podia facilmente se deixar cair sob a influência dele de novo.

— Onde está o telefone de Blue? — ele perguntou.

Por sobre o ombro dele, ela viu Peter vindo em sua direção. O alívio foi tão forte; sua respiração se acalmou, tinha ar nos pulmões e espaço na cabeça.

— Está com Peter — disse ela.

E finalmente, enquanto ele se afastava, ela teve um vislumbre do verdadeiro Max: impiedoso, desesperado e inteiramente autocentrado. Os músculos de seu queixo se torceram enquanto ele passava a mão no cabelo. Ele se levantou e se virou de costas, com as mãos nos bolsos, afastando-se despreocupadamente pelo corredor, indo para a saída.

Stella usou o bebedouro para jogar água fria na cara. Precisava ficar composta; tinha de voltar à pequena sala de triagem sem janelas.

Quando entrou, Blue não olhou para ela.

— Me desculpe por não ter dado ouvidos a você antes — disse Stella. — Acredito em você. Acredito em tudo que disse. Sobre o que aconteceu com o dr. Fisher.

— Não sei do que você está falando — Blue disse.

Stella tentou não se aproximar demais, tentou não tocar nela. A menina ainda não confiava nela.

— Quero que você saiba que vou dar uma queixa à polícia e direi a eles tudo o que você me contou. Inclusive o fato de que seu pai esteve abusando da sua mãe. Eles não vão mais te obrigar a ter contato com ele novamente, tenho certeza. Existem coisas que eu posso fazer. Coisas que eu tenho que contar para a polícia.

— Onde está o dr. Fisher? — perguntou Blue. Seus olhos estavam fixos na porta.

Stella não sabia qual delas foi mais iludida: ela mesma ou Blue. Deu um passo, arriscando-se a chegar mais perto. Blue não protestou. Ela se ajoelhou ao lado da cadeira da menina, para olhar bem em seus lindos olhos.

— Blue, por favor, me escute. O que Max fez com você foi um crime. O sexo... foi abuso infantil. Se quiser dar queixa à polícia, eu a ajudarei.

Os braços de Blue estavam rígidos, de lado, as mãos enfaixadas agarrando o assento da cadeira. Stella queria abraçá-la, mas não se atrevia. Blue parecia indiferente ao que ela dizia.

— Blue — perguntou Stella —, quer dar queixa de Max à polícia? É um crime que ele tenha tocado em você quando você era paciente dele. O lugar dele é a prisão.

Blue balançou a cabeça.

— Você é louca — disse ela. — Ele foi o único médico que se importou comigo. Ele tentou me ajudar. Eu só confio nele. Ele nunca faria nada de mau comigo.

Eles não precisavam do testemunho de Blue, tinham provas. Os desejos dela não importavam.

— Quero que você pare de falar comigo — disse Blue.

— Tudo bem. Não precisamos falar nada.

Stella não contou a Blue que viu o vídeo, que entregaria o celular dela a Peter e que ele entregaria o vídeo à polícia. Max tinha razão, só causaria mais dor a Blue saber o que viria a seguir.

— Eu só quero que saiba o quanto lamento por não ter acreditado em você antes.

— Não ligo para o que você acredita — disse Blue.

— Tudo bem — disse Stella. Ela se levantou e tentou sorrir para Blue, dar-lhe algum conforto; mas os cantos de sua boca tremiam e estavam tensos.

A enfermeira olhava para cima. Pareceu aliviada quando uma mulher baixinha e grisalha com um crachá pendurado no pescoço apareceu à porta.

— Oi, Lauren — disse a assistente social. — Vamos bater um papinho e depois sua mãe está esperando para ver você.

A enfermeira e a assistente social se postaram uma de cada um dos lados de Blue.

— Gostaria de dar uma declaração — disse Stella.

— Claro — disse a assistente social. — Posso entrar em contato com a senhora depois que cuidar para que Blue esteja bem acomodada.

Os braços de Blue ainda estavam retos como atiçadores de lareira ao lado do corpo, os ombros erguidos em volta das orelhas. Ela estava sozinha, com estranhas. Devia estar com medo. Stella estendeu os braços e lhe deu um abraço breve e apertado. Blue deixou a cabeça pousar no rosto de Stella só por um segundo. Stella acariciou o rosto até o lindo cabelo louro com cheiro de lavanda, antes que Blue se enrijecesse e a empurrasse.

Peter esperava por ela no corredor do lado de fora.

— Mas por que você demorou tanto? — disse ela.

— Não conseguia encontrar uma vaga.

Ela sabia que ele estava mentindo. E entendia.

Ela colocou a mão no bolso do casaco e pegou o celular de Blue. Entregou-o a ele. Ouviu o próprio suspiro. Acabou-se. Sua vida em Hilltop.

A sala de espera tinha se esvaziado. Só um homem parrudo e descabelado estava deitado, roncando em duas cadeiras. O turno deve ter mudado, havia um novo recepcionista de serviço: um jovem de cabelo louro incrivelmente brilhante e braços tatuados. Olhava a tela do computador e os ignorou quando eles passaram.

As portas automáticas de vidro se abriram diante dela. E então se fecharam suavemente. Ela ficou imóvel. A mão de Peter estava na base de suas costas; ela tentou absorver parte da coragem dele.

Não estava pronta para sair.

Ela se demorou na porta, segura na calma temporária da sala de espera.

— Não tenho para onde ir — disse ela.

— Vá para a minha casa. Tenho um sofá-cama... É seu pelo tempo que precisar.

Ela meneou a cabeça. De jeito nenhum ia dormir na casa de homem nenhum, a não ser que tivesse certeza absoluta de que ele a queria na cama, a seu lado.

— Posso te levar para a casa da Hannah.

— Ainda não. Não falo com ela desde aquela noite. Nem mesmo sei onde ela está morando.

Stella tirou o cabelo do rosto. Precisava de um banho e de roupas limpas. Estava muito, muito cansada.

— Quero voltar para Hilltop — disse ela.

Peter assentiu, mas seus lábios formaram uma linha firme e reprovadora.

— Preciso pegar minhas coisas — disse ela. — Depois vou embora. Definitivamente. Só preciso de mais algumas horas de seu tempo... eu prometo.

— Claro. — Ela viu alívio e esperança no rosto dele.

Ele avançou um passo em direção à porta. Elas se abriram num silvo. Ele passou pela porta e depois saiu e esperou por ela. Stella correu em frente e lhe deu vários beijos na cara espetada.

Ele abriu um sorriso. Enfim.

Verão

— Você quer que eu entre com você? — Hannah disse.

Stella balançou a cabeça.

— Vou esperar aqui. — Ela abriu a porta e esticou as pernas. Por trás dos óculos escuros, abriu um sorriso encorajador a Stella. Não agradava a Stella sair do surrado banco da frente do carro de sua amiga, mas saiu mesmo assim. Estava ficando melhor nisso: sem pensar demais, obrigando-se a se mexer. Ela andou em linha reta, meio instável no cascalho com seus saltos; o sol era quente em seus ombros.

Parou para ver a pequena placa de madeira pintada de branco. *HILLTOP*. Olhou atrás dela. O sensor ainda estava ali, projetando-se da grama malcuidada.

Um conversível vermelho, de capota arriada, estava estacionado no final da entrada. O carro brilhava por fora, era imaculado por dentro.

Stella continuou em sua caminhada, um pé após o outro.

Stella viu-se refletida no aço ondulado da porta da frente: seu cabelo afastado do rosto, preso, óculos de sol, calças cigarette. Não desaprovou.

Ela tocou a campainha e esperou.

Sandra estava exatamente como Stella se lembrava, com os olhos animados e o batom vermelho vivo para combinar com o carro. Tinha um sorriso largo e acolhedor e evidentemente estava deliciada por ganhar comissões da venda na casa duas vezes no espaço de poucos anos.

Stella era bem mais alta do que a corretora, que já estava sem sapatos. Ela tirou os óculos, mas decidiu ficar com os saltos altos. Elas trocaram um aperto de mãos.

— Sra. Fisher — disse Sandra.

— Por favor, pode me chamar de Stella.

Sandra recuou e Stella entrou na casa.

— Então, decidiu vender? — disse Sandra. Suas palavras ecoaram no hall escuro e despojado. Só algumas lâmpadas ainda funcionavam e o lustre tinha perdido seu poder de deslumbrar.

Stella assentiu.

O interior da casa estava muito mais frio do que o exterior, cheio de sombras. Stella queria ter vestido algo mais quente.

— Estou com o contrato de venda — disse Sandra. — O dr. Fisher se juntará a nós?

— O dr. Fisher está ocupado no momento — disse Stella. — Tenho a procuração dele.

Ela foi atraída à sala de estar. Colocou-se junto da janela, olhando o jardim banhado do sol forte. A grama tinha crescido demais, um verde animado e vibrante, e as árvores estavam coroadas de folhas. Stella olhou novamente para a sala de estar, o espaço vazio diante da lareira. Podia ver um sofá cinza, uma cascata de cabelos louros e brilhantes e um rosto afiado e hipnótico com grandes olhos azuis. Ela viu Peter na janela, lutando contra o saco preto e um rolo de fita adesiva.

— A senhora e seu marido compraram outro imóvel? Ou ainda estão procurando?

— Não estamos mais juntos — disse Stella.

Da última vez em que elas se encontraram, Stella era recém-casada.

— Oh — disse Sandra, levando um segundo para absorver esta notícia infeliz. — Ainda mora por aqui? — perguntou.

— Não. Estive numa clínica nos últimos meses. Programa de desintoxicação.

— Que bom — disse Sandra, encorajadora.

Stella viu algo do lado de fora: uma forma rotunda, aparecendo debaixo a janela. A chave na porta estava dura e ela teve de se esforçar para que girasse. Ela escancarou as portas e hesitou, a velha e familiar tensão no estômago, a boca seca por hábito. Ela ignorou os sinais e saiu. O Buda de jade estava caído de lado no pátio.

— É seu? — perguntou Sandra.

— Pertencia ao dr. Fisher.

— Pedimos ao pessoal da mudança para empacotar tudo, devem ter se esquecido disso.

— Só tive uma visita em todo o tempo que morei aqui — disse Stella. — E ela jogou este Buda pela janela.

— Oh — disse Sandra.

— Ela estava loucamente apaixonada por meu marido — disse Stella, incapaz de resistir a testar só mais um pouco a reserva educada de Sandra. Ela fazia um trabalho excelente, sem demonstrar seu choque. — Gostaria de levá-lo comigo — disse.

— Claro — disse Sandra. Ela parecia cética ao ver Stella tentar levantar o enfeite pesado, vacilando nos saltos.

O Buda não era nem um pouco leve. Blue devia estar furiosa para levantá-lo e atirá-lo pelo vidro. Stella pensou que gostaria de ter metade do espírito de Blue.

— Quer dar uma última olhada por aqui? — disse Sandra. — Para ver se há mais alguma coisa que tenham deixado passar?

Stella balançou a cabeça.

— Tem certeza? Já que teve o trabalho de vir até aqui.

Stella olhou o armário da cozinha. Abriu-o, pelos velhos tempos, e porque ainda ansiava pelo gosto amargo do diazepam na língua. O armário estava vazio. Ela queria subir até o seu quarto. O quarto deles. Deitar-se na cama e ver as pequenas estrelas fluorescentes no teto e esperar que Max viesse a ela.

Colocou o Buda na bancada da cozinha. Encontrou dois jogos de chaves na bolsa, que entregou a Sandra.

— Sabe de uma coisa? — disse Sandra. — Eu me lembro de pensar que você parecia triste quando a conheci. Pensei que era incomum em alguém que tinha acabado de se casar e que comprava uma casa tão extraordinária. Os casais que conheço em geral só começam a parecer infelizes depois dos cinco primeiros anos.

Stella sorriu para ela.

Com o contrato assinado, Stella lutou para sair e descer até a estrada com o Buda nos braços. Tinha certeza de que Hannah não se importaria em ter o gordo verde e animado agachado em sua casa por um tempo. Colocou-o no colo e afivelou o cinto de segurança.

Ela se recostou, pousou a cabeça no encosto e fechou os olhos enquanto Hannah dirigia com cuidado pelas curvas fechadas de Hilltop. Teve prazer em sentir o jade liso sob a ponta dos dedos e a sensação do sol em sua testa, no nariz, nas maçãs do rosto, nos lábios. Estaria de volta a Londres em uma hora.

Agradecimentos

Agradeço primeiramente a minha brilhante agente, Madeleine Milburn. Tive o privilégio de ser orientada por um editor tão talentoso como Harriet Bourton e estou muito grata a todos da Transworld pelo comprometimento com esse livro. E também a Sophie Wilson pelas suas percepções iniciais e pelo entusiasmo.

Eu tive vários professores que muito me inspiraram, e gostaria de agradecer a todos eles, em especial Tricia Wastvedt e Scott Bradfield. Emma-Jane Barton, muito obrigada por todo o apoio e encorajamento.

Meus agradecimentos também vão para o detetive inspetor Nick Mervin, que generosamente me cedeu seu tempo e experiência, e aos psiquiatras Eduardo Szaniecki e Pamela Ashurst, que me falaram sobre medicamentos e problemas mentais de adolescentes. Os erros são todos meus.

Por último, mas não menos importante, meu muito obrigada à minha família, por fazer tudo ser possível.

Este livro foi impresso na Intergraf Ind. Gráfica Eireli.
Rua André Rosa Coppini, 90 – São Bernardo do Campo – SP
para a Editora Rocco Ltda.